Ein Mann hat alles verloren, seine Freundin, seine Geliebte, seinen Beruf. Er hat einen Bankrott hinter sich und ist hoch verschuldet. Als Vogelwart auf einer Insel in der Elbmündung führt er geradezu ein Eremitendasein. Doch Anna kündigt ihren Besuch an – eben jene Anna, die vor sechs Jahren vor ihm nach New York geflohen ist und sein ganzes Leben verändert hat. Während Eschenbach sich auf das Wiedersehen mit ihr vorbereitet, seinen Alltagsritualen folgt, Vögel zählt und Strandgut sammelt, besuchen ihn die Geister der Vergangenheit, und es entfaltet sich die Geschichte von Eschenbach, Selma, Anna und Ewald.
Es ist die Geschichte von zwei Paaren, die glücklich miteinander waren und es nicht bleiben konnten, als Eschenbachs große Leidenschaft für Anna entbrannte.
Uwe Timm zeichnet ein genaues Bild der Gegenwart und unserer Liebe, die von Optimierungswünschen und entfesselter Irrationalität geleitet wird – und immer auf dem Prüfstand steht. Klug erzählt er von der Macht des Begehrens und den geheimnisvollen Spielregeln des Lebens.

Uwe Timm wurde 1940 in Hamburg geboren. Er studierte Philosophie und Germanistik in München und Paris. Seit 1971 lebt er als freier Schriftsteller in München. Für sein umfangreiches Werk wurde er vielfach ausgezeichnet, u.a. mit dem Heinrich-Böll-Preis, der Carl-Zuckmayer-Medaille, dem Premio Napoli und dem Kulturellen Ehrenpreis der Stadt München. Weitere Werke u.a. ›Heißer Sommer‹, ›Morenga‹, ›Kerbels Flucht‹, ›Der Mann auf dem Hochrad‹, ›Der Schlangenbaum‹, ›Rennschwein Rudi Rüssel‹, ›Kopfjäger‹, ›Die Entdeckung der Currywurst‹, ›Johannisnacht‹, ›Nicht morgen, nicht gestern‹, ›Rot‹, ›Am Beispiel meines Bruders‹, ›Der Freund und der Fremde‹, ›Halbschatten‹, ›Von Anfang und Ende‹, ›Freitisch‹. Zu Leben und Werk gibt der von Martin Hielscher verfasste Band ›Uwe Timm‹ Auskunft.

Uwe Timm

Vogelweide

Roman

Deutscher Taschenbuch Verlag

Ausführliche Informationen über
unsere Autoren und Bücher
finden Sie auf unserer Website
www.dtv.de

Vom Autor neu durchgesehene Ausgabe
2015
Deutscher Taschenbuch Verlag GmbH & Co. KG,
München
© Verlag Kiepenheuer & Witsch, Köln 2013
Umschlagkonzept: Balk & Brumshagen
Umschlaggestaltung: Wildes Blut, Atelier für Gestaltung,
Stephanie Weischer unter Verwendung eines Fotos von
plainpicture / Baertels
Druck und Bindung: Druckerei C.H.Beck, Nördlingen
Gedruckt auf säurefreiem, chlorfrei gebleichtem Papier
Printed in Germany · ISBN 978-3-423-14379-0

Die Insel verlagert sich langsam nach Osten. Drei bis vier Meter im Jahr, je nach Stärke der Winterstürme und Sturmfluten. Hier, wo er jetzt stand, war vor vierzig Jahren Wasser nur und Watt.

Der Wind hatte in den letzten Stunden aufgefrischt. Eine blauschwarze Wolkenbank lag im Westen über dem Horizont. Böen rissen von den Dünen Sandfahnen hoch. Der Schaum der auslaufenden Wellen wurde in breiten grauweißen Streifen über den Strand getrieben. Möwen glitten über die Wellen, und jäh stürzte eine aufs Wasser, im Schnabel ein kurzes silbernes Aufblitzen.

Am Morgen war er den Strand entlanggegangen, hundert Meter, die er jeden dritten Tag nach Treibgut absuchte. Heute waren es: eine Spraydose, ein Glasröhrchen mit Tabletten, ein blauer Sportschuh, Marke Adidas, eine Dose blauer Jachtlack – er maß die Restmenge des Inhalts, 0,5 l – und ein Becher Schokoladenmousse. Er sammelte den Müll in einen Plastiksack, schaffte ihn zur Hütte, von wo er einmal im Monat bei Ebbe mit dem Pferdewagen aufs Festland gebracht wurde.

In der Hütte trug er die angeschwemmten Gegenstände in ein Protokoll ein, setzte Wasser auf, schnitt Brot, stellte Butter und Marmelade auf den Tisch und goss den Tee auf. Während der Tee zog, beobachtete er durch das Fernglas den Vogelschwarm über Nigehörn, der Nachbarinsel, Watvögel, Austernfischer, ungefähr zwei- bis dreitausend, schätzte er und notierte die Zahl.

Er hatte sich eben den Tee eingeschenkt, als der Anruf kam. Ihre Stimme erkannte er nicht sogleich. Verzerrt und von elektronischen Impulsen unterbrochen, hörte er sie sagen, sie sei in Hamburg, es wäre doch Zeit, sich einmal wiederzusehen, und dann etwas förmlich, ob er Lust und Zeit für ein Treffen habe.

Zeit, sagte er, habe ich und Lust sowieso. Aber es wird ein wenig umständlich sein, hierherzukommen.

Selma hatte ihr erzählt, dass er auf einer Insel lebe, schon seit Monaten. Wie Robinson, aber mit Handy. Sie fand das aufregend, aber auch ein wenig komisch, und sagte, ich bin gespannt.

Er gab ihr die Telefonnummer des Bauern, der mit seinem Pferdewagen die Besucher bei Ebbe vom Festland bringt. Ich muss mich nach den Gezeiten erkundigen. Und dein Besuch muss bewilligt werden.

Hört sich nach Gefängnis an.

Ja. Naturschutz, sagte er, die Insel ist Naturschutzgebiet. So viel Bürokratie garantiert die Einsamkeit.

Sie lachte und sagte, das ist gut, ich bin jetzt in Hamburg bei einer Freundin. In zwei Tagen bin ich bei dir, wenn du denn die Genehmigung bekommst.

Vor sechs Jahren hatte er ihre Stimme zuletzt gehört: Bitte. Ruf mich nicht mehr an. Ich will und ich kann nicht mehr. Verstehst du. *Endgültig*. Das war ihre Botschaft auf seinem Anrufbeantworter gewesen.
Er hatte sich diese Sätze mit dem abschließenden *Endgültig* vorgespielt. Und ihm war bewusst geworden, dass es keine Hoffnung gab, sie in ihrem Entschluss noch mal umzustimmen. Es war ihr Tonfall, vor allem aber, dass sie auf den Anrufbeantworter gesprochen hatte. Er hatte sich ihre Nachricht einige Male angehört und sie dann gelöscht.

Er rief die Behörde an, sagte, eine Freundin, eine sehr enge, wie er betonte, komme ihn für zwei Tage besuchen. Stattgegeben, sagte der Behördenleiter und fragte, ob sonst alles in Ordnung sei.
Besucher auf der Insel sind nur in den Sommermonaten erlaubt, als Gruppe, hin und wieder, und nur für eine Stunde, wenn sie sich vorher angemeldet haben. Jetzt im Herbst kam, von Bauer Jessen abgesehen, der einmal in der Woche Post und Proviant brachte, niemand mehr.
Er setzte sich an den sorgfältig gedeckten Tisch, Besteck und Serviette lagen neben dem Teller. Es waren die kleinen Rituale, die in der Einsamkeit Halt gaben. Vor Jahren hatte er auf dem Athos im Bergkloster Dionysiou einen Eremiten getroffen, der sich von den Mönchen Gemüse und Obst holte. Er hatte den from-

men Mann nach seinem Tagesablauf befragt, und der hatte bereitwillig erzählt, was ein aus Deutschland stammender Novize übersetzte: vom Aufstehen mit der Sonne, dem Beten, wenn er die Stundentrommel aus dem fernen Kloster hörte, vom Fegen der Höhle mit einem Reisigbesen, vom Essen des Brots, des Käses, der Oliven, dem Trinken des Wassers und vom abermaligen Beten. Es war der Zeitplan eines Beamten, man konnte es so sehen: ein Mann, der das Heilige hienieden verwaltete.

Und so hielt auch er seinen Tagesablauf, der zudem noch von seinen Pflichten als Vogelwart bestimmt war, strikt ein, die Ordnung in dem Raum, das Bettenmachen, Fegen, die Zeiten des Essens, des Abwaschens, und gestand sich keine Lässlichkeit zu.

Jetzt, vor dem Teller mit dem Brot und dem in der Zwischenzeit kalt gewordenen Tee sitzend und an den Anruf denkend, an ihre Stimme und die Ankündigung zu kommen, wich die Überraschung und erste Freude einem Zögern. Einen Moment lang versuchte er sich einzureden, dass die umständliche Anreise sie abhalten würde, aber dann musste er sich sagen, dass dreimaliges Umsteigen bei ihrer Entschiedenheit kein Grund war, nicht zu kommen, wenn sie sich den Besuch einmal in den Kopf gesetzt hatte.

Er kannte sie, glaubte er, immer noch. Dieser Satz: Es wird Zeit, dass wir uns sehen.

Einen Augenblick überlegte er, ob er sie anrufen sollte, um ihr abzusagen. Ihre Nummer war aber, als er auf seinem Handy nachsah, unterdrückt. Er hätte eine

Ausrede finden können, die keine Lüge war. Er hätte sagen können, schlechtes Wetter sei für die nächsten Tage angesagt, sogar Sturm.

Tatsächlich hatte der Wind am späten Nachmittag zugenommen.

Ihm kamen Zweifel. Der Gedanke, mit ihr die Hütte, die aus einem Wohnraum und drei kleinen Kammern bestand, eine Nacht teilen zu müssen, beunruhigte ihn. Eine ungewohnte körperliche Nähe mit all den überraschenden Bewegungen, den Gerüchen, dem Reden und Reden-Müssen.

In den letzten Jahren hatte er allein gelebt, die letzten Monate dann in dieser Hütte. Und es war nicht ausgeblieben, dass sich Eigenheiten ausgebildet hatten, die er nicht mit anderen teilen mochte. Das nächtliche Aufstehen, mindestens einmal, um im Freien zu pinkeln, den Blick nach oben, wenn es denn wolkenlos war, zu diesem so nah scheinenden Sternenhimmel.

Er trank von dem Holundersaft, den ihm die Frau des Bauern von ihrem Mann mit der Erklärung mitbringen ließ: Wird das Wetter nass und kalt und kommt der Schnupfen allzu bald, sorgt nur Holunder für den Halt.

War das Wiedereinschlafen fern, redete er in der Dunkelheit oft laut, nicht nur mit sich, sondern auch mit seinen Geistern, wie er sie für sich nannte, Freunde wie Feinde, tote oder noch lebende. Sie suchten ihn hier eigentümlicherweise weit häufiger auf als in der Stadt, selbst solche, die er seit Jahren nicht mehr gesehen und an die er kaum noch gedacht hatte. Hier kamen sie zu ihm, vielleicht lag es an diesem Wind, der fast immer ging, an dem fernen Rauschen der Wellen, dem Geschrei – ja, es war ein Schreien – der Vögel und dem Fehlen menschlicher Stimmen. Die Geister rückten ihm in ihrer Leiblichkeit meist nachts, hin und wieder aber auch tagsüber so nahe, dass er sie deutlich vor Augen hatte. Es war nicht nur ein kurzes Gedenken, er hielt Zwiesprache mit ihnen.

Eine Erfahrung, wie sie ähnlich wohl Polarforscher machten, die, hatten sie einen Kameraden verloren, ihn plötzlich, obwohl er doch erfroren und schon im Eis begraben lag, wieder im Zelt sitzen sahen.

Mit dem Freund, dem Engländer, sprach er oft, nicht nur in Gedanken, sondern laut, und erzählte ihm von seinen Beobachtungen, von dem Falken, der vor vier Tagen vom Sturm auf die Insel geweht worden war, oder von den Sumpfohreulen, die den Jungvögeln im Flug Futterbrocken zuwarfen. Vor allem von den Steinwälzern, von denen ein Paar im Frühjahr auf der Insel genistet hatte.

Wie genau diese sprechenden Namen die Tiere erfassen, hatte er gedacht, als er die Vögel vor Jahren gemeinsam mit dem Freund studierte. Mit dem englischen Freund, einem Ethnologen, dessen Hobby das *bird-watching* war, hatte er zweimal Urlaub an der Nordsee, auf Amrum, gemacht. Der Freund war für den Vogelflug sein Lehrer gewesen. Strandgespräche nannten sie das, sich vom Märzwind über die Küste von Amrum treiben zu lassen oder aber gegen ihn anzugehen, miteinander redend, zuweilen wurden ihnen die Worte von den Böen vom Mund gerissen, über Shakespeare, über Muschelgeld, Tempelprostitution, Colons, über die Ibo und den Tausch von Kaurimuscheln und über die Karawanenwege des Damasts in Afrika.

Wie fern ihm das jetzt erschien, die Erregung über die Mächtigen, wie die mit der Welt umgingen, vor allem der Freund wütete mit wunderbarer Ausdauer und Energie und einer erstaunlichen Vielzahl von Verachtungswörtern meist aus dem Analbereich gegen die Neoliberalen, mit denen er an der Universität und in der Verwaltung zu tun hatte.

Wenn der englische Freund entschwand, nachdem er ihn wieder einmal in der Hütte besucht hatte, blieb jedes Mal die Trauer über diesen Verlust: Nicht mehr anrufen zu können, nachts – der Freund litt, ohne je darüber zu klagen, unter Schlaflosigkeit –, um über etwas zu reden, etwas Belangloses, das dann stets im Gespräch zu etwas Belangvollem wurde. Eschenbach erzählte von seiner Endlosarbeit über Jonas und den Wal, für die der Freund viele abgelegene Lektürehinweise gegeben hatte. Der Freund war ein Lesender mit einem bewundernswerten Gedächtnis, kein Schreibender, und er war ein Suchender.

Ich werte noch immer die Befragungen aus, hörte er sich selbst sagen. All die auf Tonband gesprochenen Wünsche, Sehnsüchte, Enttäuschungen: Das Kennenlernen. Das Suchen. Das Finden. Das Verlieren.

Ein verrücktes Projekt, hatte der Freund damals gesagt, als er damit begann. Und er wiederholte es jetzt wieder.

Aber gut bezahlt.

Das Sonderbare war, der Freund hatte einen Vollbart. Hatte er sich den während seiner Krankheit stehen lassen? Eschenbach hatte ihn in seinen letzten Monaten nicht mehr gesehen, war nicht nach Südfrankreich gefahren, als er dort im Sterben lag.

Das ist ein Stapelplatz der Gefühle. Deine Arbeit wird kein Ende finden, sagte der Freund leise.

Ja, aber es ist eine Zeit der Reinigung.

Er war, als er seinen Posten, wie er seinen Aufenthalt hier nannte, im März antrat, frühmorgens zu Fuß zur Insel gegangen. Sein Gepäck, ein Koffer, eine Tasche, sollte am nächsten Tag nachkommen.

Über Meilen war er auf dieser feuchten Fläche das einzig Erhabene. Ein fernes Grollen ließ ihn aufmerken, ein Blitz könnte hier nur ihn treffen. Er ging über diese graubraune Fläche, in die er hin und wieder bis zu den Knöcheln einsank, Wasser, das sickerte, rieselte, floss, in Prielen, die er durchwaten musste, Wasser, das nach Westen strömte. Der graubraune Blasen bildende, von großen und kleinen Wasseradern durchzogene, feuchtigkeitsgesättigte Boden ging ohne Horizont über in einen verhangenen dunkelgrauen Himmel. Eine tiefe Stille. So muss die Welt kurz nach der Scheidung von Land und Wasser, Himmel und Erde ausgesehen haben. Bewusstlose Leere.

Er ging den von schwarzborstigen Priggen gekennzeichneten Weg, auf dem nur hin und wieder einmal Radspuren zu sehen waren, in einem Bogen um die eingedeichte Insel Neuwerk herum und dann dem Grau des Horizonts entgegen. Er watete durch kaltes Wasser in den Prielen, und nach eineinhalb Stunden sah er in der Ferne aus dem Grau die Insel Scharhörn auftauchen, eine bebuschte, leicht hügelige Fläche, nicht sehr weit hingestreckt, ein Streifen Gelbgrau, die Dünen nur wenige Meter hoch. Die Stille des Gehens, dieses Hineingehen in Ruhe, Gleichgültigkeit, die Abwesenheit von jener Umtriebigkeit der letzten Tage.

Er war aus der Stadt aufgebrochen und zum Bahnhof gefahren. Auf dem Bahnsteig wurde er Zeuge eines heftigen Wortwechsels zweier junger Männer, keineswegs zerlumpt oder betrunken, sondern gut gekleidet, Aktentaschen in den Händen, wahrscheinlich auf dem Weg ins Büro oder in die Universität. Er dachte, sie müssten jeden Augenblick mit Fäusten aufeinander losgehen, doch dann drehten sie sich um und gingen auseinander, standen wenige Meter voneinander entfernt da, als hätten sie sich nicht eben noch mit *Angeber* und *Scheißkerl* angebrüllt.

Das war der Abschied von der Stadt gewesen.

Nach drei Stunden, er hatte sich Zeit gelassen, war die Insel erreicht. An dem sich langsam aus dem Watt erhebenden festeren Boden mit dem Friesenkraut glitzerten feine Eisränder. Den trockenen Sand unter den Füßen, ging er den Pfad zwischen Strandhafer zur Düne hinauf, wo die Hütte stand. Ein weißer Container mit fünf Fenstern an der Längsseite, zum Schutz vor

Sturmfluten auf einem Podest von massiven, drei Meter hohen Pfählen stehend. Der mit einem Holzzaun gesicherte Rundgang erlaubte den Blick über die ganze Insel und den Ausblick auf die unbewohnte Nachbarinsel Nigehörn, wo neben ein paar Büschen und Bäumen eine alte, teils eingebrochene Hütte stand. Die Inseln waren noch durch einen breiten Priel getrennt, wuchsen aber, so wie sie langsam nach Südosten wanderten, zusammen.

Der Inselwart, der vor allem Vogelwart war, lebte allein hier, von März bis Oktober.

In diesem Frühjahr war die bereits ausgewählte junge Frau, eine Zoologin, erkrankt, wobei *erkrankt* eine etwas eigenwillige Umschreibung für eine nicht problemfreie Schwangerschaft war. Ein Bekannter, Professor für Ornithologie, dem Eschenbach einmal bei der Auszählung der Vögel geholfen hatte, rief ihn an und erkundigte sich, da junge Leute, die in Betracht kamen, so geschwind nicht kommen konnten oder wollten, immerhin stand eine monatelange Trennung von den Partnern bevor, ob er Interesse habe.

Er hatte sofort zugesagt.

Er lauschte dem Knacken und Knistern der brennenden Holzkloben im Ofen und hatte eben wieder Teewasser aufgesetzt, als sie ein zweites Mal anrief. Sie habe sich einen Mietwagen bestellt und könne schon morgen kommen. Sie wollte die Gezeiten wissen, wann sie bei Ebbe den Pferdewagen nehmen könne. Er hatte dann doch nichts vom schlechten Wetter gesagt, sondern nur: Nimm dir etwas Warmes mit. Er hätte aber sagen müssen, nimm dir einen Regenmantel mit.

Ihren Besuch habe er bei der Naturschutzbehörde angemeldet. Sie dürfe eine Nacht bleiben.

Sie hatte wieder, und das lachend, gefragt, warum diese Weltflucht, warum gerade so ein Inselchen?

Du wirst es sehen. Und mach dir keine Hoffnung auf traumhafte Buchten, Steilküsten, nichts, eine kleine, flache, im Wattenmeer gelegene Sandinsel.

Nach diesem zweiten Anruf ging er zum Strand hinunter. Die Brandung war hoch. Die Flut drückte gegen das ablaufende Wasser, und der Wind war günstig.

Er ging nackt und musste auf niemanden Rücksicht nehmen, ging zwischen aufgescheuchten Silbermöwen, ein wildes, alptraumhaftes Kreischen, watete durch die auslaufenden Wellen und sprang ins Wasser, in dieses kalte, Ende September schon sehr kalte, salzige Wasser, das ihn trug, ihn, der auf dem Rücken schwamm, eine kurze Zeit schweben ließ. Danach kraulte er hinaus, und wie jedes Mal dachte er, wenn er jetzt einen Krampf oder Schwächeanfall bekäme, wäre niemand da, der es bemerken würde. Ein Gedanke, der keinen Schrecken, eher etwas Beruhigendes hatte.

Er kehrte um, schwamm an den Strand und legte sich in den Sand, ließ sich vom Wind trocknen, ein plötzliches Frösteln, wenn die Sonne von einer der kleinen weiß ausfasernden Wolken verdeckt wurde. Er hatte nie Yoga gemacht, dachte, genauso müsse es sein, wenn man langsam in sich hineinsank und das Hin und

Her der Gedanken und Bilder, das Wollen und Wünschen in einem Helldunkel unter den Lidern verschwand.

Was ihn von all denen, die er in der Stadt zurückgelassen hatte, unterschied, war das Planlose. Er musste nicht planen, nicht über den Tag hinaus. Nicht wie Ewald, der Architekt, der so sehr Planer war, ein Planer von Häusern und Leben, und nicht wie Anna, die ihn angerufen hatte. Er hatte gehört, dass sie eine Galerie in Los Angeles betrieb.

Auch er war einmal Planer gewesen, der das Überflüssige verringern sollte. Knapp, schlank, schnell. Diese Jäger der Gelassenheit, wie Selma sie nannte. Selma, die an ihrem Werktisch saß und einen silbernen Armreif schmiedete. Er war jetzt Sammler von ein paar Daten über Vogelflug und -arten, über Wetter und Gezeiten, Wasser und Watt, ein Beschreiber war er und nichts weiter.

Du romantisierst, hatte Ewald einmal gesagt.

Was für ein Wort, hatte er gedacht und gesagt, wenn du es so siehst, meinetwegen.

Ein Grund für seine schnelle Zusage war gewesen, dass ein seiner Wohnung gegenüberliegendes Haus renoviert wurde. Die Mieter, von denen er einige gegrüßt hatte, meist ältere Leute, waren mit Geldzuwendungen dazu bewegt worden, ihre Wohnungen zu verlassen. Renoviert war nicht der richtige Ausdruck, das Haus wurde regelrecht ausgeweidet, Zwischenwände waren eingerissen, die Decken in den Wohnungen abgestützt und mit Plastikbahnen verklebt worden, um den Stuck, der wohl später abgewaschen und gestrichen werden sollte, zu schützen. Morgens wurde er von dem kleinen, vor dem Haus stehenden Materialaufzug mit einem langgezogenen Quietschen geweckt, dann ein kurzes Dröhnen der Pressluftbohrer, das Kreischen einer Kreissäge. Stille. Man hatte gezeigt, dass man am Arbeitsplatz war. Eine Zeitlang hatte er sich überlegt, ob er nicht aufs Land fahren und sich in einer billigen Pension einmieten sollte. Aber beim Überschlagen seiner noch zu erwartenden Honorare musste er sich eingestehen, dass ihm nichts anderes übrig blieb, als diesen Lärm, der den sonst so ruhigen wie trostlosen Hinterhof derart aufdringlich ins Gehör brachte, weiter zu ertragen. Die Vorstellung, am Meer zu leben, lockte ihn und vor allem das – eine längere Zeit allein zu sein.

Vor Jahrzehnten war er schon einmal auf dieser Insel gewesen. Er und ein Schulkamerad waren – kurz vor dem Abitur – auf Fahrrädern von Hamburg nach Cuxhaven und dann mit dem Pferdewagen nach Neuwerk gefahren. Dort hatten sie in einer Scheune geschlafen und sich nach drei Tagen bei Ebbe auf den Weg nach Scharhörn gemacht. Das Betreten der Insel war schon damals verboten gewesen. Er und sein Freund wollten auf die nach dem Krieg im Watt verklappte Munition hinweisen. *Die Inselbesetzung* nannten sie es heroisch. Nach einer Nacht waren sie, frierend und übermüdet, von der Polizei abgeholt worden. Sie hätten auch nicht länger bleiben können, da sie nicht genug Trinkwasser mitgenommen hatten. Nicht einmal in der Lokalpresse war über ihren Protest berichtet worden.

Seine Erinnerung: der Wind, der Sand und das Schreien der Vögel.

Die Anfrage kam also wie gerufen, und da es für ihn keine Verpflichtung gab, die nicht hätte verlegt oder verschoben werden können, war die Zusage einfach gewesen. Er hatte die Freiheit, das zu tun, was er wollte. Der Preis dafür war die Bescheidenheit seines Lebens. Aber darüber sprach er nicht. Es gab für ihn, nach der Katastrophe, nach dem Bankrott, für den er verantwortlich war, auch keinen Grund zu klagen. Er war ganz unten angekommen. Wobei das Wort angekommen falsch war. Er war gestürzt. Jetzt verdiente er mit wechselnden Aufträgen und Arbeiten. Ein recht üblicher Vorgang, den er aus dem Bekanntenkreis kannte. Von jenen, die auch nach dem Rentenbeginn noch weiterarbeiteten, einfach weil sie Lust hatten, und jenen, die es taten, um nicht Sozialhilfe beantragen zu müssen. Hartz IV hieß die sprachliche Verkleidung der sozialen Not. Auch die Unterstützung hätte er in Anspruch genommen, ohne Scham, aber seine Arbeit war interessant, machte ihm sogar Spaß. Seit gut drei Jahren redigierte er für einen Reisebuchverlag Stadt- und Landschaftsführer. Er bewegte sich in Städten und Ländern, die er nie gesehen hatte und nie würde sehen können, und er hatte, sonderbar genug, nachdem er die Berichte korrigiert hatte, nicht einmal mehr das Verlangen, jene Orte zu besuchen. Kathmandu und La Paz, Island und Bhutan. Seine Hauptarbeit bestand darin, die Fakten zu prüfen und die verschrobenen Sätze geradezubiegen. Er sagte für sich *biegen*, denn er machte tatsächlich die Erfahrung, wie geschmeidig Sätze sind. Gerade dann, wenn sie falsch, schief und krumm sind. Wie erstaunlich originell die Orthographie in ihrer Falschheit sein konnte.

Hin und wieder las er in einer großen Buchhandlung, die mit gepolsterten Sitzecken Kunden zum Verweilen und Kaufen lockte, in neu erschienene Romane hinein. Er schrieb sich Sätze, sprachlich gelungene wie misslungene, auf. Der Lektor des Reisebuchverlages, dem er hin und wieder Beispiele von solchen Sprachverfehlungen einer hochgelobten Autorin oder eines Autors schickte, riet ihm dann jedes Mal, eine Sammlung zeitgenössischer Stilblüten herauszugeben. Aber dazu hätte er sich diese und mehr Bücher besorgen und lesen müssen, und das war ihm die Sache nicht wert. So blieb es über die Jahre, der Lektor rief ihn hin und wieder an und sagte: Ich habe wieder so einen Sprachverhau über Mexiko. Haben Sie Zeit? Und wenn er Lust hatte, das war die eigentliche Frage, denn Zeit hatte er, sagte er ja und machte sich an die Arbeit.

Früher hatte er Gedichte geschrieben und auch ein Bändchen, eher ein Heft, in einem Kleinverlag veröffentlicht. Eines dieser Gedichte war während der damaligen Inselbesetzung, wie er und sein Schulkamerad es nannten, entstanden.

Die Botschaft

Unausdeutbar die Keilschrift
Der Spuren am Strand.
Vergeblich folterten Ornithologen
Auf Leimruten
Strandläufer und Austernfischer.
Auch die Wahrscheinlichkeitsrechnung
Der Assyrologen
Konnte die Schrift nicht entschlüsseln.
Ein Computer schrieb:
    Menetekel.
Überbleibsel der Programmierung
Für ein Stichwortregister des Alten Testaments.
Die Botschaft wird uns nicht erreichen
Und ausgelöscht von der Flut
Wird nichts bleiben
Als ein Gerücht:
    Vom sechsten Buch Moses'
    Vom Stein der Weisen
    Von der Weltformel
Hoffnung.

Übertrieben dramatisch war dieses Foltern, dachte er beim Wiederlesen. Und das *unausdeutbar* ist so gesucht wie überflüssig. Das Weglassen, das Verknappen musste noch gelernt werden. Gewollt erschien es ihm, und, was gegen das ganze Gedicht sprach, er konnte sich nicht mehr in die damalige Stimmung hineinversetzen.

Anders als bei diesem so deutlichen Bild. Die Frau ging durch die Reihen, ihre Haltung, ihre Größe, dieses Aufrechtgehen, das Nichtumherblicken, kein Suchen, kein Stocken. Sie hatte die leeren Stühle in seiner Reihe gesehen und war ohne zu zögern durch die Stuhlreihen und auf ihn zugekommen. Das blondbraune, nein, messingfarbene Haar, das, wie noch nie zuvor gesehen, einen Stich ins Grünliche hatte, trug sie zu einem Pferdeschwanz gebunden.

Sie setzte sich neben ihn, einen Stuhl frei lassend. Während des Vortrags (*Was heißt Stadtplanung heute?*) hatte er seine Hand auf den freien Stuhl gelegt, und als er einmal kurz hinüberblickte, sah er ihre Hand, eine Hand, der man das Zugreifen ansah, dicht neben seiner liegen. Die Nägel waren nicht lackiert. Seine Vermutung, dass sie Kinder habe, sollte sich später bestätigen.

Ihre und seine Hand lagen nebeneinander, zufällig und ohne Absicht, wenn man denn an Planung und Willen denkt, und doch voller Bedeutung, denn nach einem kurzen Blick und einem einvernehmlichen Lächeln zogen beide zur gleichen Zeit die Hände weg.

Der glückhafte Augenblick.

Er hatte später einen Physiologen gefragt, was es mit dem sogenannten Glanz der Augen auf sich habe. Der Mann sagte, tatsächlich stimulierten Endorphine die Glanzkörper im Auge. Sie erzeugten dieses Strahlen. Ein Wort für eine Erscheinung, die erst nach Jahrhunderten ihre wissenschaftliche Erklärung gefunden hatte. So wie die Redensart, man habe dieselbe Wellenlänge, längst vor der physikalischen Erkenntnis, dass jeder Körper eine bestimmte Frequenz hat, schon in Gebrauch war: Der liegt nicht auf meiner Wellenlänge.

Das führt, hatte der Physiologe gesagt, zu Interferenzen, zu negativen, sich verringernden, oder zu positiven, sich aufbauenden Überlagerungen, also zum harmonischen Gleichklang.

Eschenbach hatte daraufhin zögernd gesagt, der Blick, der gerichtete, erfassende Blick, sei anders als das Sehen.

Was?

Man sieht jemandem seine Angst an. Aber niemand blickt ihm seine Angst an. Der Blick schließt das in den Blick Gefasste mit ein, das ist der Anblick. Und der blickt zurück. Ist das nicht die eigene Wahrheit des Gefühls?

Der Physiologe hatte daraufhin nur irritiert *vielleicht* gesagt.

Nach dem Vortrag, als sich alle erhoben und hinausdrängten, sie in der Reihe ein wenig warten mussten, hatte Eschenbach sich ein Herz gefasst, so nannte er es vor sich selbst, und sie angesprochen, gefragt, ob sie Architektin sei. Nein. Was wiederum sie nun ihn fragte. Nein. Zweimal nein, das verbindet für mindestens ein Jahr, hatte er gesagt. Das war nicht originell, aber sie lachte, und es ließ die nächste Frage zu, ob es vielleicht noch mehr Doppelungen gäbe, was sie beruflich mache.

Lehrerin, Kunst und Latein.

Oh.

Das sagen alle.

Entschuldigung, wie kann ich dieses Oh wiedergutmachen?

Was machen Sie denn?, fragte sie in einem provozierenden Ton.

Dinge vereinfachen, Ordnung in Unordnung bringen, was wiederum neue Unordnung bringt.

Jetzt könnte ich Oh sagen, und sie lachte, aber was machen Sie denn nun genau?

Ich leite, sagte er – untertreibend, denn sie gehörte ihm –, eine Firma für Software.

Und worum geht es?

Wir entwickeln Programme, die alles schneller und wirksamer machen. Nein, machen sollen. Aber das sei nicht so spannend wie ihr Latein- und insbesondere ihr Kunstunterricht. Eine nicht so häufige Kombination. Kunst sei doch sicherlich das Fach, das allen Schülern Lust bereite.

In dem Moment war ein Mann zu ihnen getreten, schlank, groß, hatte Eschenbach freundlich zugenickt und zu ihr gesagt, die warten, und dabei mit dem Kopf in eine Richtung gedeutet, wo eine Gruppe Frauen und Männer stand.

Im Weggehen hatte sie sich nochmals umgedreht und ihm gewunken. Ihm war, als würde sie von ihm weggezogen.

Er war fortan zu den Vorträgen über Architektur und Stadtplanung gegangen, in der Hoffnung, sie zu treffen, und jedes Mal wieder mit dem peinlichen Gefühl, sich wie ein Schuljunge zu benehmen. Er traf sie schließlich, aber so anders als erwartet.

Selma, die Silberschmiedin, mit der er seit zwei Jahren zusammen war – denn zusammenleben konnte man, da sie getrennt wohnten, nicht sagen –, hatte eine Einladung von einem Galeristen bekommen. Für diesen Galeristen hatte Selma einen Armreif angefertigt.

In der Galerie wurden die Bilder eines jungen, angeblich aufstrebenden Künstlers gezeigt. In dem großen Raum waren Tische zu einer einfachen, mit Papiertischtüchern eingedeckten Tafel zusammengestellt worden. Dieser Augenblick, als er mit Selma den Raum betrat und zwischen all den Herumstehenden sie erkannte, war ein Schreck, keineswegs Freude oder Jubel, ein Schreck durchfuhr ihn. Die vollen, in dem kalten Licht erneut messingfarben leuchtenden Haare trug sie aufgesteckt. Ein schwarzes, eng geschnittenes Kleid mit einem weißen Kragen. Sie stand mit dem Mann, der sie ihm am Vortragsabend entführt hatte, und anderen Besuchern im Gespräch. Es war ihr Blick, überrascht, in dem er sich wiederfand. Und so grüßten sie einander. Dieses Bild war aufgehoben, noch jetzt, hier, in der Hütte, in verstörender Genauigkeit und räumlicher Tiefe.

Selma stieß ihn an, ja rüttelte ihn, he, was ist los?

Als sich die Stehenden verteilten und an der langen Tafel, an der es keine Sitzordnung gab, Platz nahmen, um die nach einem nordkoreanischen Rezept gekochte Linsensuppe zu essen, hatte Selma dorthin gezeigt, wo die Angestarrte saß und neben ihr der Mann, der, wie sich später erweisen sollte, ihr Ehemann war. So saßen sie zu viert zusammen. Eschenbach sagte beiläufig, dass sie einander schon einmal begegnet seien, und die Frau sagte zu ihrem Mann, dass auch er dabei gewesen sei. Der schüttelte den Kopf, konnte sich nicht erinnern. Sie nannten ihre Namen und redeten von ihren Berufen, Anna die Lehrerin, Kunstlehrerin, ihr Mann Ewald, Architekt, Selma, Silberschmiedin, und Eschenbach erwähnte wieder seine Firma und musste abermals erklären, was bei den anderen Berufen sogleich einsichtig und ohne lange Erklärung verständlich war. Also eine Firma für Software.

Für was?

Alle möglichen Abläufe berechnen, vereinfachen und optimieren. Kurz, Ordnung ins Chaos bringen. Oder das jedenfalls versuchen, verbesserte er sich.

Ewald, der Architekt, wollte darauf anstoßen und meinte, genau das könne er gerade gebrauchen. Sein Architekturbüro baue demnächst in China eine Wohnsiedlung, was heißt Siedlung, eine Stadt. Der Bau zu Babel schon in der Planung. Ob seine Arbeit auch auf Bauvorhaben zu übertragen sei?

Im Prinzip schon, sagte Eschenbach, der keine Lust hatte, hier einen Kunden zu werben, sondern sich darauf konzentrieren musste, sie, Anna, nicht immer wieder anzustarren, dabei von Algorithmen und der Methode des Heurismus sprach, Worte, deren Sinn sich ihm beim Reden entzog, weil seine Blicke ihm ganz einfache Worte nahelegten: Lippen, Augen, Augenlider, Kinn, Wangenknochen, Haar, dieses Haar, das berührt werden wollte.

Selma, die wunderbare Selma, sagte schließlich, du

redest so, als käme die Unordnung über uns. Mir wäre das System schon zu Hause ein Gewinn. Obwohl sie den Ordnungsanalysen so nahe sei, gehe bei ihr alles drunter und drüber.

Ewald sagte, das Projekt sei einfach eine Nummer zu groß.

Anna versuchte ihn zu unterbrechen, bitte nicht wieder der China-Bau.

Sein Büro, fuhr er fort, vor allem er sei mit dem Bau überfordert. In seinem Büro seien zwanzig Architekten damit beschäftigt. Und dann die Chinesen. Die Bürokratie. Unglaublich.

Selma nahm das als Stichwort und berichtete von ihrer Chinareise, die sie vor Jahren gemacht hatte, von Hongkong und Macao.

Geschäftlich?, fragte Ewald.

Nein, sagte sie, privat.

Eschenbach wusste, dass es eine Reise mit einem Freund gewesen war, eine Reise, die ein dramatisches Ende gefunden hatte. Ihr Freund war in China verhaftet worden. Er war, wie sich später herausstellen sollte, Waffenhändler, hatte Selma aber gesagt, er sei Antiquitätenhändler. Was nicht gelogen war, denn es waren gebrauchte Waffen, mit denen er handelte. Sie, die mit ihm in der ersten Klasse hingeflogen war, musste in der Billigklasse zurückfliegen, auf dem Schoß eine kleine, wunderbare Ming-Vase, die sie als Mitbringsel durch den Zoll schleusen konnte. Später hatte sie die Vase Eschenbach geschenkt, einfach so, zum Geburtstag. Das wertvollste Geburtstagsgeschenk, das er je bekommen hatte.

Anna, sagte er, sei ein so klangvoller wie linguistisch interessanter Name, da er sich bekanntlich von vorn wie rückwärts lesen lässt, und er dürfe ihr, der Lateinlehrerin, verraten, dass es in der Informatik auch Palindrome gebe, allerdings müssten die keinen Sinn ergeben, sondern nur symmetrisch um eine Mitte gebaut sein. Sie wollte wissen, ob er Mathematik studiert habe. Nein, Theologie, dann etwas Soziologie, erst später habe er sich in die Informatik eingearbeitet. Mal dies, mal das, damals noch ungewöhnlich und heute ganz normal.

Das Gespräch hatte sich dann chinesischen Lokalen in Berlin zugewandt.

Selma und Ewald, beide Kenner der chinesischen Küche, verglichen die Qualität einzelner Restaurants. Ewald erwähnte ein Lokal, das mit Devotionalien aus der Kulturrevolution vollgestopft sei, in das er oft mit Geschäftspartnern gehe, und in dem, so die Fama, noch die Großmutter koche. Und er erzählte einen Witz, den er auf seiner letzten Reise in Shanghai mehrmals gehört hatte. Warum haben die Europäer so lange Nasen? Weil sie die in alles hineinstecken müssen.

Na ja, sagte Anna, wenn alle chinesischen Witze so mühsam sind.

Aber Selma lachte, bis sie alle mitlachen mussten.

Da bat die Galeristin um Gehör, sagte, der Künstler habe leider nicht kommen können, aber die Bilder sprächen ja für sich, redete dann doch noch eine Weile von gewohnten Sehweisen, Dekonstruktion und der Bedeutung der Farbbrüche. Sagte dann, als habe sie das

Wort Brüche an das Geschäft erinnert, die Preise erfahre man auf Anfrage.

Es wurde geklatscht und beifällig gemurmelt. In dem Moment sagte Anna, diese so dezent elegant gekleidete Frau: Was sind das nur für Typen, und aus ihrem sonst so nachdenkliche Sätze bildenden Mund kam: Allein diese beiden Galeristen, die Frau, der Mann, so was von Arschgesichtern.

Ewald sagte: Nicht so laut!

Nein, beharrte Anna, sieh dir diese Frau an. Dieses auf Intellektualität getrimmte dürre schwarze Gespenst, mit der übergroßen Hornbrille auf der Nase. Dieser mokant dämliche Zug um den Mund. Und daneben ihr Typ, dieser Schnösel, dieser Blick, dieses coole Getue. Zum Dreinschlagen. Und die anderen. Da hast du unsere Gesellschaft versammelt. Knete und Ästhetik. Gut, dass der Maler nicht gekommen ist, das macht ihn mir sympathisch, auch wenn die Bilder nichts taugen.

Ewald sagte abermals, bitte, Anna, nicht so laut! Warte wenigstens, bis wir draußen sind.

Nein, das muss hier gesagt werden.

Du sitzt doch auch hier.

Eben, wir sitzen mittendrin und sollten deshalb gehen. Und zu Eschenbach gewandt sagte sie: Kein Missverständnis, ich habe nur ein Glas Rotwein getrunken. Und der war auch noch ziemlich sauer.

Eschenbach, überrascht von der ungenierten Boshaftigkeit, lachte: Er stimme ihr zu, sowohl was die Typen als auch was den Rotwein angehe. Flüchtig hatte er dabei Annas Hand berührt, und ihm war, als hätte er einen kleinen elektrischen Schlag bekommen. Ihm kam der alberne Gedanke, dass diese elektrische Ladung wohl mit dem vollen Haar, das so metallen schimmerte, zusammenhing. Konnte man sich im Sitzen elektrisch aufladen, oder war ihre Wut so groß, dass man sie in Ampere messen konnte?

Selma drängte darauf, sich gleich am nächsten Wochenende in dem von Ewald genannten chinesischen Restaurant zu treffen.
Der nächste Samstag?
Ewald suchte in seinem elektronischen Timer. Ich kann.
Anna sagte den in Eschenbachs Ohren so schön klingenden Satz, sie werde Zeit haben. Selma hatte sowieso Zeit. Und Eschenbach nahm sich vor, jeden Termin, den er zu Hause im Planer fände, und sei er noch so wichtig, zu verlegen oder abzusagen.
Die beiden Paare verabschiedeten sich mit der Versicherung, wie schön der Abend trotz der nichtssagenden Bilder gewesen sei. Auch Eschenbach stimmte dem zu, obwohl er die Bilder, etwas Abstraktes in monochromem Grau, gar nicht richtig angesehen hatte.

Der erste warme Frühlingsabend, auch das Wetter war ihrer Stimmung günstig. Paarweise umschlungen, gingen sie die Straße entlang zu einem Taxistand.

Wie nahe Selma ihm immer noch ist, wie freundlich und ohne jeden Groll sie ihm begegnet, auch hier auf der Insel, ihre Wärme, ihre Zukunftsfreude, ihre körperliche Zugewandtheit auch als Geisterfreundin.

Selma kam aus Polen, aber jeder, auch er, glaubte auf den ersten Blick, sie sei Türkin, die glänzend schwarzen Augen, die widerspenstigen schwarzen, durch eine Schildpattspange gebändigten Haare, aber vor allem, weil sie oft so verheißungsvoll verbergende Pluderhosen trug, Lederarmbänder, Selbstgeschmiedetes aus Silber an Hals und Handgelenken. Selma, die, so sagte er für sich, wie ein Kissen war, eines dieser Kissen, die für Astronauten in ihrer Schwerelosigkeit entwickelt worden waren, für sie, die in ihren Kapseln die Erde umkreisten, war Selma unerreichbar fern, ihm war sie auf wunderbare Weise nahe und wie angepasst, hier die Fülle der Hüfte, der untere Rippenbogen, der Busen, die Arm- und Beinbeuge. Und vor allem das, sie war eine Wunschdeuterin, eine Wunscherfüllerin.

Die Vermutung, die ein Freund geäußert hatte, dass Selma einem doch recht rückständigen, wenn auch sehr angenehmen Frauenbild entspräche, dem, wie er sagte, man ruhig nachtrauern dürfe, traf nicht zu. Im Gegenteil, sagte Eschenbach, sie weiß sehr genau, was sie will, und in ihrem Willen ist sie sehr bestimmend. Plötzliche Wutausbrüche, weil er keine Zeit oder Lust hatte, ins Kino zu gehen. Du müsstest mit ihr einmal über Politik diskutieren. Ein flammender Nationalismus, was Polen angeht. Ein feines Empfinden für die Ehre. Geradezu aristokratisch, obwohl der Vater Arbeiter ist. Der Wille, unabhängig zu sein, nicht zu Dank verpflichtet. Geschenke werden sogleich mit Gegengeschenken beantwortet. Wobei sie sorgsam darauf achtet, dass ihr größtes Geschenk – ihre wunderbare Hingabe – keine Gegengabe fordert. Sie nimmt keine Einladung an. Besteht darauf, selbst zu zahlen, also nicht die kleinste Bestechung. Darum gehen wir in die billigen Restaurants. Sie hat auch dafür eine Erklärung, die einfache Küche sei, wird sie denn gut zubereitet, die gesündeste. Und sie macht fabelhafte Resteessen. Heute gibt es Schurrmurr. Solche ungebräuchlichen Worte kommen aus ihrem Mund. Ich wäre, sagte er zu seinem Freund, gern mal mit ihr an einem Wochenende nach Paris oder Rom oder London geflogen. Geld war genug da, lag auf dem Tagesgeldkonto herum. Konnte es, weil ich keine Zeit hatte, nicht mal ausgeben. Nein. Sie hämmert an ihrem Schmuck. Übrigens sehr schöne Sachen. Hopi-Schmuck, den sie als echt und alt verkauft.

Eine kleine, von ihm bewunderte kriminelle Energie steckte in ihr.

Einmal hatte sie fünf Armreifen an einen Galeristen verkaufen können, an eben jenen, für dessen Frau sie einen Armreif geschmiedet hatte, worauf diese Galeristenfrau überall gefragt worden war, woher sie dieses so staunenswerte Stück bekommen habe. Antik? Selbstverständlich. Also hatte sie noch fünf weitere echte alte Armreifen angefertigt. Das Honorar war hoch. Selma hatte nun genug Geld, um den Flug und das Hotel selbst zu zahlen.

Die Hochhäuser am Potsdamer Platz waren im tief hängenden Novembergrau verschwunden, da hatte sie gesagt: Los, wir fliegen, irgendwohin, wo es warm ist, wo wir baden können. Sie hatte im Internet gesucht und ein kleines Hotel in der Türkei gefunden, weit abgelegen von den Betonburgen Antalyas. Sie hatte die Flüge gebucht. In drei Tagen geht es los. Das Spontane ist doch das Schönste.

Allerdings hatte er, um die anstehenden Entscheidungen in der Firma vorzubereiten, die beiden Nächte vor dem Abflug durcharbeiten müssen.

Sie hatte ein Holzhaus gemietet, von dem sie behauptete, es sehe aus wie die Häuser auf Martha's Vineyard. Woher sie das wusste, sagte sie nicht. Ein helles gelbrötliches Holz, das Holz der Pinien, die mit mächtigen Stämmen und Kronen an der lang gezogenen Bucht wuchsen, die, weil dort die Schildkröten ihre Eier am Strand ablegten, unter Naturschutz stand.

Eine Woche des Nichtstuns, sagte er, sei es gewesen. Er hatte sich die *Odyssee*, in der Übersetzung von Johann Heinrich Voß, mitgenommen und dazu eine griechische Ausgabe, um vergleichen zu können. Etwas mühsam, denn er hatte das Graecum in nur einem Jahr für sein Theologiestudium nachholen müssen. Beim Lesen musste er zunächst immer wieder nachschlagen. Aber am Ende der Woche las er schon recht zügig, deklamierte laut in den Wellen.

Was redest du da immer, wollte Selma wissen.

Nur so, brummelte er, peinlich ertappt, und schwamm fortan still und mit Blick auf diese Bucht, lang gezogen, zu beiden Seiten von zerklüfteten steilen Felsen abgeschlossen, ein heller Streifen der Kieselsteine, rund und flachpoliert, dahinter das gebauschte, vielschattige Grün der Pinien, und im Hintergrund erhob sich das Gebirge mit einem weiß leuchtenden, spitz zulaufenden Gipfel, dem Matterhorn ähnlich. Davor Hügel, kiefernbestanden, zerklüftet, dort lag der ewig brennende Berg mit dem Heiligtum des Hephaistos. Dem Einzigen unter den griechischen Göttern, der sich die Finger schmutzig gemacht hat. Der Prolet.

Sie waren bei Einbruch der Dunkelheit durch einen Pinienwald den steinigen Pfad hinaufgestiegen, der sich jäh zu einem baumlosen Hang öffnete. Aus dem felsigen Erdreich kamen zahlreiche kleine bläuliche Flammen. Wie nahe und einsichtig es war, dass hier dieser Gott wirkte.

Hier ist mein Ort, sagte Selma, und das ist mein Geschenk. Sie riss eine Seite aus ihrem Impfpass und zündete damit eine neue, aus dem Boden kommende kleine Flamme an.

Das ist mein Ort, wiederholte Selma.

Sie standen in einem wundersamen Staunen.

Frühmorgens, noch vor Sonnenaufgang, ging er hinunter zum Strand und blickte diesem ersten grauen, dann sich ins Orange wandelnden Schimmer auf dem Meer entgegen, das sich plötzlich mit dem ersten Auftauchen des Lichts rot färbte, um wenig später in ein helles Gleißen überzugehen.

Selma hatte, wenn sie eben zusammen gewesen waren, die Angewohnheit zu fragen, ob er glücklich sei. Eine Frage, die aus ihrem Mund mit diesem eben noch hörbaren, nach Osten weisenden Klang der spät erlernten Sprache nichts Peinliches hatte, ja dem Wort eine erstaunliche Kraft zurückgab. Und er sagte dann jedes Mal Ja, was nicht falsch war.

Jetzt, die Sonne war eben über dem Meer aufgegangen und lag wie das Goldene Vlies auf dem Wasser, konnte er es ganz eins mit sich sagen: Ja.

Er ging wie jeden Morgen den Strand entlang, suchte vom Meer zu bizarren Formen abgeschliffene Äste und Wurzeln und trug die ungewöhnlichen Stücke zurück in ihr Holzhaus.

Eine kleine schneeweiße, trichterförmige Meeresschnecke, am oberen Rand von einem schmalen schwarzen Streifen gesäumt, schenkte er Selma.

Später, zurück in der Stadt, im Winter, fasste sie die Schnecke kunstvoll schlicht in Silber und trug sie als Anhänger, ihr Glücksbringer.

Dein Einhorn aus dem Meer.

Getroffen hatte er sie an einer Straßenkreuzung, an einer Ampel, die rot zeigte. Er stand neben anderen Passanten und wartete und sah den Blick einer jungen Frau, nicht auf sich, sondern auf das Buch gerichtet, das er in der Hand hielt und kurz zuvor an einem der Stände vor der Humboldt-Universität gekauft hatte. Ein Buch, das unter den sonstigen Schmökern und Taschenbüchern mit seiner eigenwillig gestalteten goldenen Titelschrift *Luther* und dem Untertitel *Gestalt und Symbol* auffiel. Fünf Euro hatte er dafür bezahlt, spontan nach einer plötzlichen Eingebung, die ihm sagte, dieses so kunstvoll gestaltete Buch aus dem Jahr 1925 sei auf dem Tisch den hin und wieder griesigen Schneeschauern preisgegeben und werde verderben.

Ja, er hatte den Eindruck, es friere. Der Verkäufer hatte diesen Teil des Tischs mit den ihm wohl weniger wertvoll erscheinenden Büchern nicht mit der Plastikplane abgedeckt.

Als er ihren neugierigen Blick bemerkte, hielt er der jungen Frau, damit sie den Titel richtig lesen könne, das Buch hin. Sie zögerte einen Moment, dann nahm sie das Buch, und es schien ihm, es sei in ihrer roten Wollhand jetzt tatsächlich geborgen.

Luther, natürlich, den kannte sie, aber nicht den Autor Gerhard Ritter. Ich bin Katholikin, sagte sie entschuldigend.

Den muss man nicht kennen, heute nicht mehr.

Inzwischen war die Ampel auf Grün umgesprungen. Sie überquerten die Straße und gingen noch ein Stück gemeinsam weiter, und sie sagte, ein schönes Buch, gut, dass Sie es in Ihre Obhut genommen haben. Das altertümliche Wort *Obhut* bekam durch ihren leicht fremden Akzent eine überraschende Bedeutung.

Er hatte sie nach ihrer Telefonnummer gefragt. Sie kramte in ihrer Ledertasche, ein Kramen, wie er es von so vielen Frauen kannte, zog schließlich mit den Zähnen den roten Wollhandschuh aus, suchte weiter und gab ihm eine Visitenkarte. Ein einfaches Papier, darauf ihr Name und das Wort Schmuckdesignerin. Sie nannte ihm den Platz, wo sie mittwochs und samstags stand und ihren Schmuck anbot.

Das war ihm aufgefallen, wie selbstverständlich sie von dieser Verkaufsarbeit sprach, ohne jeden Versuch, diese Tätigkeit zu überhöhen. Ihre Werkstatt betrieb sie in einer Ladenwohnung. Eines der in Berlin so häufig anzutreffenden kleinen Geschäfte, hinter denen noch zwei Zimmer lagen. Geschäfte, in denen früher Molkereiprodukte, Kolonialwaren, Textilien verkauft wurden. Viele waren mit dem Aufkommen der Supermärkte in Wohnungen umgewandelt worden. Ihre Werkstatt lag in einer Nebenstraße, und er war abends hingefahren und hatte sich das Schaufenster angesehen. Zwei, drei Silberbecher lagen darin, vier, fünf Armreifen, dem Hopi-Schmuck nachempfunden, zwei Broschen, die eine zeigte durch aufgetragenes Gold eine stilisierte Hügellandschaft mit zwei Zypressen.

Am folgenden Samstag, es war ein sonniger, kalter Vormittag, war er zum Winterfeldt-Markt gefahren und schlenderte an den Ständen mit all den Angeboten, dem Gemüse und Obst, dem Käse, den Back- und Wurstwaren vorbei. Kleider, Mäntel, Blusen und Pullover lagen zum Verkauf da, Modelle, die mit Gold- und Silberfäden durchwirkt waren, aber auch Kleidungsstücke, die er zuletzt an seiner Großmutter gesehen hatte, beutelartige Schlüpfer, gewaltige BH-Schalen, Breitbandträger mit Krallverschlüssen. Türkinnen mit Kopftüchern und erdbraunen fußlangen Mänteln drängten sich um diese Stände, befühlten den Stoff und prüften die Größe. Auf einem Tisch erhoben sich zwei Kunstoffbeine, die Zehen wie zum Schwur in den Himmel gereckt. Strümpfe in unterschiedlichen Farben und Musterungen. Und wieder Blumen und Gemüse, daneben, hinter einer auf zwei Böcken liegenden Holzplatte, stand sie, eingehüllt in einen schwarzen Mantel, einen Schal um den Hals gewickelt, die

Hände frierend unter die Arme geschoben, und blickte so freundlich wie erwartungsvoll den Vorbeigehenden entgegen. Er ging zu einer Imbissbude, kaufte zwei Pappbecher Kaffee, nahm zwei Milchdöschen und Zuckertütchen und ging zu ihr. Langsam kam das Erkennen in ihr Gesicht und mit ihm ein Lächeln. Ach, Sie.

Ihre Arbeiten?

Ja, sagte sie, den Kaffeebecher in den roten Wollhandschuhen, ich nehme nichts in Kommission. Hier liegen nur ganz einfache Silberringe. Man muss aufpassen, seit die Rumänen aufgetaucht sind. In einem abschließbaren Glaskasten lagen die teuren Stücke, Silberbecher, eine kleine silberne Kanne. Sie habe eine Ausbildung als Silberschmiedin in Warschau gemacht, und vor sieben Jahren sei sie nach Deutschland gezogen. Er tippte auf den Glaskasten, und sie schloss den Deckel auf und gab ihm einen der silbernen Armreifen, auf dem in einer exakten Regelmäßigkeit schwarz stilisierte Figuren tanzten, die Beine strichförmig wie die Arme, der Körper etwas breiter, auf dem Kopf Zacken, wahrscheinlich Federn symbolisierend, vorgebeugt eine Flöte spielend, alles knapp, in äußerster Abstraktion, die den Rhythmus des Tanzes, ein Stampfen, wiedergab. Nach oben war der Reif mit einem Mäander-Ornament gerandet, das für Alter und Neugeburt steht und offensichtlich auch in dieser der Klassik so fernen Kultur der Hopis seine Bedeutung gefunden hatte. Als er ihr das sagte, wollte sie es sich, da sie das noch nicht gehört hatte, gleich aufschreiben.

Er fragte nach dem Preis und war überrascht, als sie

einfach siebenhundert sagte. Und wie zur Entschuldigung erklärte sie ihm die erforderliche Arbeit, eine höchst komplizierte, bei der zwei Silberschichten gewalzt und gehämmert werden. In der oberen Platte wird sodann mit einer feinen Säge die Motivfolge ausgesägt. Eine Millimeterarbeit. Man muss dabei die Luft anhalten. Mit einem Stahlstichel werden in der darunterliegenden Platte die durchscheinenden Stellen punziert und danach oxydiert. Die beiden Silberplatten werden aufeinander gelötet. Die Oberfläche wird mit einem Stück Wildleder poliert. Ein Verfahren, das sie in Amerika, in Santa Fe, studiert hatte, erzählte sie ihm, er stand, vergaß die Kälte, hörte sie von der großen Kunst der Hopi erzählen, von der Genauigkeit, von der erforderlichen Dauer der Arbeit, von der Vielfalt und Schönheit der Motive, und fragte sie schließlich, ob er sich das einmal ansehen dürfe, und sie sagte Ja.

Die angenehme Empfindung, als er den kühlen, glatten Reif in der Hand hielt.

Ich kaufe den Armreif. Ob er sie in der Werkstatt, in ihrem Laden besuchen und dort zahlen und den Armreif abholen dürfe.

Lieber ist mir, Sie könnten gleich und bar bezahlen.

Er war zu einem Geldautomaten gegangen, hatte das Geld gezogen und ihr gebracht, war nach Hause gefahren und hatte, was ihm während der Fahrt eingefallen war, Brian Enos *My Life in the Bush of Ghosts* aufgelegt. Er saß, obwohl er sich mit einer Kalkulation hätte beschäftigen müssen, im Sessel und betrachtete das rhythmische Stampfen, hörte den Sprechgesang, den ihm der Silberreif vor Augen führte. Sein Staunen über ihre Kunst war groß und wurde, je länger er das Motiv betrachtete, zur Bewunderung.

Von da an kam er abends oft zu ihr in die Werkstatt, saß da erschöpft vom Telefonieren, dem Reden und Widerreden mit Geschäftspartnern und seinen Kompagnons, die Augen trocken vom Lesen und Schreiben der Mails, vom Studium der Bilanzen, all dieser, wie ihm schien, ergebnislosen Arbeiten, die irgendwo anders etwas minimierten oder maximierten, je nach Sicht auf die Dinge, er kam und setzte sich zu ihr, die gern am Abend, auch in der Nacht arbeitete, das Recht der Gold- und Silberschmiede, sagte sie, Hephaistos arbeitet ja auch in dem dunklen Berg.

Er sah ihr zu, ein Glas Wasser oder Rotwein in der Hand, und beobachtete, wie ihre Finger das Material fassten, wie sie mit dem Brenner arbeitete, wie sie hämmerte und bog, alles Tätigkeiten, deren Sinn sogleich einsichtig war, Handbewegungen, geübte, die er gern auch gemacht hätte, wobei er wusste, wie notwendig dafür eine langjährige Übung war, um ein Gefühl für das Metall zu bekommen, wie es zu schmelzen, zu biegen, zu schmieden ist. Einmal hatte er unter ihrer Anleitung versucht, einen silbernen Teelöffel zu schmieden, und dabei bemerkt, wie fern seine Handgriffe ihrer Kunst waren. Es war, als hätte er versucht, mit seinem höchst mittelmäßigen Können eine späte Klaviersonate von Beethoven zu spielen.

Er erzählte von seinem Arbeitstag, von dem genau genommen nichts zu erzählen war, weil er sich in Details auflöste, die nur Luhmann beschreiben konnte.

Wenn Eschenbach aber anfing, darüber zu reden, waren es nicht logische Abfolgen, vielmehr ein Nacheinander, Berechnungen von Vorgaben, die wiederum aus Abläufen gewonnen wurden. Obwohl es andererseits auch durchaus lustvoll war, wenn er oder alle gemeinsam ein Problem gelöst hatten. Aber er sprach weniger über die Arbeit als über seine beiden Gesellschafter, mit denen er damals die Firma leitete, vor allem über einen, der ihm zuwider war.

Den hasst du aus tiefstem Herzen, sagte Selma, als habe sie als Pädagogin jahrelang das aktive Zuhören geübt, feilte dabei, fragte nach, lachte oder schüttelte den Kopf. Erzählte sie, ließ sie die Arbeit einen Augenblick ruhen.

Durch die fremde Betonung waren die Wörter wie neu mit Bedeutung aufgeladen, erschienen den Dingen viel näher. So ihre Frage, ob er glücklich sei. Oder die Feststellung, heute habe ich etwas Schönes gesehen, wobei sie das Ö dehnte. Ja, dieses Schöne war, wenn sie es beschrieb, schön in dem Sinn, den das Wort einmal hatte, es umfasste das Staunen, das Überraschtsein, und dann die Beschreibung, der Himmel, sagte sie, zog so schnell, und plötzlich wurde aus ihm ein Schwarm Tauben herausgeschüttet. Kann der Himmel ziehen, überlegte er. Vor allem mochte er ihre Erzählungen vom Markt, von den Türken, die ihr Gemüse mit Kleinlastern durch Griechenland, Serbien, Österreich nach Berlin schafften, von der jungen Kollegin, ebenfalls eine Polin, die am Nebenstand die Strümpfe verkaufte und ein Modeimperium aufbauen wollte, eine so mutige wie einfallsreiche Frau, die Japanisch lernte, weil sie die japanische Literatur und Kunst bewunderte und ihren Liebsten, einen Taugenichts, einen Wolkengucker, nach Japan einladen wollte, nach Kioto, wenn denn ihre Modefirma einmal Geld abwürfe, irgendwann.

Sie zeigte ihm den Rohguss einer Brosche. An einer Stelle war wie beim Bleigießen ein kleiner Auswuchs zurückgeblieben. Beide beugten sich darüber und befragten die Form.

Rate, sagte sie.
Eine Lilie?
Kopfschütteln.
Ein Tretboot?
Quatsch.
Ein Stier?
Genau. Lass dir das ein Zeichen sein für heute Nacht.

Manchmal, nachts, sagte er in seiner Hütte so etwas: Ich war glücklich mit dir.

Wenn er es nur dachte, klang es ihm falsch und peinlich. Aber wenn sie da war, war es einfach und vor allem wahr. Sein Wunsch nach ihrer Gegenwart.

Beim zweiten Anruf hatte er Anna nochmals gefragt, woher sie seine Telefonnummer habe. Von Selma. Ewald sei in Dubai wegen einer Ausschreibung. Ihn werde sie diesmal nicht sehen. Aber mit Selma habe sie sich getroffen. Es sei ein sehr schöner Abend gewesen. Selma habe gekocht. Es sei immer wieder etwas merkwürdig, Selma an dem Herd und dem Küchentisch hantieren zu sehen, an dem sie, Anna, jahrelang das Essen für Ewald und die Kinder zubereitet hatte.

Übrigens, Selma ist schwanger. Und ich soll dich natürlich von ihr grüßen.

Wie sich das Natürlich anhörte.

Es ist gut für Selma, gut, dachte er, dass sie, die schon immer ein Kind haben wollte, egal, ob verheiratet oder nicht, jetzt doch noch ein Kind bekam.

Er erinnerte sich an eine der frühen Diskussionen. Selma bereitet in der Küche Rinderrouladen zu, während er ihr erzählte, dass er als Kind so gern Kartoffelmus gegessen habe. Darüber war wieder einmal die Frage nach einem Kind aufgekommen. Eine Frage, die bei allen möglichen Gelegenheiten und zu jeder Tageszeit aufkommen konnte. Aber das Kartoffelmus als Kindheitserinnerung war, da mit seinem Wohlgefallen verbunden, ein besonders günstiger Anlass.

Warum willst du kein Kind?

Am Küchenfenster stehend hatte er gesagt, mit der Tochter aus seiner ersten Ehe reiche sein Engagement für die Arterhaltung. Er sagte, es mache ihn in ihren Augen vielleicht nicht sympathisch, aber Kinder interessierten ihn eigentlich nicht. Bei dem Zusammenleben mit Kindern, also deren Aufzucht, müsse man eine Neigung für das Prozessuale haben. Er hatte absichtlich das distanzierende Wort gewählt. Ich ertrage keine Wiederholungen. Und Kindheit ist eine Dauerwiederholung, das ist das Prinzip des Lernens. Hör dir an, wie sie die Sprache lernen, la, la, lo, lo, wie sie versuchen, sich aufzurichten, wie sie hinfallen, wie sie fragen, immer wieder dieselben Fragen. Ich habe mich bei Sabrina zusammennehmen müssen, nein, zusammenreißen, um geduldig zu bleiben. Wenn ich gleich Großvater werden könnte, dann ja. Hin und wieder sind sie reizend, witzig, so neu der Blick auf die Dinge, staunenswert ihre Reaktionen, wie sie Fernes und Nahes kombinieren. Die Ente schwimmt, der Hund läuft, plötzlich laufen die Enten, also ein Quakwauwau. Aber das geschieht nur hin und wieder. Nein, sagte er, auf keinen Fall alles noch mal durchmachen. Nein.

Die Antwort war ein Wutausbruch: Egoist, du willst nur deine Lust, deinen Spaß, aber ich, mein Alter, dreiunddreißig, das sprach sie noch korrekt aus, dann verhaspelte sie sich beim Wort biologische Uhr, und als sie biologisch wiederholte und sich abermals versprach, warf sie mit den auf dem Küchentisch liegenden Äpfeln nach ihm. Ihre wütenden polnischen Flüche, jedenfalls nahm er an, dass es Flüche waren, verstand er nicht, ging, die Hände vor das Gesicht haltend, auf sie zu und umarmte sie.

Später dachte er, wie doch ein derartiger Zufall, dass Äpfel auf dem Tisch liegen, eine tiefere Bedeutung schaffen kann, und musste jedes Mal wieder, wenn er daran zurückdachte, lachen, wie sie zuerst versuchte, sich ihm zu entwinden, dann aber ihn umwunden hatte und sie ins Bett gegangen waren.

Sie hatte dann noch gedroht, sich heimlich die Spirale entfernen zu lassen, ihm nichts zu sagen, es darauf ankommen zu lassen. Schließlich bestimme sie über das Leben. Ja, sie hatte das *Leben* gesagt.

Vielleicht hatte sie sich tatsächlich gleich damals die Spirale – wie das klang – entfernen lassen, sie, die so lustvoll empfängniswillig war. Vielleicht aber hatte es, also das Temperaturmessen, Beischlafen, Beinehochheben bis jetzt gedauert, denn sie war mit Ewald, auch wenn der oft auf Reisen war, immerhin schon fünf Jahre zusammen.

An dem vereinbarten Samstag hatten sich Selma und Eschenbach mit Anna und Ewald in dem chinesischen Restaurant getroffen. Die Wände waren mit Fotos aus der Zeit der Kulturrevolution geschmückt. Eine über die ganze Längswand reichende Panorama-Fotografie zeigte die Belegschaft eines Energiebetriebs. Vielleicht tausend, vielleicht zweitausend, vielleicht auch noch mehr Chinesen, gestochen scharf in blauer Arbeitskleidung. In der Mitte der Direktor und die leitenden Ingenieure, deren Kleidung sich durch weiße Hemden ein wenig zivil von dem Einheitsblau abhob. Aber allein, dass sie in der Mitte saßen, war ein Zeichen, dass die Aufnahme nicht auf dem Höhepunkt der Kulturrevolution gemacht worden war.

Ewald wurde wortreich begrüßt, er hatte hier hin und wieder mit Geschäftspartnern gegessen. Alles sorgfältig ausgewählt, Gemüse, Fleisch und Fisch frisch vom Markt, die Nudeln wurden im Hause gemacht. An dem Abend trug Anna ein schlichtes graues Seidenkleid, das aber in einer erstaunlichen Weise changierte und jede Bewegung ihres Körpers mit Glanz umspielte. Sie setzte sich neben Eschenbach, das Kleid rutschte ein wenig hoch, sie zupfte nicht mädchenhaft daran herum, beschenkte ihn, so deutete er das, mit dem Anblick ihrer Knie.

Selma in einer türkisen, mit kleinen weißen Blümchen gemusterten Bluse saß neben Ewald, dessen graphitgrauer Anzug, zu dem er keine Krawatte trug, sichtlich maßgeschneidert war, die Knopflöcher am Ärmel waren, wie Eschenbach mit dem von Pierre Bourdieus »Die feinen Unterschiede« geschulten Blick sah, durchknöpfbar. Eschenbach hatte sich jedem Modetrend entzogen, trug, wie er es nannte, seine Uniform, Polohemden in Dunkelblau zu Jeans und grauen Pullovern oder einem knappen schwarzen Sakko. Er musste nie lange darüber nachdenken, was er anzog, und nichts musste gebügelt werden. Nur hin und wieder und nur Selma zuliebe zog er ein weißes Hemd an. Selma liebte, während er unruhig dastand, das Aufknöpfen der Hemden.

Das Publikum im chinesischen Restaurant war, und das machte, wie Ewald angekündigt hatte, den Reiz aus, gemischt, junge und alte Leute, Rentner aus der Nachbarschaft, einige Chinesen und Gäste wie sie, die beiden Paare, die aus anderen Stadtteilen gekommen waren. Einer der Köche, vermutlich der Sohn des Chinesen, zeigte den Gästen die Vorbereitung des Nudelteigs. Eine Einlage wie im Zirkus: Wie er mit äußerster Perfektion den Teig, eine dicke Wurst, lang zog, sie sodann mit den Fingern teilte, herumwirbelte, sodass die Teigwurst länger, immer länger wurde und bis in Selmas Nähe kam, nochmals näher kam, so dass Selma sich zurücklehnen musste, dann wurde die Wurst abgefangen, zusammengelegt, erneut geteilt, zu einem Zopf geflochten, um dann wieder in die Länge gezogen zu werden.

Sie hatten sich einen französischen Wein, den einzigen auf der Karte, bestellt – nach einer kurzen Diskussion über das Zahlen. Ewald und Eschenbach hatten jeweils darauf bestanden zu zahlen, worauf sich Selma einmischte, sagte, sie wolle selbst zahlen, so kam es zu einer Asymmetrie. Man einigte sich, jedes Paar solle die Hälfte zahlen, wie die Paare das dann untereinander aufteilten, sei deren Sache. Sie hatten die von Ewald telefonisch vorbestellte Pekingente gegessen und den Rotwein getrunken. Saßen inmitten der anderen Gäste, die immer wieder zu ihnen herübersahen, weil sie so oft und laut lachten, tranken zum Abschluss einen Schnaps mit unvorstellbaren siebzig Prozent, tranken auf ex, sahen einander in die verzogenen Gesichter und lachten. Fassten sich an den Händen und sagten von da an du.

Selma war es, die noch eine zweite Runde bestellte, nachdem der chinesische Teigkünstler erzählt hatte, der Schnaps sei gut für die Liebe, er stimuliere, was sie bei seiner piepsenden Aussprache erst nach zweimaliger Wiederholung verstanden hatten. Sie tranken den Schnaps und schüttelten sich demonstrativ.

Ewald und Eschenbach zogen die Jacken aus.

Derart heiß sei ihm geworden, sagte Ewald, und: Ihr Glücklichen, in Kleid und Blümchenbluse.

Anna begann, Wangen und Stirn glühten, von der Antarktis und der Bedeutung hochprozentigen Rums zu erzählen. Sie lese gerade eine Biografie von Ernest

Shackleton. Was für ein Mann! Der wollte 1916 die Antarktis durchqueren, die Zähigkeit, mit der er das alles betrieben habe, die ersten beiden Expeditionen, dann die Reise mit der *Endurance*, das Schiff bleibt im Packeis stecken, wird zerquetscht, die Mannschaft campiert auf einer großen Eisscholle, allein das, wie Shackleton seine Leute ausgewählt habe, nicht nur nach Fachkenntnissen, den Physiker James hat er gefragt, ob er singen könne. Und als der dann sang, hat er ihn genommen. Die Bedeutung des Singens im Eis. Dann die Fahrt von Elephant Island nach Südgeorgien, in einem Rettungsboot, 800 Seemeilen, Schnee, Sturm, Wellen, Brecher. Shackleton, der einem Gefährten, der die Handschuhe verloren hat, die eigenen überlässt. Seine Finger erfrieren. Diese Großherzigkeit. Aber auch die Härte. Den Schiffszimmermann, Harry McNish, der Shackleton einmal widersprochen hatte, strafte er für alle Zeit durch Missachtung. In dieser Kälte, in dieser Ödnis, in dieser Einsamkeit – Anna glühte vom siebzigprozentigen Schnaps und vom Erzählen – memorierte Shackleton Gedichte von John Keats und Robert Browning.

Ihr versteht, unterbrach Ewald, dass ich allmählich eifersüchtig auf diesen Ernest bin, der mich nun schon seit Tagen begleitet.

Und dann, fuhr Anna unbeirrt fort, diese unglaubliche Leistung, die letzte Anstrengung, der Fußmarsch über das Gebirge in Südgeorgien zur Walfangstation. Eine körperliche Leistung, die ins Spirituelle geht.

Da rezitierte, als sei er aufgerufen worden, Eschenbach:

Who is the third who walks always beside you?
When I count, there are only you and I together
But when I look ahead up the white road
There is always another one walking beside you
Gliding wrapt in a brown mantle, hooded
I do not know whether a man or a woman
But who is that on the other side of you?

T. S. Eliot, sagte Anna und sah Eschenbach an, als habe sie in ihm jetzt noch einen anderen entdeckt.

Ja.

Er habe *The Waste Land* einmal auswendig gelernt, und jetzt sei diese Stelle dank des höllischen chinesischen Schnapses dem Fluss Lethe entrissen worden. Als Schüler habe er, *The Waste Land* im Kopf, Eliot in London besucht, wobei er bis heute nicht wisse, ob es Eliot gewesen sei.

Es war eine Zeit, in der dieser Glaube vorherrschte, das literarische Werk und die Person, die es geschrieben hat, hingen eng zusammen.

Eschenbach hatte auf einer Klassenreise nach London T. S. Eliot im Telefonbuch gesucht und den Namen auch gefunden. War zu der angegebenen Straße gefahren. Nach zweimaligem Klingeln wurde die Tür geöffnet, und ein älterer Mann erschien in einem abgetragenen Morgenmantel, der auf die Frage, ob er the great poet Eliot sei, sagte, no, I am a sales representative.

Nicht so laut, rief jemand vom Nebentisch, aber die beiden Paare ließen sich in ihrem Gelächter nicht stören.

Ich, sagte Eschenbach, war mir auf dem Weg zurück ins Youth Hostel nicht mehr sicher, ob es nicht doch Eliot war, der sich, um seine Ruhe zu haben, als Vertreter ausgegeben hat. Allerdings war der Morgenmantel recht abgetragen, was wiederum dagegen sprach.

Jahre später erklärte mir ein englischer Freund, dass es eher für den echten Eliot spreche, denn ein gut getragener Morgenmantel sei wie ein alter Rolls-Royce, den man ja auch nicht einfach auf den Schrottplatz fahre.

Das Gespräch kam dann wieder auf den geplanten Bau der Stadt in China zurück. Kein Packeis, keine Wellen, sagte Ewald, aber der Planungsirrsinn sei auch nicht schlecht.

Selma kannte sich in Architektur nicht aus, konnte aber fragen und zuhören, und es waren kluge Fragen, nicht diese Konversationsfragen, um das Gespräch in Gang zu halten oder Interesse zu heucheln. Gab es Unterschiede zwischen dem Raumempfinden hier und dort, in der Bevorzugung bestimmter Himmelsrichtungen? Die Höhe der Treppenstufen? Hatte er einen chinesischen Berater für das Feng-Shui, oder wurde ohne große Rücksicht der Ort gewählt und bebaut? Sie hatte auf ihrer Chinareise in Hongkong ein Hochhaus gesehen, in dessen Mitte eine große Öffnung belassen worden war, damit ein Drache ungestört vom Berg hinunter zum Meer fliegen könne. An Ewalds ausführlichen Antworten wurde deutlich, dass ihm die Fragen gefielen, sie tauchten seine Arbeit in ein anderes Licht.

Anna bat Eschenbach, den silbernen Armreif näher ansehen zu dürfen, und ergriff spontan seine Hand.

Hopi-Schmuck, sagte Anna, sie habe den als Studentin in Amerika, Phoenix, bewundert.

Ein Geschenk.

Von Selma?

Es war das erste Mal, dass er den ihm so vertrauten Namen aus ihrem Mund hörte.

Ja.

Ein schönes Stück. Alt?

Selma zeigte ihr Selmalächeln: Ja. Und erzählte von ihrem Aufenthalt in Taos, erzählte, was Eschenbach schon mehrmals gehört hatte, dass sie dort einen sehr alten Österreicher bei einem der Hopi-Stämme getroffen habe, der, wie der gesamte Stamm, dem Alkohol verfallen war, der Österreicher war früher einmal Skilehrer in den Rockys gewesen und hatte mit den Indianern eine Entziehungskur gemacht, eine Kur, die vom Ministerium der Ureinwohner bezahlt worden war. Der Mann habe dabei Erfahrungen gemacht, die so leicht keinem Ethnologen zugänglich seien, er habe nämlich ihre Sprache und das Stummtrinken, was bei den Hopis zusammengehöre, gelernt. Ihm sei der Ehrenname *Kleiner Bär* verliehen worden – der Österreicher war wirklich klein, betonte sie, was in ihrem Verkaufsgespräch stets den Wahrheitsanspruch unterstrich. Von diesem alten Österreicher habe sie vier der inzwischen so seltenen antiken Hopi-Armreifen kaufen können. Zwei habe sie veräußert und damit das Geschäft angemietet, renoviert, ausgestattet und Werkzeug erworben. Das jähre sich gerade zum dritten Mal und werde demnächst gefeiert. Wenn Ewald und Anna Lust hätten, seien sie herzlich eingeladen.

Und wieder raschelte es, und Anna wechselte unter der hellgrauen Seide, die ihn an das Eis und Shackleton denken ließ, die Beine. Er musste sich regelrecht zwingen, nicht hinzusehen, was er dann aber doch tat, und er bedauerte es, ihr nicht gegenüberzusitzen.

Ein Bild, das er sich hier immer wieder vor Augen führen konnte. Anna war, um zu rauchen, hinausgegangen. Eschenbach, froh darüber, sie einen Moment für sich allein zu haben, mit ihr reden zu können, sagte, er wolle ihr Gesellschaft leisten.

Vor der Tür standen sie sich gegenüber, sie hatte die linke Hand unter die Achsel geschoben, rauchte mit beiläufigen Bewegungen, nichts Gieriges, nicht Geziertes war daran. Und Eschenbach stand da und hatte, so wie sie ihn ansah, mit dem ruhigen, auf ihn gerichteten Blick, und wie sie ihm zuhörte, den merkwürdigen Gedanken, nein, es war nur ein Wort: Rettung. Sie könnte dich retten. Wovor? Vor allem. Vor Gleichgültigkeit. Vor Bedeutungslosigkeit. Beliebigkeit. Noch kannte er sie nicht, aber diese Empfindung war ganz deutlich, wie eine erkannte Wahrheit. Seltsam, sagte er sich jedes Mal wieder, wenn er später daran dachte.

Sie hatten über etwas ganz Nebensächliches gesprochen, über den Regen. Die Straße glänzte von der Feuchtigkeit, aber auf dem Gehweg waren kleine, den Häusern nahe Flächen schon wieder getrocknet.

Kein Eissturm wie bei Shackleton, sagte Eschenbach und glaubte, sie schwanke ein wenig.

Dieser Schnaps, sagte er, und dann beide wie aus einem Mund: Höllisch.

Sie lachte, und er fügte bestimmt hinzu: So bleiben wir noch ein Jahr zusammen.

Wie schön.

Wobei nicht sicher war, ob sie das versprochene Jahr oder die Stimmung des Abends meinte. Sie warf die nur halb gerauchte Zigarette auf den Boden und trat sie mit ihrem schmalen schwarzen Pumps aus. Als er durch die Scheibe in das Restaurant blickte, sah er, wie Selma und Ewald miteinander redeten und wie Selma lachte, ihm die Hand auf den Arm legte.

Sie waren wieder hineingegangen, begrüßt von Selma: Hallo ihr, so schnell geraucht?

Sie hatten noch einen etwas bitteren Kaffee getrunken, die Rechnung geteilt und gezahlt und sich vor der Tür mit der mehrmaligen Beteuerung verabschiedet, wie unterhaltsam der Abend gewesen sei. Ewald sagte, er wolle zu dem Werkstatt-Jubiläum kommen. Anna musste zu Hause noch nachschauen, ob sie an dem Tag nicht einen Elternabend hatte.

Eschenbachs inniger Wunsch war, sie möge Zeit haben, sie möge kommen.

Später, auf dem Weg zu ihm nach Hause, fasste ihn Selma um die Hüfte und sagte, ich wusste, er beißt an.

Wer?

Ewald. Er hat mich gefragt, ob einer von den beiden Armreifen verkäuflich sei. Eigentlich nicht, hab ich gesagt und gefragt, warum?

Anna habe bald Geburtstag, sie werde neununddreißig. Und das sei doch ein wunderbares Geschenk. Ich habe neuntausend verlangt, stell dir vor, er hat einfach Ja und wunderbar gesagt. Wir können reisen.

Sie, die sich nicht von Eschenbach einladen ließ, schwärmte erneut von dem Schildkrötenstrand in der Türkei, wo sie vor einem Jahr gewesen waren, sagte, dann machen wir dort unsere Stutenweek, womit sie wohl die Flitterwochen meinte. Er hatte vorsichtshalber nicht nachgefragt, was genau das bedeutete.

Es war eines der Wörter, die aus ihrem Mund so fern klangen wie Flederbeeren, Ekkatt, Sünnowend oder Machandel, auch eines der Märchen-Wörter, mit dem sie ihn überraschte, als sie eine Wacholderbeere aus der Sauce des Rehbratens gabelte. Eine Machandel.

Welche Gerätschaft brauchst du, fragte sie, als er auf der Leiter stehend für sie eine Deckenlampe montieren wollte, und meinte Schraubenzieher und Bohrer.

Sie hatte ihm in den ersten Nächten, in denen sie nebeneinander liegend, einander von ihrem bisherigen Leben erzählten, auch von der Großmutter, der Mutter ihres Vaters, berichtet. Bei dieser Großmutter, die mit einem Polen verheiratet war, hatte sie als Kind eine Zeitlang gelebt und mit ihr Deutsch gesprochen. Die deutsche Sprache war in Pommern nach dem Krieg verboten worden. In der Schule, auf der Straße, auf den Ämtern wurde polnisch gesprochen. Nur die Großmutter sprach deutsch mit ihr.

Aber, sagte sie, es ist eine andere Sprache, die man heimlich und immer leise sprechen muss, als die selbstverständlich geradeheraus und offen gesprochene. Es war ein Untergrunddeutsch, gebunden an die leise Stimme der Großmutter und deren Wortschatz. Ein Wortschatz, der vom Lande kam, von den Eltern der Großmutter, die Bauern gewesen waren, irgendwo in der Gegend von Stolp.

Einmal, nachdem er aus der Laune von drei Gläsern guten Rotweins heraus behauptet hatte, Heiratsanträge dürften, um einer größeren Gewähr auf Haltbarkeit willen, nur die Frauen machen, da war sie niedergekniet und hatte dramatisch gerufen: Heirate mich! Heirate mich!
 Nach dem ersten Schreck darüber, wie ernst sie es dann doch vortrug, lachte er, zog sie hoch und sagte, ihm sei das schon einmal misslungen, und dann dürfe man nicht mehr.
 Komm, steh auf, sagte er. Und er sah sie deutlich vor sich, zog sie hoch und nahm sie in die Arme.
 Hier, in der Hütte, sie war ihm willkommen.

Auch Bea erschien ihm hier hin und wieder, allerdings lag ihm an ihren Besuchen nichts. Er wollte seine Ruhe haben, und dann stand sie plötzlich ungerufen herum, in ihren weiten weißen Kleidern mit tiefem Ausschnitt und ländlichen Spitzen am Saum. Er konnte nicht sagen, warum sie geheiratet hatten.
 Wir sind doch übereinander hergefallen, sagte sie.
 Ja, aber warum geheiratet?
 Es sollte etwas sein, was Bestand hatte. Zusammengehörigkeit. Entschiedenheit zu teilen. Tisch und Bett. Verbundensein gegen den Rest der Welt. Vielleicht

waren es Nachwehen von achtundsechzig, der glorreichen Zeit des Alles-besser-und-neu-Machens, dass man nicht heiratete, und um sich davon abzuheben, hatten sie geheiratet. Allerdings mit Ehevertrag. Nett und adrett. Dreißig Gäste. Sein Vater, seine Mutter, diese beiden Altlinken, die zwar verheiratet waren – das war noch eine andere Zeit gewesen –, sich dann aber, je öfter sie demonstrierten, protestierten, Flugblätter schrieben, gegen dieses bürgerliche Relikt ausgesprochen hatten, fragten: Muss das sein?

Ja, schon wegen dieser Frage musste es sein. Die sauertöpfischen Gesichter seiner Eltern auf dem Hochzeitsfoto. Er musste, wenn er es sich ansah, jedes Mal wieder lachen. Sein Vater demonstrativ ohne Krawatte, als Protest gegen den bürgerlichen Kult, vor allem gegen die Kirche. Ja, Eschenbach hatte es auf die Spitze getrieben und kirchlich geheiratet. Pastor Klaussen, der eine donnernde Rede über Mann und Männin, über die sittliche Grundlage der Ehe gehalten hatte. Pastor Klaussen stand auf dem Foto am Rande im schwarzen Talar neben Beas Eltern, die elegant gekleidet waren, ernst, kein Lächeln, dazu gab der Beruf des Bräutigams keinen Anlass: candidatus theologiae. Freunde der beiden Familien, die durch Haartracht und Kleidung genau zugeordnet werden konnten. Seine Freunde, junge Leute in schlecht sitzenden Anzügen oder in kurzen Kleidern. Sogar die Großeltern waren dabei. Seine Oma schüttelte, als sie die Ringe tauschten, auf irritierende Weise den Kopf. Aber das tat sie zu der Zeit fast immer.

So feierlich die Hochzeit. So dramatisch die Trennung. Teller wurden zerschlagen. Nachbarn guckten verstört.

Selma lachte. Und habt ihr noch miteinander geschlafen?

Nein, das war buchstäblich eingeschlafen.

Nicht bei mir. Selma behauptete, die polnischen Frauen seien anders. Bei mir könntest du dich nicht so schnell in den Schlaf verdrücken.

Ihre weiche Fülle – diese *sarmatische* Geborgenheit. Wie und woher war ihm dieses Wort sarmatisch in den Sinn gekommen?

Vor der Rückreise nach Berlin waren sie, der Flug ging erst spät abends, in Antalya in das Antiken-Museum gegangen. Sie trug an diesem trocken heißen Tag ein hellgrünes Seidenkleid mit einem weiten, runden Ausschnitt. Das Kleid hatte er ihr in London auf einer Geschäftsreise gekauft. Auf den Preis hatte er nicht geachtet, es war die Zeit, als er nicht auf Preise achten musste. Er ließ, da er sich in den Textilgrößen nicht auskannte, eine Verkäuferin kommen, die Selmas Größe hatte, und bat sie, das Kleid anzuziehen. Continental Size 38, sagte die Verkäuferin. Einen Augenblick sah er die Verkäuferin in der Umkleidekabine in einem schwarzen BH und Slip, als sie sich das Kleid über den Kopf zog. Und es war die reine Vorfreude darauf, wie Selma das Kleid vor ihm anprobieren und dann wieder ausziehen würde. Er musterte die Verkäuferin, die sich einmal vor ihm drehte. It fits, hatte er gesagt.

Und Selma hatte ihm, ohne dass er ihn ausgesprochen hatte, den Wunsch erfüllt.

Jetzt sah er sie zwischen Marmorstatuen umhergehen, auf den modischen Holzschuhen mit extrem hohen Hacken, blau, ein knalliges Blau, darüber ihre Beine. Er sah die türkischen Wächter, die, aus dem nachmittäglichen Dösen aufgewacht, sie anstarrten, schamlos, weil sie in dem Moment tatsächlich wunderbar schamlos aussah. Und auch seine Blicke, seine Beobachtung, sein Genießen der Blicke der Wärter waren schamlos. Komm, wir gehen, und sie waren in ein Taxi gestiegen. Er hatte während der Fahrt seine Hand zwischen ihre Schenkel geschoben. Sie waren in das Hotel gegangen, in dem sie die Koffer untergestellt hatten. Als er ihr die Tür aufhielt und sie voranging, sah er den dunklen feuchten Fleck hinten auf dem grünen Kleid.

Sie hatten zum Staunen des Mannes am Empfang nochmals ein Zimmer verlangt.

Etwas langlegen bis zum Abflug, sagte er zu dem türkischen Portier, und der hatte in einem freundlichen Schwäbisch geantwortet, das ist gut für die Gesundheit.

Er sah die Jacht, draußen auf dem Sand, und es war sogleich deutlich, dass sie aufgelaufen war. Die Segel hatten sie gestrichen, und der Skipper telefonierte, wie Eschenbach durch sein Fernglas beobachten konnte, wahrscheinlich mit dem Fischkutter, der weiter westlich unter Motor lief. Tatsächlich kam der Kutter näher. Von der Jacht fuhr ein Gummidingi zum Kutter und brachte eine Leine zum Abschleppen. Auf der Jacht versammelte sich die Crew an der Backbordseite, immerhin so viel Ahnung hatte der Skipper, damit sich die Jacht schräg legte, der Kiel etwas angehoben wurde, und tatsächlich schleppte der Fischkutter sie frei.

Der Kutter ging weiter draußen vor Anker, ein Hamenfischer. Eine die Umwelt schonende Fischerei, die den Grund nicht wie die Krabbenfischer aufwühlte. Der Hamenfischer klappte an zwei Stangen, den Hamen, seitlich die Netze aus. Mit der Strömung würden die Fische hineingetrieben werden. Eine Zeitlang beobachtete er den Fischkutter durch das Fernglas. Sah die beiden Fischer an Bord sitzen und rauchen.

Selma arbeitete an einem silbernen Armreif für einen Antiquitätenhändler in der Schweiz, der auf antike Kunst der Hopi spezialisiert war. Sie hatte Eschenbach erzählt, wie genau sie sich über die Fertigungsweise informiert hatte, auch im Internet, wobei sie keines der darin veröffentlichten Motive übernommen habe, da die ja für jedermann zugänglich gewesen wären. Sie hatte in amerikanischen Museen die Motive der Ringe und Armreifen fotografiert, vor allem – und das zuerst – gezeichnet. Erst durch das Zeichnen seien ihr die Strukturen der Darstellung deutlich geworden, auch in den winzigen Abweichungen. Erst da habe sie verstanden, wie das Silber gebogen und in welcher Reihenfolge es geschlagen werden musste. Sodann hatte sie den alten Silberschmuck unter dem Vergrößerungsglas studiert, um später eine größtmögliche Echtheit zu erreichen.

Eschenbach fand die Frage nach der Echtheit lächerlich und bestätigte sie in ihrer Fälscherarbeit, ja er riet ihr zu. Diese Echtheit sei nur im Interesse derer, die Einmaliges wollten, sich um Abgrenzung bemühten, Exklusivität. Fälschen sei also eine subversive, fast revolutionäre Arbeit.
Das gefiel Selma.
Damit hatte er ihre ohnehin nicht großen Zweifel ausgeräumt. Und sie fügte hinzu, ihre Arbeit unterscheide sich in der Genauigkeit nicht von den Originalen. Sie benutzte sogar einen in Albuquerque gekauften alten Hammer und war davon überzeugt, durch ihn Echtes zu schaffen. In den Epen sind alle Schmiede der Magie nahe. Darum zog es sie auch zu dem Hephaistos-Heiligtum.
Er saß neben ihr und beobachtete, wie sie das Silber mittels einer dazwischenliegenden Platte langsam mit gleichmäßigen Schlägen in die vorgesehene Form hämmerte, und erzählte ihr, wie Sigurd das Schwert Gram aus der zerbrochenen Klinge des Balmung geschmiedet hatte.

Sonderbar, dachte er, das Handwerk wird in Deutschland weit geringer geachtet als die Kunst, obwohl es doch nicht nur deren Voraussetzung, sondern damit auch ihr Bestandteil ist. Vielleicht nicht gerade bei der Auswechselung der Auspufftöpfe, was er gut beherrschte, das war nur eine Fertigkeit, eine Offenbarung hingegen, wenn durch Kenntnis, Ausdauer und kombinatorische Gabe, ein komplizierter elektronischer Fehler zu finden und zu beheben war. Das kam seiner Arbeit am Rechner nahe. Dieses Suchen nach der richtigen Lösung, nach einer eleganten Gleichung, ist von einer ganz eigenen Schönheit. Hat etwas Lustvolles: Alles geht plötzlich auf.

Aber Selma, die sich nicht für das Rechnen und erst recht nicht für Rechner interessierte, sagte nur, ohne genau hinzuhören, interessant, was, wie er inzwischen wusste, so viel hieß wie uninteressant.

Vor zwanzig Jahren hatte er zusammen mit seinem Freund aus Studienzeiten eine Software-Firma gegründet. Fred hatte Mathematik und Germanistik studiert, er war, wie Eschenbach, ein inbrünstiger Leser. Jemand, der, wenn er in der Mensa anstehen musste, stets ein Buch las, der, hatten sie sich verabredet, ein Bild das Eschenbach vor Augen hatte, auf den Steintreppen vor der Universität saß, eine Zigarette in den Fingern, versunken in der Lektüre eines Taschenbuchs. Bücher, die er in der ausgebeulten Jackentasche trug. Ein, wie viele Mathematiker, Arno-Schmidt-Enthusiast, der, einer der wenigen, den Meister einmal in Bargfeld besucht und auch zu Gesicht bekommen hatte. Eschenbach war ja auch seinerseits in London zu einem Dichterbesuch aufgebrochen. Fred nannte das: unsere kreativen Jugendsünden.

Die beiden Literaturliebhaber hatten sich zusammengetan und eine Firma gegründet, die auf Optimierung spezialisiert war. Prozesse sollten verschlankt, Arbeitswege verkürzt, Zeit sollte eingespart werden. Zeit ist Geld. Das war das Prinzip. Überall in der Wirtschaft, im Verkehr, in der Verwaltung, auch im Haushalt, wo immer etwas umständlich war, umständliche Wege, umständliche Handgriffe, umständliche Berechnungsarten. Umständliche Reden. Ja, auch die Sprache war umständlich. All das drängte zu größerer Effektivität. Eine Orgie der Schnelligkeit. Das Lean-Prinzip.

Sie waren erfolgreich. Die Aufgaben hatten sie sich geteilt. Fred war für die Informatik zuständig. Eschenbach war der Mann für Außen, kümmerte sich um die Kunden, um die Planung, um die Beschäftigten. Seelsorge nannte Fred das, du als Pastor bist doch berufen dazu.

Sie hatten einen Bankkredit aufgenommen – es war eine Zeit gewesen, in der man mit guten, erfolgversprechenden Ideen noch leicht Kredite bekam. Das Büro war schnell gewachsen. Der Schornstein raucht, sagte Fred, der denn auch sogleich betonte, dass ihr Gewerbe eben doch sauberer sei als die Dreckschleudern, damals noch herumstanden und dieses Bild geschaffen haben. Der Schornstein raucht meinte aber vor allem, ihnen floss Geld zu.

Der Schamane hatte ihn hier oft besucht, und mit ihm kam der Trubel von Selmas Feier. In der Werkstatt, in dem dahinter liegenden Wohnzimmer, drängten sich junge Frauen und Männer. Er sah auf einen Blick, dass er hier der Älteste war. Dann entdeckte er Ewald und Anna. Auch sie passten nicht zu den anderen Gästen. Anna in ihrer taillierten schwarzen Jacke mit breitem Revers, die sie zu den Jeans trug, dazu eine Handtasche aus Lackleder, burgunderrot und flach.

Selma begrüßte ihn mit einem flüchtigen Kuss, nahm

seine Hand und führte ihn zu einem jungen Mann mit langen schwarzen Haaren. Er kam aus der Nähe von Taos, war aber kein Hopi, sondern ein Cherokee. Selma stellte ihn als Harald vor, sagte, er sei ein Schamane und: Ihr müsst euch kennenlernen. Dann ging sie zur nächsten Gruppe. Der Name Harald kontrastierte irritierend mit dem langen blauschwarz glänzenden Haar, das er mit einer kleinen Perlenschnur zusammengebunden hatte. Er trug Stiefel aus Schlangenleder. Das Auffälligste aber war die Halskette, opulent beladen mit Jaderollen, Elfenbeinperlen, Reißzähnen, zwei zarten Federn, die eine grün, die andere blau, und an der Kette hing noch eine kleine braune Pelzpfote. Gern hätte Eschenbach die Pfote angefasst und gefragt, welchem Tier sie einmal gehört und welche Bedeutung sie jetzt habe, aber er verbat es sich, weil er dachte, der Mann könne die Fragen nicht verstehen und wenn doch, als verletzend empfinden.

Es zeigte sich aber, Harald sprach sehr gut Deutsch, und auf Eschenbachs Frage, was er hier tue, erzählte er von seinen Kursen, die er für Manager gab, auch für Chefärzte, Politiker und sogar Generäle, die unter einem Burn-out-Syndrom litten. Eine besondere, höchst effektive Methode. Er führe seine Klienten, er sprach von Klienten, in die Brandenburger Forste, dorthin, wo noch Wald und wenige Siedlungen sind, zum Beispiel in die Schorfheide, und bleibe für ein oder zwei Wochen mit der Gruppe, maximal sieben Personen, im Wald.

Im Wald?, fragte Eschenbach unkonzentriert nach, da er Anna beobachtete, wie sie Ewald um die Schulter fasste und dabei lachte. Es war wie ein Stich, während Harald von den für seine Methode geeigneten Forsten in Brandenburg sprach.

Auffallend an diesem Halsketten-Harald war die Ruhe, die von ihm ausging, sanfte Bewegungen, der langsame, still verharrende Blick, kein Zucken, kaum eine Bewegung im Gesicht, geringe Lippenbewegungen beim Sprechen, seine Augen blickten nicht neugierig, eher gleichmütig, all das passte zu dem Wort Schamane, nicht aber sein Reden, sein leicht berlinerisch gefärbtes Deutsch, seine Wortwahl und schon gar nicht das Geschäftstüchtige, mit dem er sein Coaching anpries. Dies sei die modellhafte Ausgangssituation: Er mache keine Vorgabe, was man anziehen, was man mitnehmen müsse. Die Leute sollten so kommen, als würden sie eben mal einen Espresso in der Stadt trinken gehen. Und dann die Legende: Sie sind in eine kleine Maschine gestiegen, die Maschine musste notlanden. Ringsum keine Siedlung. Man habe nur noch das, was man normalerweise bei sich trage. Also die Kleidung. Papiertaschentücher sind gut, aber nicht so gut wie ein Stofftaschentuch. Alle meine Teilnehmer tragen für den Rest ihres Lebens Stofftaschentücher mit sich. Mit dem Papiertaschentuch kann man viermal seine Notdurft reinigen. Das war's dann. Wie das aus dem indianischen Schamanenmund kam: seine Notdurft reinigen. Das Stofftaschentuch hingegen können Sie zum Filtern des Wassers aus Pfützen benutzen. Man trocknet es. Das zurückbleibende Braungrün ist extrem nahrhaft, da viel Protein darin gebunden ist, Reste von Schnecken, Würmern, Käfern. Essbar, wenn man kein Feuer machen kann. Gut einspeicheln, dann durchkauen. Abkochen geht nicht. Kein Feuerzeug. Tatsächlich ist das Feuermachen verboten. Waldbrandgefahr. Und dann die Schuhe. Ihre, sagte er und zeigte auf Eschenbachs Schuhe, können sie gleich in die Hand nehmen. Gute Slipper. Ledersohle, rutschen Sie überall ab. Also auf Socken gehen. Die Füße sind schnell wund, blutig, voller Spleißen. Ihm war anzuhören, dass er mit Leuten, die einen elaborierten Wortschatz hatten, kampierte. Aus dem Oberleder der Schuhe kann man Mokassins machen. Vor allem, wenn man Slipper hat, so wie Sie. Die sind nämlich genäht. Einer der Teilnehmer hat in der Regel eine Lederjacke an. Die wird geteilt, das Leder ist für die Sohlen ganz vorzüglich, passt sich dem Wald- und Sandboden gut an. Und dann: Essbar ist fast alles, aber es gilt, die Scheu zu überwinden. Waldbeeren isst jeder. Aber das reicht nicht. Wir gehen ja jeden Tag, mit kleinen Pausen. Der Hunger wächst, wird von Tag zu Tag heftiger. Und da beginnt die Therapie. Man verändert sich. Drei Tage weigern sich alle, die Schnecken, die Käfer roh oder in Buchenblättern und mit Urin gebeizt zu essen. Am vierten Tage entdeckst du ganz neue Seiten an dir. Du hast schon drei Kilo abgenommen. Du bist hungrig. Du musst einfach alles essen.

Eschenbach zögerte einen Moment, wollte schon sagen, noch waren wir nicht gemeinsam auf der Pirsch. Aber Harald fuhr fort, nun im verbindlichen Krankenschwesterplural: Wir sind hungrig, bewegen uns vorwärts, immer auf der Suche nach etwas, was wir essen können, wir sehen die Bäume, die Tiere, sie sind Freunde und Feinde, wir werden ein Teil von ihrer Welt, wir sind bei unseren Ahnen angekommen. Du riechst neu und genau. Du spürst deinen Körper als deinen treuen Begleiter, Hunger und Durst, was du trinkst und isst, hat einen Geschmack, von dem du vorher keine Ahnung hattest. Du schläfst im Regen, und es ist die Welt, die du nie gesehen hast. Wir in New Mexico warten auf den Regen, monatelang, jahrelang. Kommt er, legen wir uns auf den Boden und schließen die Augen. Was wir sehen, ist die große Welt, Sterne leuchten auf dem geschlossenen Lid. Das sind die Tropfen. Du träumst anders, du träumst intensiv, und vor allem, du wachst nach den Träumen auf und behältst die Träume vor Augen. Du bist du.

Eschenbach fragte Harald, wo er das Deutsch gelernt habe. Aber Harald ließ sich in seinem Verkaufsgespräch nicht stören. Du siehst anders, genauer, du bist die Borke, befühl sie, das Moos, taste, trinke das Wasser im Bach. Die Namen der Farne, Kräuter, Bäume, sie bleiben in den Sinnen. Du denkst nur noch hin und wieder und von fern an Probleme, Termine, an Feindschaften, Ärger, du hast Hunger, du hast Durst, das leitet dich. Harald wechselte bei der Zusammenfassung des schon Gesagten, was bei jedem Verkaufsgespräch wie ein Appell am Ende stehen soll, in das höfliche Sie. Sie kommen zurück, und Sie sehen Ihre gewohnte Welt wie der Adler von oben, oder, in Ihrer Sprache, wie durch ein umgedrehtes Fernglas. Alles ist klein, fern, und Sie sind schlank, sechs Kilo weniger tragen Sie mit sich herum. Sie sind geschmeidig. Sie sind zu sich gekommen. Sie können wieder kämpfen. Es ist ein Überlebenskurs. Und dann sagte er nach einer kleinen Pause, in der er Eschenbach mit seinen grünen Augen musterte, Sie sehen übrigens sehr gestresst aus.

Das ist gut möglich, sagte Eschenbach, erst heute Morgen habe er mit seinem Geschäftspartner eine Auseinandersetzung gehabt.

Hoffentlich laut, fragte Harald.

Ja, sehr laut.

Das ist gut, sagte der Schamane.

War Selma mit Ihnen auf, wie sagt man, auf einer Tour?

Zweimal, sagte Harald und streichelte dabei die kleine Pelzpfote an seiner Halskette. Einmal in Amerika. Wir waren danach zusammen, so bin ich nach Deutschland gekommen. Ein gutes Land. Es gibt hier nur zwei Leute, die nach meiner Methode arbeiten. Mich und noch einen anderen Mann, einen Indio aus Kolumbien, war früher Kameramann. Er soll nicht schlecht sein. In den Staaten, er machte eine wegwerfende Handbewegung, gibt es jede Menge. Aber fast alle sind Scharlatane. Darunter viele Iren, die sich die Haare wachsen lassen und schwarz färben.

Harald wurde von jemandem angesprochen, der mit ihm auf dem Pfad gewesen war. Pfad hieß es also. Der Mann trug den Arm in einer Binde und sagte, Harald, es war großartig. Und mit dem Arm geht es schon wieder.

Im Wohnzimmer wurde getanzt. Er sah Ewald in geschmeidigen Bewegungen hinter der ihm ihren Hintern entgegenstreckenden Selma tanzen. Dass Selma gut tanzen konnte, überraschte ihn nicht, aber erstaunlich war, wie dieser sich drehende, kreisende, Begattungsbewegungen vollführende Ewald mit seinem hochroten Kopf den Tanz beherrschte.

Eschenbach wollte durch die Herumstehenden zu Anna vordringen. Sie stand an Selmas Werkbank im Gespräch mit einem jungen Mann, dem das Haar vom Kopf ans Kinn gerutscht schien, so kahl, so bärtig war er. Sie hatte während seines Gesprächs mit dem Schamanen immer wieder zu ihm herübergeblickt. Hilfe suchend, wie er glaubte. Er hatte sich eben an einer Gruppe vorbeigedrängt, da wurde er von einer jungen Frau in lila Bluse aufgehalten. Das mächtige blonde Haar stand ihr so wirr und aufgebauscht um den Kopf, als wäre soeben ein Sturm über sie hinweggefegt. Sie hielt Eschenbach am Ärmel fest. Er sei doch wahrscheinlich der Mann von Selma, jedenfalls so habe sie ihn ihr beschrieben.

Was heißt Mann, Freund, wollte er sagen, ließ es aber, da er nicht wusste, wie Selma ihn dargestellt hatte.

Die blonde Windsbraut stand in einer Gruppe von Frauen, die nur kurz ihre Unterhaltung unterbrachen und ihn genau musterten, dann aber wieder ihr Gespräch fortsetzten, in dem es um Erfahrungen ging, die man mit verbundenen Augen machen könne, wenn man erst Gegenstände, dann die in der Gruppe versammelten Personen abtaste, so eine Vibration, sagte die eine, unglaublich, hier spürst du es. Die Windsbraut war vom Sie sogleich zum Du gewechselt, sagte, sie habe einen Laden für Markenklamotten, secondhand, aber wirklich nur second, nichts Übertragenes – was für ein Wort, dachte er – und nicht älter als zwei Jahre, also nichts Muffiges, nicht mit dem Geruch von altem Talg, den auch die beste Reinigung nicht aus Kaschmir und Baumwolle herausbekommt. Das Jackett, das er trage, Größe 52, das sehe ich, wahrscheinlich *Zegna*, darf ich, und, ohne die Antwort abzuwarten, griff sie, der man mit dieser Sturmmähne nichts abzuschlagen wagte, ans Jackett, schlug die linke Seite zurück und las das Firmenetikett, *Kiton*, oh, oh, noch besser, also, und mit dem geschäftlichen Ton, vielleicht auch wegen der Marke, wechselte sie wieder zum Sie, wenn Sie den Schrank räumen, etwas Luft brauchen, kommen Sie zu mir, ich nehme die Sachen in Kommission, auch Schuhe, und sie trat einen Schritt zurück, schob ihn mit einem verbindlichen Lächeln ein wenig von sich und blickte ihm auf die Schuhe, er sah an diesem Abend zum zweiten Mal an sich herunter auf seine Schuhe, dann auf ihre, diese Überraschung, sie trug froschähnlich grüne Plastikschuhe, durchlöchert, und als sie in seinem Blick das Erstaunen sah, sagte sie, diese Schuhe sind wunderbar bequem und bleiben garantiert fußpilzfrei. Neben ihm war das Gespräch himmlisch geworden, da war von Engeln die Rede, die einen begleiteten, deren Namen man aber schon vorher wissen müsse. Aber woher? Woher, fragte eine grauhaarige Frau verzweifelt. Schuhe sind übrigens meine Spezialität. Sie haben sehr gute, Pferdeleder, lassen Sie mich raten, von Alden. Sind die bei Ihrer Größe nicht zu klein? Er wollte schon sagen, ja, er habe sie sich nach dem Kauf weiten lassen müssen. Aber sie wartete die Antwort nicht ab, sagte, Frauen kaufen in der Regel falsche Farben und falsche Schnitte. Das ist das Resultat von einem langen Suchen, einem langen Hin und Her, und nach einer Woche merken die Käuferinnen, es ist nicht das Richtige, fühlen sich darin nicht wohl. Die kommen dann in meinen Laden. Kleider, Kostüme, drei-, viermal getragen, dann landen sie bei mir, praktisch neu. Bei den Herrenschuhen dauert es immer etwas länger. Dafür sind sie musterhaft eingetragen. Früher gab es Leute, die gute Schuhe eingetragen haben, gegen Bezahlung, das war einmal ein Können.

Er hörte, hörte auch neben sich die Therapie durch Stimmgabeln, die kosmische Schwingungen wiedergeben und Ruhe, Ruhe, Ruhe in der Seele erzeugen, blaues Licht sieht der Träumende in der Nacht, sterndurchleuchtet. Er wollte zu Anna, die jetzt mit zwei jungen Frauen zusammenstand, deren eine einen Säugling auf den Rücken gebunden trug, Kopf und Arme ließ er wie narkotisiert hängen, wahrscheinlich war er kurz zuvor gestillt worden. Eschenbach winkte Anna, auch als Zeichen an die Windsbraut, dass er gehen müsse. Anna hob wie eine Ertrinkende die Hand.

Sie kaufen keine gebrauchten?

Was?

Schuhe?

Nein. Ich kaufe nur gebrauchte Bücher.

Das wunderte sie, und, um sie nicht zu verwirren, sagte er, Erstausgaben.

Das fand sie eine ganz tolle Idee, zu den Schuhen Bücher, nur Erstausgaben. Also alles secondhand, aber first class.

Endlich war er der Windsbraut entkommen und hatte sich zu Anna durchgekämpft, auf die eine Frau mit schwerer Bernsteinkette einredete. Die Rede war von veganer Ernährung, und Annas Blick sagte: Erlöse mich.

Es ging ganz leicht, er sagte, komm, lass uns eine rauchen.

Dieses Bild war ihm sehr nahe, sehr deutlich: Das Stehen und Reden, sie nahe, in der ihm schon vertrauten Haltung, den linken Arm wie schützend über die Brüste gelegt, die Hand unter die Achsel geschoben. In der rechten Hand die Zigarette. Sie standen mit anderen Rauchern draußen, als wollten sie mal eben Luft schöpfen, das war aus dem Genuss des Rauchens geworden.

Ewald könnte bei jedem Salsa-Wettbewerb mitmachen.

Ja, sagte Anna, sie hätten eine Zeitlang Salsa-Kurse besucht, seien später oft zu einem Kubaner in Kreuzberg zum Tanzen gegangen. Dann habe Ewald plötzlich keine Zeit und keine Lust mehr gehabt. Und so hätten sie seit gut zwei Jahren nicht mehr getanzt. Sie blickte durch die Scheibe in den Laden und die dahinterliegende Wohnung. Und jetzt tanzt er, sagte sie, wie vom wilden Schwan gebissen.

Bei solchen Gelegenheiten lernt man seinen Nächsten und Liebsten neu kennen. Er beispielsweise habe nicht gedacht, dass sich in dem Freundes- und Kundenkreis der bodenständigen, Gänse- und Schweinebraten liebenden Selma derart viele Esoteriker, Schamanen, Veganerinnen – sagt man das so? – und Vegetarier tummeln.

Wahrscheinlich ihre Arbeit, diese Hopi-Kunst. Whorf. Das zieht die Leute an, all die Schrägen, die ihre Astralleiber suchen, ihre Sternbilder studieren, nach Selbstvervollkommnung streben, die in sich Ruhe suchen oder auch nur sich selbst finden wollen. Wir wissen, das ist eine Berserkerarbeit. Mit viel Verzicht verbunden. Ein wenig missionarisch sind sie, aber doch immer freundlich und das Gegenteil von denen, die auf den Partys von Ewald und wahrscheinlich auch bei dir herumstehen, diese coolen Jungs, die mehrere Coachings hinter sich haben: Entdecken Sie, was in Ihnen steckt, und starten Sie durch. All diese selbstgewiss performativ Auftretenden, die aber nie wie diese hier über ihre Schulungen und Gruppenerfahrungen sprechen würden. Das hörst du nämlich nie, dass einer sagt, mein Coach hat mir beigebracht, wie ich atme, wie ich ruhig werde, dem anderen nicht in die Augen sehen, sondern über ihn hinweg, Ungeduld bei dessen Reden zeigen, aber selbst ausdauernd und weit ausholend reden, reden und beim Widerspruch ruhig bleiben, Atemtechnik, immer ausatmen, tief und nochmals ganz tief, erst dann die Antwort. Diese hier, mit ihren erdmagnetisierten Karotten, sind mir lieber.

Ewald und Selma kamen zu ihnen, Luft schnappen, wie Selma sagte, verschwitzt, das Haar klebte ihr an der Stirn.

Ewald sagte, warum tanzt ihr nicht, rauchen ist ungesund, los, sagte er zu Eschenbach, tanz mit Anna, sie ist die echte Salsaqueen.

Wartet hier, sagte Selma. Wenig später kam sie mit vier Gläsern Mojito, die sie aneinandergepresst trug, zurück, sagte, wir trinken auf die Freundschaft. Ich habe kräftig Rum reingeschüttet.

Wie Selma Ewald ansah, Augen nur für ihn, kaum, dass sie Eschenbach noch anblickte, er bemerkte es, aber da Anna und er sich ungestört ansehen konnten, war es ihm recht.

Später, viel später, es dämmerte, die letzten waren gegangen, Ewald und Anna waren schon lange fort, die Trümmer der Feier reichten bis in das kleine Schlafzimmer, fielen sie, ja, sie ließen sich fallen, ins Bett.

Dieses Bild hatte er hier vor Augen, Selma plumpste mit ausgebreiteten Armen auf die breite Matratze, die sie wie in einer Studentenbude auf dem Boden liegen hatte, daneben der Spiegel in einem von ihr geschmiedeten, dünnen, volutenreichen eisernen Rahmen, eine Prüfungsaufgabe, musste auch mal was Grobes schmieden, sagte Selma, und dann: Ich bin völlig fertig.

Und, hört er sich sagen, ich auch, fragt dann aber doch noch, warum sie ihm nichts von diesem Mann, von diesem Schamanen, erzählt habe. Von all den anderen hatte sie ihm in den lustvollen ersten Wochen, wenn sie bei ihm oder sie beide hier, auf dieser Matratze, zusammenlagen, ausführlich und mit der ihr eigenen genauen Beobachtungsgabe für Eigenarten berichtet.

Ihre Erklärung war, wenn man mit einem Schamanen geschlafen habe, dürfe man das nicht erzählen. Der Zauber verfliege.

Das ist wahr, sagte Eschenbach. Der verfliegt immer mit dem Erzählen, nicht nur, wenn von Schamanen die Rede ist. Er wollte dann aber doch wissen, wie lange sie zusammen gewesen waren.

Gut einen Monat in New Mexico und Arizona, zwei Monate hier in Berlin. Und da Harald es schon erzählt habe, könne sie jetzt auch reden. Sie war, als sie in Albuquerque den Hopi-Schmuck studierte, mit einem amerikanischen Freund, Tom, den sie dort kennengelernt hatte und der in der Werbebranche arbeitete, zu solch einer Tour in die Rocky Mountains aufgebrochen. Was natürlich gefährlicher war als hier, wo immer ein Förster in der Nähe ist. Und Harald hatte sie weit mehr fasziniert als der gut aussehende, aber langweilige Tom, der seinen Witz in seinem Beruf verbrannt hatte und sich nun in der Wildnis bei diesem Frontier-Leben neue Inspiration erhoffte. Es war schon in der zweiten Nacht dazu gekommen.

Wozu?

Na, zu der Begegnung mit Harald.

Wie war er, konnte sich Eschenbach nicht zügeln zu fragen.

Gut. Und wenn du meinst, wie er auf dem Blätterboden war, sehr gut. Sehr ruhig. Zärtlich. Ein guter Liebhaber. Ich mochte ihn gleich. Hab dem Werbefritzen auch nichts vorgemacht. Einfach am dritten Tag abserviert. Der musste mit einem Hubschrauber ausgeflogen werden. Hatte einen Totalzusammenbruch. Brauchte seinen Psychoanalytiker. Das war wie in einem Woody-Allen-Film.

Die Stiefel aus Schlangenleder – ist das nicht verboten? Artenschutz?

Nein. Notwehr. Eine Kobra, die er mit den Händen erwürgt hat.

Warst du dabei?

Nein.

Wie kommt der zu dem Namen Harald?

Mein erster deutscher Freund hieß so. Habe ich übernommen. Sein richtiger Name ist ein Zungenbrecher.

Und warum die Trennung von dem Schamanen?

Weil er ständig was mit den Frauen hatte. Nicht er fing an, sie fingen mit ihm an, so wie ich auch. Er lernt die Sprachen intuitiv, wie ein Kind, sehr schnell. Aber da war noch was, es war etwas sehr ruhig auf die Dauer mit ihm und seinen Ahnen.

Dann nuschelte sie schon im Halbschlaf: Komm!

Er hatte sich einen der beiden alten Cocktailsessel, die einer seiner Vorgänger auf die Insel geschleppt hatte, auf das Podest gestellt und las in *Falling Man* von Don DeLillo. Durch das Fernglas sah er über das Meer zu der Insel Neuwerk hinüber, die eingedeicht und von Bäumen und Büschen bestanden war. Zwischen den Bäumen ragte der massive viereckige Wehrturm hervor, aus Ziegeln im 13. Jahrhundert gemauert. Oben auf dem Turm war ein kegelförmiger Aufbau, mit grünem Kupfer belegt, das Leuchtfeuer, das nachts in Weiß, Rot und Grün und in Sekundenabstand den Schiffen den Weg zur Elbe wies.

Vor neun Tagen waren zum letzten Mal Besucher herübergekommen. Der Wattfahrer hatte eine Gruppe von sechs Leuten gebracht. Eschenbach hatte durch das Fernglas das langsam näherkommende Pferdefuhrwerk beobachtet, wie es durch die Priele zog, hatte dann, das gehörte zu seinen Obliegenheiten, Wasser aufgestellt und Kaffee für den Wattfahrer gemacht. Er hasste diese Besuche. Sie waren für ihn keineswegs eine Abwechslung. Die Besucher mussten unter seiner Führung den schmalen, mit Brettern ausgelegten Pfad zur Hütte hinaufgehen.

Dort begann Eschenbach mit seiner Erklärung: Scharhörn war schon im Mittelalter als ein gefährliches Riff bekannt. Ein Schiffsfriedhof. Und er ließ die Leute durch das auf einem Stativ befestigte schwenkbare Fernglas blicken, dort, dort drüben, zeigte er, wo schon seit Jahren ein Frachtschiff schräg und teils eingesandet lag. Eine Insel, die wandert, was im Westen von Flut und Strömung an Sand abgespült wird, lagert sich im Südosten an. Eschenbach zeigte anhand einer Schautafel die sich verändernden Umrisse der Insel. Die Nachbarinsel Nigehörn, die 1989 aufgeschüttet worden war, wächst in Richtung Scharhörn. Dazwischen bilden sich Queller und Schlickgras, daran schließen sich Salzwiesen an, im Sommer bunt blühend und blumig duftend.

Er zeigte ihnen Brandseeschwalben, Austernfischer und Ringelgänse, die hier, von Nordsibirien kommend, Zwischenstation machen. Und er versuchte, die Fragen zu beantworten, es waren fast immer dieselben Fragen: Ob er Angst vor Sturmfluten habe? Was er am meisten vermisse? Fernsehen? Kino? Kneipen? Nein. Nein. Nein. Freunde? Hin und wieder, selten. Gibt es Säugetiere auf der Insel? Ja, Mäuse. Wie sind die hierhergekommen? Wahrscheinlich mit dem Schiff, als die Hütte gebaut wurde. Vermehren sie sich nicht ungebremst? Nein, es gibt Sumpfohreulen. Ratten? Nein. Singvögel? Ja. Drosseln, Stare, Amseln, Lerchen und andere.

Nur einmal war er von einer Frage überrascht worden, wie auch von der fragenden Person und ihrer Anmut, einer Frau, einer Schwarzen aus Boston. Sie war mit einer Gruppe älterer Menschen gekommen und ihm sofort aufgefallen. Höflich hatte sie sich vorgestellt, sie heiße Phyllis, und dann gefragt: Ob das Fehlen mechanischer Geräusche ihn den Wind genauer hören ließe.

Eine ungewöhnliche Frage. Er hatte nachgedacht und ihr, die ihn freundlich aus der mit Fell besetzten Kapuze ihres knappen, wattierten, dunkelroten Anoraks ansah, gesagt, er sei sich nicht sicher, er werde darauf achten.

Was sie hierhergeführt habe?

Rilke, sagte sie, sie habe ihn schon auf dem College gelesen. Er sei auf der Insel Neuwerk gewesen. Und sie sagte mit weich klingender Stimme die Gedichtzeilen auf:

Die Insel ist wie ein zu kleiner Stern
welchen der Raum nicht merkt und stumm zerstört
in seinem unbewußten Furchtbarsein,
so daß er, unerhellt und überhört,
allein

damit dies alles doch ein Ende nehme
dunkel auf einer selbsterfundnen Bahn
versucht zu gehen, blindlings, nicht im Plan
der Wandelsterne, Sonnen und Systeme.

Er fragte sie überstürzt, wo sie dieses gute Deutsch gelernt und was sie nach Deutschland geführt habe, in das Niflheim.

Am vorigen Tag hatte sie einen Gastauftritt in Cuxhaven gehabt. Und werde heute auf Neuwerk übernachten. In dem schönen Hotel Nige Hus. Sie war Sängerin am Landestheater in Coburg.

Zum ersten Mal hatte er bedauert, dass die Gruppe nach einer Stunde wieder gefahren war.

Sie hatte ihm ihre Adresse gegeben, schreiben Sie mir von dem, was und wie Sie hören und überhaupt, wie es Ihnen hier geht. Ich werde an Sie denken.

Einige Tage darauf hatte er von Phyllis geträumt. Es war ein merkwürdiger Traum, der ihm den Tag über deutlich vor Augen geblieben war und so gar nicht zu der zierlichen Gestalt dieser jungen Frau und ihrer Stimme passen wollte. Sie war mit einem Traktor auf dem Watt herumgefahren und von der Flut überrascht worden. Er sah sie durch sein Fernglas auf dem Traktor stehen und winken. Wie sollte er helfen? Er war in das Wasser gestiegen, aber es war eisig kalt, und so war er umgekehrt. Als er wieder in ihre Richtung blickte, sah er sie, wie sie mit dem Traktor, der offenbar einen Schiffsleib hatte, durch das Wasser pflügte.

Er hatte sich vorgenommen, ihr zu schreiben, auch von dem Traum zu berichten, es jedoch immer wieder verschoben. Aber er hatte sich von Bauer Jessen einen Mandelbaumsetzling bringen lassen und ihn, was verboten war, es galt strenger Naturschutz, eingepflanzt. Er würde gedeihen, hoffte er, bis zur nächsten großen Sturmflut.

Eschenbach machte seinen kleinen Rundgang auf der hölzernen Plattform, beobachtete durch das Fernglas die Vogelschwärme, von hier aus nicht genau zu identifizieren, aber zur Gruppe der Watvögel gehörend. Tausende, die drüben von den Stränden der Nachbarinsel Nigehörn aufflogen, eine lang gezogene, dunkle, sich ständig verändernde Wolke, und nach einer langen Schleife wieder in der Nähe der zerfallenen Holzhütte einfielen.

Er trug den Sessel zurück in die Hütte.

Mit ihrer Ankündigung zu kommen, war sie ihm fern gerückt, während ihre Stimme ihm zuvor aus der Ferne nahegekommen war. Sie kam nicht mehr von selbst, er musste an sie denken.

Auf dem Werkstattfest hatte er sich mit Ewald zum Segeln verabredet. Das Wetter sollte zum Wochenende gut werden, Sonne und Wind. Selma konnte nicht kommen, da sie ihre Eltern in Polen besuchen musste. Und Anna wollte nicht mitkommen, auf Eschenbachs Einwurf *wie schade* reagierte sie nicht.

Ewald erzählte später, dass sie beim Segeln, wenn der Wind gut war und er kreuzen musste, jedes Mal in Streit geraten seien, weil Anna ihm den Vorwurf machte, er lege das Boot absichtlich so schräg in den Wind.

Auch seine nautischen Vorträge von der Notwendigkeit, beim Kreuzen hoch an den Wind gehen zu müssen, was die Schräglage zur Folge habe, da man sonst nie zum heimatlichen Jachtclub zurückkäme, überzeugten sie nicht.

Anna weiß immer genau, wozu sie Lust hat und wozu nicht.

Eschenbach glaubte, Unwillen aus den wenigen Worten Ewalds herausgehört zu haben, jedenfalls war Ewald, wie er selbst sagte, immer auf der Suche nach Mitseglern. Als er auf der Werkstattfeier hörte, dass Eschenbach segeln konnte, sogar Scheine hatte, rief er *Heureka* und verabredete sich sogleich, wenn denn die Winde wehen, zu einer *Herrentour*. Und wirklich wehte am Samstag eine gute Brise, und die Sonne schien.

Eschenbach war mit seinem Saab zum Segelclub gefahren. Ewald, der am Eingang auf ihn gewartet hatte, ging um den Wagen herum, sagte wunderbar, gepflegt wie ein Stilmöbel. Er befühlte die Gummiabdeckungen an einem Seitenfenster. Gibt es für inzwischen so vergessene Dinge noch Ersatz?

Ja, ein, zwei Firmen haben sich darauf spezialisiert.

Und das Baujahr?

1966.

Sieht aus wie ein Spielzeugauto.

Ist es auch. Ein teures.

Dieses Signalrot, sagte Ewald, der, was Eschenbach nicht überraschte, einen Audi, silberfarben, fuhr und versicherte, dass er in der Stadt nur mit dem Motorrad unterwegs sei, jedenfalls im Sommer. Aber den Proviant habe er nicht auf der Maschine transportieren können. Er hob einen Korb aus dem Wagen. Er habe alles für ein Picknick eingepackt und Anna habe ihren Lieblingswein mitgeschickt. Als kleinen Gruß.

Das Boot, ein alter 20-Quadratmeter-Jollenkreuzer aus Mahagoni, lag am Wannsee in einem Segelclub, wo Ewald, hatte er denn Zeit, an dem Boot herumpütscherte. Die Großaufträge in China hätten ihn vom Material entfernt. Jetzt sei alles nur noch Planung, Verhandlung und Organisation. Wann gibt es die Gelegenheit, einmal Ziegelsteine in die Hand zu nehmen und eine solide Ecke zu mauern? Am Holzboot aber sei immer etwas auszubessern, zu schmirgeln, zu streichen, oder morsche Eichenspanten müssten ausgewechselt werden. Er freue sich über jede neue morsche Spante. Das Vierkantholz müsse in einem Blechrohr unter Wasserdampf in die Seitenform gebogen und dann mit Messingstiften an die Planken genietet werden. Dabei helfe ihm Ole, sein Sohn. Und ihn freue es jedes Mal, wie geschickt der Junge sich dabei anstelle. Es sei überhaupt erstaunlich, wie schnell Kinder, haben sie denn eine gewisse Begabung und nicht zwei linke Hände, das Handwerkliche lernten. Nur zum Segeln habe er den Jungen noch nicht überreden können. Dabei sei gerade das etwas, was sie beide einander näherbringen könnte, so wie er das selbst mit seinem Vater erlebt habe. Es sind doch die kleinen Abenteuer, die kleinen Pannen, in denen man sich und den anderen kennenlernt. Vor allem die Verlässlichkeit erfährt. Umsicht und Ruhe in angespannten Situationen. Unvergesslich, wie sein Vater ihm bei einem einsetzenden Sturm erklärt habe, wie das Großsegel gerefft wird. Der Vater saß an der Pinne, hatte die Fock back gesetzt, die Wellen spritzten über das Boot. Der Vater gab seine Anweisungen, ruhig und knapp, die er, Ewald, genau befolgt habe. Es war gelungen. Und danach, zurück am Steg, habe er zum ersten Mal ein alkoholisches Getränk bekommen, einen warmen Ramazotti. Ein wunderbares Erlebnis. Ein Initiationsritus. Er hatte die prekäre Situation bestanden. Danach hatten sie viele gemeinsame, auch aufregende Touren gemacht. Sie konnten sich aufeinander verlassen. Vor allem aber diese Erfahrung: Ich konnte mich auf mich selbst verlassen. Deshalb sei es so schade, dass Ole bei jeder handwerklichen Arbeit sogleich dabei sei, aber keine rechte Lust zum Segeln habe. Die Tochter, Lisa, sei mit ihren acht Jahren noch zu klein, zeige aber auch keine Neugier. Hast du Kinder?

Ja. Eine Tochter. Hört auf den etwas seltsamen Namen Sabrina, einen Namen, den ich nicht ausgesucht, auch nicht gewollt habe. Es war der Wunsch der Mutter. Wir sind zusammen gesegelt. Das Mädchen und ich. Elf, zwölf Jahre war sie alt. Das war die beste Zeit. Sie war sehr geschickt, wusste, woher die Winde kamen, hatte eine sehr gute Raumvorstellung. Wir hatten damals viel Spaß.

Später nicht mehr?

Es wurde kompliziert, sagen wir mal so, nach der Trennung von meiner Frau, und kompliziert ist es immer noch.

Bei achterlichem Wind segelten sie den Wannsee hinauf bis zur *Alten Liebe,* dem Restaurantschiff, in dem Eschenbach hin und wieder Fisch aß, wendeten und kreuzten hinaus zur Insel Lindwerder.

Vor der Insel holten sie die Fock und das Großsegel nieder, warfen den Anker aus, ließen das kleine Fallreep an der Bordwand hinunter, schwammen in dem noch kalten Wasser, trockneten sich ab, setzten sich in die Plicht. Ewald holte den Chardonnay aus der Eisbox, legte Brot und Käse, Besteck und Servietten zurecht.

Als Eschenbach mit Ewald anstieß, dachte er an Anna, und so stark war sein Wunsch, sie möge hier sein, dass er glaubte, Ewald könne, ja, müsse es ihm ansehen, darum sagte er: Anna hat gut gewählt.

Mit dem letzten Wind kamen sie abends zum Steg zurück, takelten das Boot ab und begannen damit, einen Wantenspanner, der bei einer Halse herausgerissen worden war, zu reparieren. Das Holz war an der Stelle schon recht morsch. Sie mussten ein Stück der Planke ersetzen.

Es war ein ruhiges Tun, wie sie gemeinsam bis in die Dunkelheit arbeiteten. Das ist die Lust, sagte Eschenbach, die Dinge zu pflegen und zu erhalten, so bleiben sie uns länger treu. Mit der Holzarbeit habe er nicht so viel Erfahrung wie mit dem Metall, der Grund sei der alte Saab, den er, damals noch Student, billig gekauft habe. Das Lenkrad aus Rosenholz, die Sitze aus rotem Elchleder. Was für dich das Boot, ist für mich der Saab. Damals musste er die meisten Reparaturen selbst ausführen. Jetzt bossele er aus Lust und

Laune daran herum. In der Werkstatt eines Bekannten hatte er als Student ausgeholfen und sich die technischen Details zeigen lassen. Bald konnte er einfache Reparaturen auch an anderen Autotypen durchführen, schwarz natürlich, und verdiente damit ein gutes Geld hinzu. Sein Vater zahlte korrekt, aber das reichte nicht aus für den Luxus, mit einem Wagen in den Grunewald zu fahren. Zunächst hatte er Nachhilfeunterricht in Latein gegeben, dann aber, weil ihm die Begriffsstutzigkeit und der Widerwille der Schüler unerträglich geworden waren, hatte er für Freunde und Bekannte und deren Bekannte defekte Auspufftöpfe geschweißt oder, wenn es nur noch Rostlauben waren, durch neue ersetzt. Er arbeitete in einer Garage, in der es eine Reparaturgrube, einen Wagenheber und das notwendige Werkzeug gab. Zwei andere Mechaniker arbeiteten hier ebenfalls schwarz. Man musste sich absprechen, wann wer den Wagenheber und die Grube benutzen durfte.

Schon zu dieser Zeit gab es in Westberlin eine solide Schattenwirtschaft. Wer einen Auspuff besorgt hatte und mitbrachte, dem wechselte er den Auspuff, Ford, VW, Opel, und hin und wieder war auch ein Mercedes dabei. Eine Arbeit, die ihn befriedigte. War sie getan, fuhr er mit dem Fahrrad nach Hause, duschte, bürstete sich die Hände und ging hinunter in eine Kneipe mit dem dudenhaften Namen *Komma,* die ein Mann namens Brumme betrieb, einst ein Schwerverbrecher, eine Bezeichnung, auf die Brumme stolz war, der wegen mehrerer Banküberfälle einige Jahre im Gefängnis gesessen hatte. Bei ihm trafen sich die Knastbrüder und erzählten ihre, wie Brumme das nannte, Geschichten aus dem wahren Leben. Eschenbach war Student, das machte ihn einerseits verdächtig, da er später womöglich Staatsanwalt hätte werden können, doch die nie ganz aus den Nagelbetten zu scheuernden öligen Dreckspuren verschafften ihm andererseits einen gewissen Respekt bei den Leuten, die mit ihm an der Theke standen und ihre Molle tranken. Und auf die Frage, was er denn so mache, abgesehen vom Studieren, gab er die Antwort, ich habe mich auf Auspufftöpfe spezialisiert. Da nickten sie anerkennend und fragten nicht weiter nach.

Er nahm die Schubkarre, die neben der Hütte stand, und ging zum Strand hinunter. Der Pfad führte an einer ungefähr zwei Meter tiefen Grube vorbei, deren Ränder inzwischen eingesunken waren. Für das Entstehen dieser Grube gab es keine Erklärung. Er hatte dann aber einen erstaunlich realistischen Traum. Ein Blindgänger war frei geweht worden, eine Fünf-Zentner-Bombe. Den Sand hatte man rundherum abgetragen, während man auf den Sprengmeister wartete. Er kam, es war eine Frau. Eine sehr resolute Frau, die ihn für einen Tag aus seiner Hütte verbannte.

Gern hätte er ihr bei der Arbeit zugesehen, wie sie, so hatte sie das beschrieben, den verrosteten Zünder erst anbohrte, ölte und dann herausdrehte. Das könne sie nicht zulassen, hatte sie gesagt, und ihn an das andere Ende der Insel geschickt, auch noch verlangt, dass er sich hinter einer der Dünen in Deckung legen müsse.

Als sie ihre Arbeit getan hatte, lud er sie zu einem Bier ein. Sie saßen, soweit das auf dieser Insel möglich war, windgeschützt auf der Plattform der Hütte, die Sonne schien warm. Sie trank das Bier aus der Flasche. Das Auffällige waren ihre Hände, keineswegs kräftige, eher kleine Hände, ölverschmiert und die Fingernägel dreckig. Sie trug ein Armband aus geflochtenem Gold, ein auffallend schöner alter Schmuck. Sie redeten über Theodor Storm, den sie gelesen hatte, und über den Seehafen, der hier hatte entstehen sollen. Das Projekt war dann aber zu teuer und die Proteste der Umweltschützer waren zu stark geworden. Daraufhin hatte man begonnen, die Elbe zu vertiefen. Das sei ihr Geschäft, sagte sie. Die Eimerbagger brachten mit dem Schlick immer wieder Bomben aus dem Zweiten Weltkrieg hoch. Diese Bombe hier, die sie gerade entschärft hatte, war nach dem Krieg abgeworfen worden, versehentlich. Vielleicht auch aus Jux. Die britischen Piloten übten das Abwerfen auf einer anderen Sandbank.

Es war kein Säurezünder, die sind tückisch. Dieser war unkompliziert. Hat keine Maleschen gemacht.

Was für ein sonderbares Wort – Maleschen –, dachte er im Erwachen, wenn die Arbeit um Leben und Tod geht.

Am Strand sammelte er das angeschwemmte Holz auf. Äste, Bretter, Holzblöcke, Planken, Teile von Holzstühlen, Bänken, auch kleinere Baumstämme, Wurzeln und Pfosten. Er schichtete das Holz auf die Schubkarre und fuhr es zur Hütte, stapelte es unter der Plattform zum Trocknen auf. Das schon getrocknete Holz zersägte er und spaltete es zu Scheiten. Das war das Heizmaterial für den kleinen Ofen. In den vergangenen Monaten hatte er mit gleichbleibendem Fleiß nicht nur für den jetzt schon kühlen September und den kommenden Oktober Holz gesägt und gespalten, sondern auch für seinen Nachfolger im nächsten März. Wie auch seine Vorgängerin ihm Brennholz hinterlassen hatte. Diese Holzarbeit, das Anheizen des Ofens, das Aufsetzen des verbeulten Kupferkessels, der, so die Fama, vor dreißig Jahren angetrieben worden sei, ließ ihn an Robinson Crusoe denken, in der Kindheit sein Lieblingsbuch. Nur durfte er hier den Blick nicht auf den Horizont richten, wo die großen Containerschiffe von und nach Hamburg fuhren.

Äste und Wurzeln, die länger im Wasser getrieben und vom Salz und Sand weiß poliert worden waren, lagen im Sand. Einige besonders auffallende Stücke hatte er ausgesucht und gesammelt, sie neben der Hütte zu zwei mannshohen Stelen aufgestellt. In die eine Stele hatte er oben weiße und schwarze Vogelfedern gesteckt, in die andere seinen schönsten Fund, eine angeschwemmte blaue, zur Hälfte kalkweiß verkrustete Glaskugel, gebunden.

Er setzte sich an den Schreibtisch und begann wieder einmal mit dem Ordnen und der Kommentierung der Interviews, die er vor fünf Jahren gesammelt hatte. Hier auf der Insel wollte er auch diese Arbeit abschließen. Der Lektor des Reisebuchverlags hatte ihm immer wieder zugeredet, die Protokolle mit einem längeren

Vorwort herauszugeben. Zwar kam der Reisebuchverlag für eine Veröffentlichung nicht in Frage, dort vermutete man ein solches Buch nicht, aber der Lektor war davon überzeugt, den Kollegen eines anderen Verlages dafür interessieren zu können.

Eschenbach hatte einige der Tonaufnahmen abschreiben lassen, andere hatte er – ohne Zeitnot – selbst abgeschrieben, um dem Sprachduktus der Befragten nahezukommen. Erzählungen und Berichte, die ihm zugefallen waren, hatte er in Notizen zusammengefasst wie dieser:

Von der seltsamen, lang anhaltenden, hartnäckigen Leidenschaft einer Frau.

Als Studentin hatte Irene B. im ersten Semester einen jungen Mann kennengelernt, eine Nacht mit ihm verbracht, woraufhin der junge Mann, höchst ungewöhnlich, sagt, er wolle eine Freundschaft, eine nahe, herzliche Freundschaft, ein körperlicher Kontakt sei für ihn nicht möglich, es fühle sich falsch an, womit er sein Nichtbegehren bestimmt, im Gegensatz zu ihrem Wunsch nach unbedingter Nähe. Daraufhin begleitet sie ihn als Freundin, eine gut aussehende Frau, eine freundliche Erscheinung, nichts Herbes, witzig, nicht wehleidig, sie, die nur eine kurze Zeit der Irritation durchlebte, weil ein Psychologe ihre Fixierung auf diesen Mann zu lösen versuchte, um sie zur Normalität, das heißt zu anderen möglichen Beziehungen zu führen. Was auch zu gelingen schien. Sie fand einen Mann, liebenswert, unternehmungslustig, machte zwei unvergessliche Reisen mit ihm, das war genug, Irene B. verließ ihn, um zu der Jugendliebe zurückzukehren, dem

Mann, der inzwischen eine Frau und zwei Kinder hatte; sie fand eine Wohnung im Nachbarhaus, ist jederzeit einsatzbereit, weshalb sie, wie der Mann sagt, die Kinder mit beansprucht – Tante Irene. Und so hält ihre Seelenliebe an, wurde nie mehr von einem anderen Mann abgeleitet.
 Sind sie glücklich?
 Sie sind zufrieden, denke ich, und haben gefunden, was sie suchten.

Und wie jedes Mal, wenn er an den Aufzeichnungen arbeitete, war dann auch sie da, die Norne, wie er sie für sich nannte, mit diesem schräg von unten kommenden Grinsen.
 Bei der ersten Begegnung hier – sie war vor einem Jahr gestorben – stand sie so deutlich präsent in der Hütte, machte es sich dann auf einem der Cocktailsessel bequem, dass er dachte, er habe den Verstand verloren. Es war kurz nach seiner Ankunft auf der Insel, Anfang April, nachts, der Wind rüttelte an den Wänden, Eisgraupel prasselten an die Fenster. Sie saß da, die Beine übereinandergeschlagen, und sah ihn erwartungsvoll an. Er wäre nicht überrascht gewesen, hätte er sie berühren können. Aber allein diese spontane Überlegung rückte sie wieder in die schemenhafte Ferne des Sich-Erinnerns.

Zwei Monate, nachdem seine Firma in Konkurs gegangen war, hatte sie ihn durch ihren Assistenten anrufen lassen, und als er langsam begriff, wer ihn zu sprechen wünschte, nachdem der Assistent ihren Doppelnamen wiederholt hatte, dass es die Frau sein musste, die er manchmal im Fernsehen gesehen hatte, die mit drohender Dringlichkeit die angeblichen Meinungen der Bevölkerung in Zahlen und Prozenten ausdrückte, da hatte er nicht sofort aufgelegt, sondern aus Neugierde nachgefragt, worum es denn ginge. Sie bat um ein Gespräch. Gelesen habe sie, sagte der Assistent, seinen Essay über das Fragezeichen, den er in einer kleinen ambitionierten Zeitschrift veröffentlich hatte. Er war geschmeichelt gewesen. Die Zeitschrift hatte eine derart kleine Auflage, war auf stärkerem Papier gedruckt, darüber hinaus auch noch fadengeheftet, dass sie zurecht bibliophil und elitär genannt werden konnte. Er hatte sich zwanzig Exemplare erbeten, denn Honorare konnte der Herausgeber für die unregelmäßig erscheinenden, schmalen Hefte nicht zahlen. Ihr Erscheinen verdanken sie allein dem ererbten Geld der Frau des Verlegers.

Eben dieser Zeitschrift hatte er einen Aufsatz über Jonas und den Wal versprochen, ein Vorhaben, das er nun schon seit Jahren verfolgte, aber auch hier auf der Insel nicht abschließen würde.

Er hatte nach einigem Zögern zugesagt, sich mit der Frau in einem Café zu treffen, dessen Namen ihm immer sogleich einfiel, im *Einstein*.

Sie kam, grauhaarig, in einem petrolfarbenen Kostüm und schnellen Schritts, in Begleitung ihres Assistenten auf ihn, der schon wartete, zu, ihr Fernsehgesicht war ein einziges Strahlen. Sie habe ihn, sagte sie, obwohl nie gesehen, sofort erkannt. Ich erkenne besondere Menschen, sagte sie. Der Assistent rückte ihr den Stuhl zurecht. Schön, dass Sie Zeit haben, sagte sie und sah ihn von unten mit einem offensiven Lächeln an.

Eine Schlange, dachte er. Aber ihm wollte nicht einfallen, welche Steinplastik aus dem Mittelalter es war, die das zeigte – Dijon? Autun? –, eine Schlange mit einem weiblichen Kopf, der schräg gelegt von unten ein verführerisches Grinsen zeigt. Er hatte damals darüber nachgedacht, wie in einer so schlichten, stilisierten Ausführung ein derartiges Grinsen aufscheinen konnte.

Er musste sich, als er ihr zuhörte, eingestehen, dass sie tatsächlich etwas Gewinnendes hatte. Ein Strom der Argumente, die Betonung am Ende des Satzes, ein feines Ausstoßen des Atems, ein Vorwärtsbeugen, Drehen des Kopfes, als wolle sie ihm den Nacken zeigen, eine dem Zuhörer gewährte Körpernähe. Ein Lachen, der Mund leicht geöffnet, gleichmäßige Zähne, die wahrscheinlich nicht echt waren, Implantate oder Brücken, aber derart gut gearbeitet, dass sie wie gewachsen und natürlich gealtert wirkten. Einen Moment lang hatte er die Befürchtung, sie könne aus dem Mund riechen, aber sie war fast geruchlos, nur ein unbestimmbarer Duft, wahrscheinlich von einem Deodorant, ging von ihr aus. Sie habe mit großem Interesse gelesen, wie sich dieses Satzzeichen langsam aus dem Quaestio entwickelte, wie es in der Aufklärung an Zahl zunahm, dort tatsächliche Fragen herausstellte, die offene Fragen wurden, diese betonte, hervorhob, besonders beeindruckt habe sie die kurze Analyse der Frage in *Die Leiden des jungen Werthers,* in dem ja alles infrage gestellt scheint, vor allem das Gefühl, ob es denn wahr und wirklich sei, wie dagegen in der gegenwärtigen Literatur mit Ausnahme von Arno Schmidt das Fragen und damit auch das Fragezeichen immer weiter abnehme – Arno Schmidt, er sei leider nicht ihr Autor – ja, sie sagte *ihr* –, aber was sie dann regelrecht aufgeschreckt habe, sei dieser Bezug zu dem nicht mehr Fragenkönnen gewesen, dem Nicht-mehr-Ausforschen, dem Urteilen vor dem Abwarten, wie Fragesätze sich in Aussagesätze verwandelten. Und sie zog ein kleines Notizbuch aus der Kostümtasche, ihm fiel auf, dass sie keine Handtasche bei sich trug, und las einen Satz vor, den er als Beispiel gebracht hatte. Gefragt ist nicht eine mögliche Antwort, sondern das schon Gewusste. Ein Zeugma, sagte sie. Insbesondere aber habe ihr, sie spreche da als Meinungsforscherin, sein Begriff des diskursiv epischen Fragens gefallen. Auch die Beispiele, die er angeführt habe.

Er fühlte sich, obwohl die Frau ihm suspekt war, abermals geschmeichelt. Ja, er musste sich selbst regelrecht zur Ordnung rufen, um seine Distanz zu wahren und nicht wie ein Schüler, dessen Aufsatz vom Lehrer gelobt wird, zweimal bereitwillig *danke* zu sagen. Sie hatte ihn dann fast übergangslos gefragt, ja, gebeten, an einem Projekt mitzuarbeiten, das Einfühlungsvermögen, Interesse, Kombinatorik erfordere, ein Projekt, das ihr sehr am Herzen liege, das sie seit Jahren verfolge, wofür all die anderen Erhebungen, Befragungen, genau genommen also ihre ganze bisherige Arbeit, lediglich eine Vorbereitung gewesen sei. Und außerdem und ganz wichtig, er komme vom Fach, habe einen ausgezeichneten Ruf in der Informationstechnologie – man muss, wenn man in einem Fach derart gut ist, nicht auch noch kaufmännisch gut sein. Er sei für diese Grundlagenforschung genau der Richtige. Sie machte eine Pause, hatte ihn dann mit diesem von unten kommenden, leicht schräg gelegten Lächelkopf angesehen und gesagt, für diese sehr individuelle Arbeit brauche sie einige Mitarbeiter, wenige, ausgewählte, sozusagen die Tafelrunde des König Artus.

Er sah sie an, gab sich Mühe, gelassen und gleichmütig zu blicken und dachte zugleich, die Frau ist durchgedreht.

Und das Thema?, fragte er.

Das Begehren.

Das Begehren?

Ja. Dieses Streben nach dem Glück und der Liebe ist bestimmbar. Wir müssen es erforschen. Die Lust, die nicht von der Vernunft geleitet wird, sagt Aristoteles. Sie sei über den Weg der Wünsche für alle Handlungen der bestimmende Antrieb in der menschlichen Natur. Mich interessiert, wie und was sich die Partner vom anderen wünschen. Wir haben in unserem Institut eine Skala der Persönlichkeitsstärke entwickelt. Etwas Ähnliches wäre eine Skala der Attraktion. Ich meine nicht diese gängigen Dinge, gutes Aussehen und Status, sondern was leitet den Blick, durch den es zwischen den Geschlechtern zu diesem Wunsch nach Intimität kommt. Das ist das Geheimnis, das zu verstehen es gilt.

Er lauschte einen Augenblick dieser altertümlichen Wendung nach: Das zu verstehen es gilt, und dachte, was sie meint, ist die Liebe als Meinungsumfrage. Er fragte sich, wie diese Frau, die vor ihm saß, die Politik im Lande mit ihren Meinungsumfragen hatte beeinflussen können. Oder war dieses Projekt die Folge einer bei ihr einsetzenden Altersverwirrung?

Wie wird dieses drängende, alles überwältigende Gefühl ausgelöst, der Wunsch, den anderen zu besitzen.

Besitzen?

Ja, nichts anderes ist der Wunsch nach Nähe, nüchtern betrachtet. Denn dieses Wunsches wird man sich erst im Verlust überdeutlich bewusst. Im Verlassenwerden. Das sind doch auch Ihre Erfahrungen, oder?, fragte sie mit einem dreisten Grinsen.

Einen Moment glaubte er und traute es ihr auch zu, sie habe von seiner Trennung gehört, aber noch bevor er etwas antworten konnte, hatte sie ihm die Hand auf den Arm gelegt und gesagt, Sie müssen überlegen. In Ruhe. Selbstverständlich. Tun Sie das. Ich rufe Sie in einer Woche an.

Danach hatten sie sich über eine Theaterinszenierung unterhalten.

Ein paar Tage später bekam er einen Brief, mit dem Angebot: 300 Euro pro Stunde.

Sie rechne mit mindesten 100 Interviewstunden.

Eine merkwürdige Recherche, deren Ziel die Berechenbarkeit des Begehrens sein sollte. Er musste sich nicht einmal einreden, dass ihn die Frage interessiere. Sie interessierte ihn. Und ihm war auch sogleich bewusst, welches ökonomische Interesse sich dahinter verbarg. Mit dieser Berechenbarkeit wären alle Wünsche aufzuschlüsseln, wäre ihre Erfüllung planbar. Er war überzeugt, das Ergebnis der Befragung konnte nur Literatur, aber keine verwertbaren Daten hervorbringen. Außerdem lag es bei ihm, deutend einzugreifen. Von dem Geld, das fast einer Bestechungssumme gleichkam, würde er sowieso das meiste an den Insolvenzverwalter abführen müssen.

Auf dem Weg nach Hause dachte er, das Projekt könne ihn von dem Schmerz der Trennung ablenken. Vor allem dachte er, dass es eine Gelegenheit sei, etwas über das System und die Methode dieser Befragungen zu erfahren, die, davon war er überzeugt, das politische Leben verseucht hatten.

Als sie nach einer Woche anrief, sagte er zu.

Das freut mich, hörte er ihre Stimme und nach einer kleinen Pause, sehr.

Später erfuhr er von einer Bekannten, einer gelegentlich für sie arbeitenden Soziologin, dass sie Eschenbach empfohlen habe. Diese schief lächelnde Schlange hatte sich also erst später seinen Essay besorgt, oder, was wahrscheinlicher war, von ihrem Assistenten lesen lassen.

Als er dem englischen Freund am Telefon von dem Angebot erzählte, sagte der: Hat die ein Rad ab? Die tönt doch immer von ihrer objektiven, mathematisch überprüfbaren Befragung. Jetzt das Verlangen messen. Wie geht das bei der im Kopf zusammen?

Sie glaubt sogar an die Prophezeiungen des Nostradamus.

Er lachte. Und die Madame hat nun jahrzehntelang

Meinungen erforscht und damit auch die Politik bestimmt. Aber solange es dir Spaß macht und die ordentlich zahlt, ist es doch egal.

Genau, es macht mir Spaß. Und es war für Eschenbach ein befreiendes Gefühl: Er musste nicht mehr seriös sein. Ich habe zugesagt.

Gut so, ich bin gespannt. Und dann erzählte der Freund von seiner Sammlung selbst gemalter Friseurschilder aus den Dörfern der Ewe. Wunderbare Exemplare, die Frisuren nach Hollywoodschauspielern anbieten. Du wirst staunen, diese kühnen Übertragungen, George Clooney, den du nur erkennst, weil sein Name daneben steht, aber in George Clone abgewandelt. Zufall? Spielerei? Jedenfalls verfinkelt gut.

Der Wind strich mit einem raschelnden Rauschen über den Strandhafer. Er saß in dem kleinen Cocktailsessel vor der windgeschützten Seite der Hütte, trank grünen Tee und beobachtete, wie die tiefstehende Sonne die Aufbauten eines Tankers weiß leuchten ließ.

Eine Dachwohnung, die Eschenbach sieben Jahre nach der Firmengründung gekauft hatte, war nach einem aufwendigen Umbau fertig geworden. Ein einziger durchgehender Raum, aufgefächert und mit einer Fensterflucht zu einer weiten, mit Oleander bestandenen Terrasse, die den Blick zum Zoo öffnete. Daran war ihm gelegen. Manchmal, morgens, im Sommer, wenn er die großen gläsernen Schiebetüren offen stehen ließ, wurde er vom Gebrüll der Löwen geweckt. Auch die anderen Rufe der eingezäunten Wildnis lernte er schnell zu deuten. Nicht so leicht war das Orgeln der Wasserbüffel von den Brunftrufen des Yaks zu unterscheiden. Die Rufe waren nur von fern und undeutlich zu hören und nur dann, wenn sie nicht vom diffusen Lärm der Stadt überdeckt wurden, also früh morgens oder an Feiertagen.

Er hatte Anna auf dem Atelierfest von seiner Wildnis erzählt, seiner Serengeti vor der Haustür, und sie hatte gesagt, die musst du mir einmal vorführen.
 Abgemacht, sagte er und war beglückt, dass sie nur *mir* und nicht *uns* gesagt hatte. Es muss aber ein Sonntagmorgen sein, wenn die Stadt noch schläft. Und Ostwind ist wichtig.
 Gut, wir kommen.
 Da war es wieder, dieses enttäuschende *Wir*.

Über das Wochenende besuchte ihn Selma. Manchmal auch werktags, auch in der Nacht, wenn er spät aus dem Büro kam. Sie brachte eine Flasche Wodka mit, Wodka mit einem Halm Büffelgras in der Flasche. Sie saßen auf der Terrasse, und sie erzählte von ihren Erlebnissen auf dem Markt: von der Blumenhändlerin, die in einem Vorort von Berlin Glatthaar-Dackel züchtete. Eine Rasse, die vom Aussterben bedroht war. Sie aßen und blickten über das nächtliche Berlin, hörten das Rauschen, entfernt das Anfahren der Autos. Dann wieder Stille, die aber immer noch einen Laut hatte. Regen kam auf, die ersten schweren Tropfen fielen, er stellte die Liegen unter das Vordach, sie rief von drinnen: Komm.

Dieses so vertraute, mit ihr verbundene Komm. Das war der schöne Selma-Imperativ, der Nähe und Lust versprach, egal ob in der Liebe oder beim Essen.

Das Überraschende für ihn war, wie vorsichtig, wie bedachtsam ihre Handgriffe bei all ihrem Tun waren, in ihrer oder seiner Küche, so wie es in ihrer Arbeit nichts Heftiges, Ruckartiges, hektisch Kraftvolles gab, es waren eher gleitende Bewegungen, und sonderbar genug, was ihn manchmal, wenn sie zusammen waren, lachen und sie den Kopf heben und kurz fragen ließ, was ist?, und er *nichts* sagte, *es ist gut*, dann waren es diese Gedanken, die ihn überkamen, mit welcher Vorsicht, Achtsamkeit sie die Feile führte oder in den Brenner blies, um die Flamme zu einer Spitze zu verstärken. So bedachtsam näherte sie sich auch, waren sie zusammen, ihm, ein ruhiges Andrängen, zärtlichfeste Griffe. Mehrmals hatte er überlegt, es ihr zu sagen, unterließ es dann aber. Sie hatten nie darüber gesprochen, nur das: Es tut mir gut. Und das sagte auch er: Du tust mir gut.

An einem Samstag kam Selma, hatte für das Frühstück eingekauft, Baguette, Croissants, Schinken und Käse, die sie bei ihrem Franzosen holte, einem Berliner, der von sich behauptete, aus der Bretagne zu kommen, tatsächlich aber nur in der Fremdenlegion gewesen war. Und sie stellte ihm eine kleine Kiefer, die wie vom Wind in eine Richtung gebogen und zerzaust war, auf den Tisch. Ein Bonsai. Das war ihr Geschenk zu seinem zweiundfünfzigsten Geburtstag. Sie hatte eine wunderbare Begabung, Geld auszugeben, ihres, aber auch seines. Nicht dass sie es für sich nahm, sondern sie beschenkte ihn.

Er betrachtete die kleine sturmgebeugte Kiefer und sagte: Es ist ein sprechendes Geschenk, lachte und nahm sie in die Arme. Schon ziemlich mitgenommen, der Baum wie der Beschenkte.

Aber garantiert nicht morsch, sondern sturmerprobt und, ich habe mich erkundigt, dieser Baum kann, bei guter Pflege, leicht über hundert Jahre alt werden. So. Du setzt dich, und ich decke. Ich meine das wörtlich.

Gut so, sagte er und lachte laut und sah sie vor sich sitzen, und neben ihr auf dem Tisch diese windschiefe Kiefer.

Der Tanker fuhr in Richtung der Elbmündung. Möwen hingen in der Luft. Wind, dieser immerwährende Wind, der mit einem abgestuften feinen Rauschen durch das Holzgitter des Podiums ging. Er dachte an Phyllis und wie die Winde sein Ohr finden. Hin und wieder war es für einen Moment, als fände sich eine Melodie, die aber schnell von einem gleichmäßigen Rauschen, Knattern abgelöst wurde. Dann wie ein Luftholen ein Moment Stille, eine Stille, die auf den nächsten Hauch oder Luftstoß zu warten schien.

Selma hatte ihm vorgeschlagen, auf der einen Seite seiner Terrasse eine kleine Landschaft mit den so kunstvoll beschnittenen Bäumchen anzulegen. Eine Landschaft, die er von seinem Lesesessel im Blick haben könne. Nachts müsse sie durch eine kunstvolle Beleuchtung zur Geltung gebracht werden. Und wie bei allem, was sie sich in den Kopf gesetzt hatte, war sie darangegangen, hatte sechs Bäume und drei buschartige Gebilde ausgesucht, die alle in eine Richtung wie vom Wind gezogen waren – höchst kompliziert, wie er sah, mittels kleiner, die Richtung bestimmender eingefärbter Drähte. Die Bonsais waren nicht billig, aber er hatte das Geld und Selma die Hand und das Auge für die bewegte Baumlandschaft. Selma hatte eine Lichtdesignerin mit dem schönen Namen Iris – war das ein Künstlername? – aufgetrieben, die eine verdeckte, auch veränderbare Beleuchtung installierte.

Er saß, nach einem Tag, der von Ärger, Auseinandersetzungen, Reden und nochmals Reden, vom Dauergeflacker des Screens bestimmt war, in seinem bequemen Lesesessel und schaute hinaus auf diese ferne Landschaft der Stille und der Winde.

Auch Eschenbach kochte, beherrschte aber, mit sicherem Gelingen, nur sieben Gerichte. Eins hatte er von seinem englischen Freund gelernt. Der wiederum hatte das Rezept in dem Roman *Der Butt* gelesen, den er in dem Jahr seiner Feldforschung mit nach Togo genommen hatte. Das Buch hätte er nie und nimmer, sagte er, verstärkte das durch ein *Never-never*, zu Ende gelesen, hätte es in einem Umkreis von 100 Kilometern einen Buchladen gegeben. So aber hatte er sich durchgearbeitet und war belohnt worden, als er auf ein darin beschriebenes Rezept stieß, Rinderherz mit Pflaumen. Ein ganzes Rinderherz wird, eine chirurgische Arbeit, aufgeschnitten, gesäubert, mit Backpflaumen gefüllt, sodann mit Zwirn zugenäht und drei Stunden lang gegart. Als Beilage Erbsen und Salzkartoffeln, so die Variante, die Eschenbach entwickelt hatte. Er hatte gefragt, ob es Einwände gegen ein doch sehr deutlich organbezogenes Essen gebe, wobei er versprechen könne, dass es ausgezeichnet schmecke. Ewald und Anna hatten die Köpfe geschüttelt und tapfer gesagt, wir sind dabei. Selma hatte es schon zweimal bei ihm gegessen und versicherte, es schmeckte toll. Das köchelt so vor sich hin, wir können in der Zeit reden und etwas trinken.

Sie kamen mit einem großen Blumenstrauß, selbst gepflückt im Garten, betonte Anna, und Ewald hatte einen Whisky mitgebracht, der auf irgendeiner kleinen schottischen Insel gebrannt und gelagert wurde, zwanzig lange Jahre lang.

Sie betrachteten das kleine Ölbild von Grosz, besonders Anna zeigte sich begeistert, ein Grosz, wunderbar, auch die Zeichnungen von Schmidt-Rottluff, Kirchner und Heckel, die er in den vergangenen Jahren gekauft hatte, wurden gelobt, dann gingen sie auf die Terrasse, wo Selma gedeckt hatte, und stießen mit Champagner an. Anna und Ewald bewunderten diese kleine Landschaft der Winde. Fantastisch, sagte Anna und schlug vor, an einer Stelle zwischen zwei windschiefen Bäumen noch einen Strauch zu setzen, wenn es denn so etwas gäbe, einen blühenden, vielleicht zur einen Seite noch treibenden Strauch Rosen. Gibt es das, Rosen in Kleinformat?

Es gibt alles, sagte Selma.

Das ist das Wunderbare, sagte Anna, man sieht im

Kleinen deutlicher, was in der Natur gewohnt groß ist.

Sie lauschten, aber kein Ruf der Wildnis war zu hören, einmal glaubte Ewald, den von Eschenbach angekündigten Brunftruf eines Yaks zu hören, aber die Frauen bestritten es und sagten, es sei eine Autohupe gewesen.

Anna erzählte, dass sie bis vor drei Jahren mit den Kindern oft in den Zoo gegangen sei. Einmal hatten sie ein Liebespaar in einer künstlich angelegten kleinen Grotte überrascht. Ich hatte Mühe, die Kinder wegzuziehen, sagte Anna. Die Neugier ist, was die Sexualität angeht, grenzenlos. Erstaunlich war, wie genau die Kinder die Tiere beobachtet hatten, insbesondere die Affen. Zu Hause hätten sie bestimmte Verhaltensweisen nachgespielt, zum Beispiel das gegenseitige Lausen, das Von-Bett-zu Bett-Springen. Der Junge, der ja zwei Jahre älter ist, habe sich dann aber bald mehr für die Löwen interessiert. Blieb, während wir mit der Kleinen umhergingen, vor dem Käfig im Innenraum stehen. Wir haben gerätselt, warum. Bis er uns erzählte, dass der Löwe immer wieder so gezielt durch das Gitter pinkle, dass er die Davorstehenden nass spritze. Erfindung, dachten wir. Später hat Anna das Schild entdeckt, das, wenn auch nur klein, vor diesem Pinkeln warnte. *Achtung! Löwe spritzt Urin durchs Gitter.*

Ewald ging durch den einen großen Raum, der früher einmal das ganze Dachgeschoss gewesen war, und fand den Ausbau zum Loft gelungen und ganz erstaunlich gut gelöst. Den Namen des jungen Kollegen, der die Dachwohnung umgebaut hatte, kannte er nicht, sparte aber nicht mit Lob. Wie er die Übergänge zu einer Schräge gelöst, wie er die vier tragenden Pfeiler einbezogen hatte. Allein der Raum, der durch das Treppenhaus getrennt liegt, sei ungenutzt geblieben.

Damals sei die Genehmigung zum Ausbau nicht gegeben worden.

Ewald versprach, sich sogleich zu kümmern, er kenne den zuständigen Mann in der Behörde, ein etwas enger Bürokrat, aber die Genehmigung könne man einholen. Er würde das versuchen. Er ließ sich von Eschenbach ein Blatt Papier geben und zeichnete mit einigen Strichen den Grundriss und eine Seitenansicht, sagte, man müsse und könne den Treppenhausabsatz, da es eine Endwohnung sei, miteinbeziehen. Er skizzierte, wie eine Wand abgetragen, eine andere hochgezogen werden konnte. Der Eingang käme direkt an die Treppe. Man müsse allerdings den Zugang zum Fahrstuhl verändern, da der etwas angehoben gehöre. Ganz billig wird das nicht.

Das solle nicht das Problem sein, konnte Eschenbach sagen.

Er würde ihm das gern entwerfen und im Büro genau berechnen und zeichnen lassen. Als kleine Gegengabe für die Arbeit am Segelboot.

Während Ewald und Eschenbach sich über die Skizze beugten, versuchte Anna Selma zu überreden, zu ihr in den Kunstunterricht zu kommen, um den Schülerinnen und Schülern ihre Arbeit als Silberschmiedin vorzuführen. Sie erzählte, wie sie das eine, den Kunstunterricht, mit dem anderen, dem Lateinunterricht, zu verbinden suche. Selma zeichnete Anna Beispiele bestimmter Schmuckmotive auf. Die Faszination liege in der Abstraktion, die dennoch ein Bild der Wirklichkeit liefere, wie Anna sagte, eine Darstellungsform, die sie an die platonische Idee erinnere. Als hätten die Hopis Platon gelesen. So waren die Frauen und die Männer im Zeichnen, im Gespräch und Planen versunken. Bis Eschenbach drängte, er wolle nun endlich seinen kalten Weißwein ausschenken. Der Rotwein komme dann später zum Rinderherz. Jetzt stellte er zur Auswahl einen Veltliner aus dem Tessin, einen Weißburgunder aus Baden und einen Riesling aus Rheinhessen, Gunderloch, von dem schon Carl Zuckmayer geschwärmt habe.

Nur Anna wünschte den Veltliner, die anderen tranken den Riesling. Eschenbach wollte auf den Bau in China anstoßen, aber da weigerte sich Anna, sagte, sie sei gegen diesen Bau. Sie hätten schon lange Diskussionen darüber geführt, Ewald und sie, denn sie finde, man könne und solle nicht in einem Land wie China bauen, wo Menschenrechte derart missachtet werden.

Ob wir bauen oder nicht bauen, ändert im Moment nichts, gar nichts, aber langfristig viel, da sei er ganz sicher, sagte Ewald. Es ist ein Unterschied, ob man in kasernenartigen Häusern zu vierzehn zusammenwohnt oder aber in Wohnungen, die das Eigene im Leben ermöglichen, erst dann könne Individualität ausgebildet werden, die wiederum Voraussetzung für den Bürgersinn sei.

Ihr Architekten seid alle gefährdet, wie Albert Speer, ihr seht freie Flächen und habt eure Bauten vor Augen, und dann baut ihr, egal, was rechts und links geschieht, und bastelt euch irgendwelche Rechtfertigungsranken. Würdest du ihm bei der Organisation helfen?, fragte sie Eschenbach.

Noch bevor Eschenbach sagen konnte, es komme auf den Bau an, Gefängnis oder Wohnbau, und ob, wie bei Speer, Häftlinge zur Arbeit gezwungen würden, sagte Ewald, Christian kann gar nicht helfen. Der muss kochen.

Nein, das Herz gart allein bei kleiner Hitze.

Eschenbach goss von dem Weißwein nach. Der Rotwein stand dekantiert und atmete vor sich hin.

Später komme beides zusammen, sagte er, der Wein und das Herz.

Vor Ort sehe eben alles anders aus, sagte Ewald. Er wisse nicht, ob man dieser alten Kultur vorschreiben könne, wie sie sich zur Demokratie entwickeln müsse. Und welche Form der Demokratie es sein solle. Das Schweizer Modell? Frag mal den Ziegler, was der zur Kapitaldemokratie der Schweiz sagt. Vor vier Wochen war ich in Shenzhen. Seit einem Jahr arbeiten wir an der Planung, intensiv, mit dreiundzwanzig Mann, aber es kommt nicht zur Entscheidung. Die Entscheidungen werden von der chinesischen Seite immer wieder aufgeschoben, Vorgaben verändert, neue Daten angefordert. Daten, die nicht zur Verfügung stünden, weil andere Daten geklärt werden müssten, Materialkosten, Transport, und wenn dann alles genau ausgewiesen sei, würden politische Entscheidungen erforderlich, die wiederum auf sich warten ließen, hinzu kämen die Verständigungsschwierigkeiten, sprachliche, aber auch im Umgang miteinander. Die Vorstellung, man dürfe nicht das Gesicht verlieren, ist, könnte man denken, ein westliches Klischee vom Chinesen, und wenn es einmal tatsächlich so gewesen sei, hätte der Kommunismus mit seinem Anspruch auf Rationalität doch längst damit aufgeräumt. Wir, es hängt noch ein anderes Architekturbüro mit dran, waren mit einem Stab von Ingenieuren, Infrastrukturplanern, Statikern, Landschaftsarchitekten da und mit einem promovierten Sinologen, einem ausgewiesenen Kenner der chinesischen Sprache und Mentalität. Es gab Verhandlungen, es wurde Tee gereicht, und wer wollte, bekam Kaffee, eine Kaffeesorte, die irgendwo in Hainan neu gezüchtet worden sein muss, denn sie ließ das Herz pumpen, als müsse es die Titanic über Wasser halten. Wir haben alles am Computer ausgerechnet, auch dargestellt, dreidimensional, du hättest deine Freude daran. Drei Informatiker haben daran gesessen. Dennoch haben wir, um es anschaulich zu machen, alles nochmals in Modellbauten ausgearbeitet, haben die Siedlung, in der also einmal 400 000 Menschen wohnen sollen, mit Kino, mit Supermärkten, Gesundheitszentrum, Universitäts-Campus, Sportplätzen, Schwimmhallen in einer besonders naturalistischen Weise entstehen lassen.

Die Landschaftsgärtnerin hatte kleine Bäume hineingesetzt, das Laub aus Watte, und dann auch noch mit unterschiedlichem Grün angesprüht. Straßenplanung, Bahnanbindung, Bahnstationen, Kanalsysteme, Großrestaurant für McDonald's und Kentucky Fried Chicken, diese Hühnchenteile mit einer Panade, die angeblich impotent macht, wäre ja eine gute Geburtenkontrolle, recht so, wir hatten die letzten Wochen geackert, Anna weiß, wovon ich rede, das Modell, wunderbar anzuschauen, steht da, und wir sitzen davor. Unser Infrastrukturplaner, ein guter Mann, zeigt die Straßenführung, auch die achtspurige Autobahn, die notfalls auf zehn Spuren ausgebaut werden kann, mit solidem Grünstreifen. Er redet, weist mit seinem Stöckchen den Verlauf, da überfällt eine große Unruhe unsere Gastgeber. Sie reden durcheinander, gestikulieren. Wir fragen unseren Sinologen, was ist los? Der versteht in dem hektischen Stimmenwirrwarr nur *große Straße*. Meinen sie die große Mauer? Glauben sie, die Straße sei zu breit? Wir können sie auch sechsspurig planen. Aber dann, nach einer Pause, einem betretenen Schweigen, entrollt einer der Chinesen einen Plan, und unser Sinologe übersetzt etwas von einer anderen Richtung, und der chinesische Übersetzer zeigt auf unser Modell und redet und redet und langsam begreifen wir, die achtspurige Autobahn ist schon fertig, sie ist in den vergangenen fünf Monaten, seitdem wir zuletzt da waren, gebaut worden und führt genau durch unseren geplanten Universitäts-Campus. Wir haben uns angesehen. Niemand verdrehte die Augen. Das Gesicht blieb gewahrt. Gut, dann müssen wir umplanen. Der Mann, von dem wir dachten, er sei der Entscheidungsträger und werde später einmal Bürgermeister der noch zu bauenden Stadt, lachte und ließ einen hochprozentigen Schnaps bringen. Ihr kennt ja Geschmack und Wirkung. Wir dachten, jetzt stoßen wir auf die Zusage und den Baubeginn an. Aber erstmal wurden wir in Autos verfrachtet und zu einem Essen gefahren. Unvorstellbar die Menge, unvorstellbar die Toaste. Immer dachten wir jetzt, jetzt kommt das erlösende: An den Start.

Mitten im achten oder neunten Gang wird dem Entscheidungsträger, dem künftigen Bürgermeister, der in den bisherigen Verhandlungen höflich seine Wünsche geäußert hatte, mit vielen Verbeugungen ein Zettel übergeben. Der Bürgermeister liest, lacht, sagt, was die Übersetzer übersetzen, wir müssen nach Guangzhou, wo der zuständige Mann für, der Sinologe übersetzt Bauwesen, der Chinese übersetzt Luftfahrt, meint wohl die Wolkenkratzer, was ja nicht ganz falsch wäre, immerhin haben wir drei Gebäude mit je fünfzig Stockwerken geplant, auf alle warte. Eine Maschine stehe bereit.

Wir werden in einer Autokolonne zum Flughafen gebracht, dreißig Mann und Frauen hoch, werden direkt vor die Maschine gefahren. Start, Flug, Einnicken, der siebzigprozentige Schnaps, der ja mit dem Kaffee streitet, muss abgebaut werden, Landung, Autokorso durch die Stadt, ein Parteihaus von brutaler Hässlichkeit, ein Saal, wir warten, ein Chinese kommt, hätte das illegitime Kind von Mao sein können, ziemlich groß, dick, fest, nichts Weiches, mit einem wunderbar runden, lachenden Gesicht, man sah beim Lachen häufiger die oberen Zähne, sehr gepflegte, schöne Augenbrauen, waagerecht, wie draufgepinselt. Er beginnt zu reden. Unser Sinologe übersetzt, und ein chinesischer Übersetzer übersetzt. Der freundliche Mao-Sohn redet und redet, der Sinologe übersetzt und der Chinese übersetzt, und es kommt jedes Mal etwas anderes heraus, nur die Bäume, das stimmt, wir fragen nach, ob das, was da gesagt wird, stimme. Nein, kein Zweifel. Es bleibt dabei, er hat über Bäume geredet. Er ist ganz begeistert von den Bäumen in unserem Modell, er erzählt, wie wunderbar Bäume sind, sie sind die Lunge der Erde, Schnaps wird gereicht, wieder dieser hochprozentige, wir trinken auf den Ginkgo. Der chinesische Übersetzer sagt Blasebalg?, auch gut, Maos Sohn erzählt von dem Ginkgobaum und zeigt auf das Modell, das wir aus Deutschland mitgeschleppt haben, zeigt auf einen der Wattebauschbäume, der etwas zweigeteilt gebauscht ist, und wir verstehen Ginkgo, aber dann redet der chinesische Übersetzer vom Flehen stillender Mütter, der Sinologe übersetzt Laktosebringerinnen, es redet aus dem Funktionär, aus seiner freundlichen Rundung heraus, von dem Ginkgo, nicht Laubbaum, nicht Nadelbaum, er hebt die Hand mit den manikürten Fingernägeln und sagt, der Ginkgo sei eine eigene Ordnung, er spricht von generativen Organen. Wir sehen uns an, und ich denke sofort an die strenge Anna. Er spricht von begeißelten Spermatozoiden. Wir sehen uns an. Er sagt, der Ginkgo brennt, aber er treibt wieder aus. Uns schwirrt der Kopf. Wir warten, dass er sagt: So. Sie können loslegen. Morgen legen wir den Grundstein, und dann ab die Post. Er sagt, es kann nicht genug Ginkgos geben. Er hebt das Glas. Er trinkt auf ex. Und wieder, auf den Ginkgo, auf die Architekten, auf die milchgebenden Frauen, wenn der Sinologe es denn richtig übersetzt hat, auf die Zukunft. Auf ex. Die Chinesen waren, man kann es nicht anders sagen, blau, das heißt rot, sie waren rot im Gesicht, sie schwitzten. Einer, was sehr ungewöhnlich ist, umarmte mich. Freundlich lustige, wunderbare Menschen. Der einzig Nüchterne war der Funktionär, der wahrscheinlich durch seine Arbeit abgehärtet war oder Maos Lieblingsessen, gesottenen Schweinebauch, gegessen hatte. Auf ex.

Ich danke, mit schwerer Zunge, die beiden Übersetzer arbeiten. Ich entschuldige mich, dass meine Zunge schwer ist. Der chinesische Dolmetscher übersetzt. Die Chinesen lachen, sie können sich gar nicht wieder einkriegen. Jetzt übersetzt unser deutscher Sinologe nochmals dasselbe, diesmal blicken die Chinesen mich besorgt an. Ertragen sie keine Wiederholungen? Oder war es doch ein anderer Inhalt? Ich betone nochmals, wir könnten die Straßen mit Ginkgobäumen bepflanzen. Auch in Viererreihen. Ganz wie gewünscht. Ich hatte mir einen chinesischen Spruch herausgesucht, der vielleicht zur Entscheidungshilfe dienlich sein konnte, Konfuzius sprach: *Der Edle geht unbeirrbar den rechten Weg; er ist aber nicht stur.* Das wurde übersetzt, das Gesicht mit seinen Backen, Wangen konnte man nicht sagen, strahlte, ein Lachen, die Augen sehr schmal, alles lachte, aber das Wenige, was ich von den Augen sah, fixierte mich kalt. Es wurde getrunken. Auf ex und noch mal ex! Aber keine Zusage. Bis heute nicht. Wir wissen nicht, was er will oder was er nicht will. Wahrscheinlich ist noch ein anderer über ihm. Das ist der Turmbau zu Babel. Nicht wegen der Sprache, sondern wegen der Entscheidungskompetenzen. Du siehst, da kommst du mit deinen Algorithmen auch nicht weiter.

Eschenbach sagte, das sei wohl wahr, da sei zu viel Macht und Schnaps im Spiel. Aber jetzt solle erst mal das Herz aufgeteilt werden.

Er holte den großen Topf aus der Küche, stellte ihn auf den Tisch und spießte mit einer Poseidon-Gabel das Herz auf, schnitt es entzwei – die Pflaumenfüllung kam schwarzlila zum Vorschein, ein artifizielles Kunstwerk, das nur noch von fern an seine anatomische Herkunft denken ließ. Er schnitt von dem in seinem Saft gegarten Rinderherz Streifen ab, hellgraue, faserlose Stücke, legte sie Anna auf den Teller und garnierte die Backpflaumen darum.

Der Rotwein, ein Côtes du Rhône, wurde eingeschenkt, und es wurde auf das Wohl aller getrunken.

Sie hatten eben zu essen begonnen, rührten eifrig Messer und Gabel, da war, wie von Eschenbach bestellt, in die Stille hinein das Brüllen eines Löwen zu hören.

Eschenbach erzählte von einem Freund, auch er Engländer, ein Literaturwissenschaftler, durch den er das Land erst richtig kennengelernt habe. Mit ihm sei er durch die Cotswolds gefahren: Die Wiesen, darin die Solitäre, mächtig, Eichen, die Landschaft leicht hügelig, das Grün, die dramatischen Wolken, Iron Bridge, die Kanäle, von irischen Tagelöhnern im 18. Jahrhundert ausgehoben und der Lehm mit bloßen Füßen festgetreten. Erst die Kanäle mit all den Schleusen, sechsunddreißig allein in der Stadt Birmingham, ermöglichten die Industrialisierung, den Transport der Kohle zur Verhüttung des Erzes. Und die Ruinen von Kenilworth, bei deren Anblick Shakespeares Königsdramen erst verständlich werden, die Düsternis, die Größe, das Kriegerische. Seither war er immer wieder hinübergefahren, nach London, nach Cornwall, Devon, Schottland.

Seitdem sammle er die Coronation Mugs. Ein wunderbarer Kitsch. Der reine Camp.

Er stand auf und holte vier dieser Teebecher mit den Aufdrucken der Bilder vergangener englischer Könige und Königinnen und deren vergangener Ehen; nein auch, sagte Ewald, als er den Becher mit den Porträts von Prinz Andrew und der dickbackigen, rothaarigen Sarah sah und die von Glocken umrandete Schleifenschrift vorlas: *To Commemorate Their Marriage 1986.* Durch wie viele Betten ist die inzwischen gewandert.

Die meisten Mugs, sagte Eschenbach, hätten ihm die beiden englischen Freunde geschenkt, darunter so seltene Stücke wie die von Edward VIII., nie gekrönt, die Tasse aber zeige eine im Porzellan erhabene Krone. Eine Art Blaue Mauritius unter diesen Tassen. Auf ihn, den englischen Freund, den Ethnologen, müssen wir anstoßen, der jetzt ein Forschungsprogramm für die gefährdeten kleinen Sprachen in Europa betreut, in Paris, bei der UNESCO.

Sie saßen, sie lachten, sie tranken, lobten, Anna und Ewald stießen auf Eschenbach an, auf den englischen Freund, und Selma, sie sang für ihn, den Koch, und für das Herz mit der Pflaumenfüllung eines ihrer polnischen Volkslieder, in dem einer Gans der Hals umgedreht wird.

Später, Ewald und Anna waren gegangen, sagte Selma, sie habe die beiden beneidet, wie und was die von ihren Kindern erzählten. Und dann habe Anna ihr gesagt, dass sie und Ewald noch ein drittes Kind wollten. Das passe vom zeitlichen Abstand nicht ganz so gut zu den beiden anderen Kindern. Anna ist ja auch nicht mehr so jung.

Eschenbach befürchtete, dass sie jetzt, weit nach Mitternacht, wieder ihren Wunsch nach einem Kind mit ihm diskutieren wollte. Aber offensichtlich war auch sie zu erschöpft und wohl auch ein wenig zu betrunken. Jedenfalls wird das Kind ein Nachkömmling.

Wieder so ein Großmutterwort aus Polen, das so weich betont aus Selmas Mund kam. Selma sagte, ich muss sofort schlafen. Und sie schlief diesmal auch, ohne zu sagen *komm*, sofort ein.

Er hingegen lag noch lange wach und hatte das Bild vor Augen, Anna, die ihn mit der Hand berührt hatte, als er von der Bewunderung, ja Liebe sprach, die ihn immer wieder nach England getrieben habe.

And what love can do, that dares love attempt.

Und dann hatte er sich, wie er sich selbst sagte, ein Herz gefasst und Anna angerufen. Er wollte, er musste sie sehen. Es gab keinen anderen Grund, ihn verlangte danach, sie zu sehen. Es war ein tiefer Durst. Ihre Stimme hatte er auf dem Anrufbeantworter mehrmals gehört, eigentümlich leise, bitte hinterlassen Sie Ihren Namen und Ihre Telefonnummer. Die aber hatte er unterdrückt und seinen Namen auch nicht genannt.

Ewald war nach Shenzhen geflogen. Eine Woche lang hatte Eschenbach immer wieder ihre Visitenkarte herausgezogen, hatte auch gewählt, dann wieder die Nummer weggedrückt und schließlich, als es nur noch drei Tage bis zu Ewalds Rückkehr waren, so viel Kalkül war im Spiel, hatte er das Rufzeichen bis zur Ansage abgewartet, hörte ihre Stimme, hatte aufgelegt und es nach einiger Zeit erneut versucht, bis er sie erreichte. Er war bemüht, seiner Stimme einen ruhigen Ton zu geben, und fragte, ob sie Lust habe, abends ein Glas Wein zu trinken, das Wetter sei schön. Und damit es nicht verfänglich erschien, fügte er hinzu, man könnte sich in einer Bar oder in einem Restaurant treffen, vielleicht draußen. Er sei mit dem Fahrrad nach Hause gefahren, es sei fast sommerlich warm. Und dann sagte er mutig, aber im Konjunktiv: Wäre gut, dich zu sehen. Ich habe regelrecht Entzugserscheinungen.

So hell und freundlich war ihr *Ach-du* gekommen, als er seinen Namen nannte, sie duzten sich, und doch war es immer noch neu und überraschend. So zögerlich kam jetzt ihre Antwort, nach einer kurzen, sich dehnenden Pause sagte sie: Gut. Wenn sie die Kinder ins Bett gebracht habe. Ein Problem sei, dass ihr Au-pair-Mädchen heute frei habe, aber es gebe noch eine Babysitterin. Wenn nicht, würde sie ihn anrufen.

Für 21 Uhr hatten sie sich verabredet, in einer Bar mit Restaurant.

Sie kam ein wenig später, entschuldigte sich, die Schülerin, die ihre Kinder einhüten sollte, habe die Bahn verpasst. Sie hatte schon früher von den Kindern erzählt, aber eher beiläufig. Jetzt erzählte sie, nein, schwärmte von den Kindern, Lisa und Ole, acht und zehn Jahre alt. Die Tochter hatte die Aufgabe der Umweltbeauftragten übernommen und nahm das derart ernst, dass sie dem Direktor einen Verweis schreiben wollte, da der eine Zigarette auf den Schulhof geworfen hatte. Und der Junge spiele, wenn er nicht vor dem Computer sitze, sehr schön Klarinette. Beide hatten ihr zugeredet, zu gehen, nicht zu warten, bis Aleida kam. Aleida war eine Schülerin aus der Klasse, in der Anna Kunst unterrichtete. Zwölfte Klasse, ein begabtes Mädchen, sagte Anna, es male und wolle sich nach dem Abitur an der Kunstakademie bewerben.

Er fragte, ob sie auch male, und sie sagte mit einer ruhig abweisenden Handbewegung, nein, ich unterrichte, und ich sammle ein wenig Kunst. Nein, sie habe früher gemalt, aber bald erkannt, dass ihr Talent nicht ausreiche. Aleida, ihre Schülerin, soll es darum auch ruhig probieren und sich an der Kunstakademie bewerben.

Eine Freundin, Frau eines Bauherrn, für den ihr Mann eine Villa gebaut hatte, male, ausgestattet mit unbegrenzter Freizeit. Die sitzt oder steht und kopiert Bilder von Cézanne. Hat alles vom Feinsten, Staffelei aus Esche, handgeschöpftes Papier, Leinwand, Pinsel aus Marderhaar, teure Pigmente, Atelier ausgebaut, mit angeschlossener Sauna, zum Entspannen vom Kopieren. Sie sitzt und pinselt. Zeitvertreib. Das wollte ich nicht, genau das nicht. Das Empfinden für das eigene Ungenügen ist die Voraussetzung, dem Peinlichen zu entgehen.

Das würde ja keinen vorläufigen Versuch gestatten, keine Arbeit am Gelingen.

Sophistik, hatte sie gesagt.

Nein, und er nahm ihre linke Hand, an der sie den Ehering, einen schmalen goldenen Reif trug, hier ist nichts misslungen, kann man dann nicht sagen: alles gelungen?

Sie lachte und ließ ihm die Hand, sprach aber ernsthaft weiter: Ich habe durch meine Malversuche einen ganz guten Blick bekommen, aber ich weiß, es wäre nichts geworden, nicht das, was ich mir wünschte. Es war eher ein vager Wunsch als ein: Es muss sein. Mir hat es, und damit entzog sie ihm ihre wie vergessene Hand, an diesem unbedingten Willen zum Verwerfen gefehlt.

Der ganze Kosmos ist doch eine Reparaturwerkstatt, hatte er gesagt.

Er hatte sie nach ihrer E-Mail-Adresse gefragt. Aber sie sagte, bitte keine Mails. Ich hasse Mails. Ich habe sie, weil ich damit zugeschüttet wurde, abgeschafft. Es geht. Die Schüler müssen sich eben mündlich oder schriftlich melden. Sonst geht die Schreibschrift verloren. Auch Simsen mag ich nicht, schon wegen dieser Dauerverstümmelung der Sprache mit den SMS, was sich doch schon nach SOS anhört. Grässlich. Etwas altmodisch sei ich, sagt mein Sohn, vielleicht hängt es ja mit meinem Fach zusammen.

Eschenbach lachte und sagte, für sie würde er Botschaften auch in Stein meißeln, in Latein. Sie könne dann den Ablativus absolutus verbessern.

Wir wollen die Probe machen.

Sie sah auf die Uhr, sagte, so spät schon. Das Mädchen, das auf die Kinder aufpasst, muss nach Hause gehen.

Eine kurze Umarmung. Das Rechts-und-links-auf-die-Wange-Küssen. Sehr nah ihre Augen. Bis bald.

Ihr Parfum, dieser so schwer beschreibbare Duft, begleitete ihn auf dem Weg nach Hause.

Er hatte gehört, dass sie am Donnerstag in der Nationalgalerie eine Führung machte, und war hingegangen, kam durch den Feierabendverkehr etwas verspätet in den Saal, wo er sie in einer Gruppe Zuhörer vor einem Bild stehen sah. Sie sprach in ein kleines, an einer Schnur vor der Brust hängendes Mikrofon. Die Haare wieder zu einem Pferdeschwanz gebunden, eine schwarze Jacke, darunter ein schwarzes, leicht ausgeschnittenes Top, das den Ansatz ihres Busens zeigte, ein grauer, recht kurzer Rock. Die Zuhörer, alles ältere Menschen, trugen Kopfhörer, daher ihr leises Sprechen. Er verstand nur einige Worte, Farbgebung, Linienführung, Grauwerte, war umso mehr gefesselt von ihren Handbewegungen, zierliche, und es war, als würden die Gedanken mit den Fingern getanzt. Dann entdeckte sie ihn, sie sah ihn an, stockte, sagte, als er näher an die Gruppe trat, äh, aber ein melodisch gedehntes, nie gehörtes Äh, und schwieg, bis sich die Zuhörenden, denen das Äh sehr laut in den Ohren geklungen haben musste, umdrehten und ihn, zu dem ihr Blick ging, ansahen. Und so grüßten sie sich mit einem Kopfnicken.

Er wartete am Ausgang auf sie.

Er hatte damals zu sich selbst und später zu einem Freund gesagt, wie kann man nur derart und auf eine so schlichte Weise fixiert sein: lange, mittels eines Gummibands zusammengehaltene Haare. Sie konnten, weil sein Blick immer wieder davon angezogen wurde, durchaus bei ihm eine Wut gegen sich selbst und diese reflexhafte Wahrnehmung auslösen, eine leichte Form des Selbsthasses auf seine Fixierung, etwa wenn er Joggerinnen sah, die Kappen trugen, den Schirm ins Gesicht gezogen, um nicht erkannt zu werden, und den Schwanz über das Mützenband gesteckt, der dann auch noch ponyhaft hin- und herschwang – einfach idiotisch. Und dennoch musste er ihnen nachblicken.

Der Freund sagte, das ist doch Freud für Anfänger. Der Wunsch nach Nähe, nach dem Geschlecht, gleichzeitig die Angst, bei diesen Frauen, die dieses Sexualsymbol ausstellen, zu versagen. Genieße einfach deinen Pferdeschwanz, und er legte die Betonung auf Schwanz.

Wer weiß, wer weiß, sagte Eschenbach und musste doch lachen.

Aber dann überlegte er ernsthaft, ob er früher Mädchen an den Haaren gezogen hatte, insbesondere, wenn sie die zu Pferdeschwänzen gebunden trugen. Er konnte sich nicht entsinnen. Er hätte es sich nie getraut.

Sie kam zum Eingang, gab das Mikrofon ab, verabschiedete sich von der Gruppe.

Er sagte, er sei leider zu spät gekommen. Er sei so neugierig gewesen, wie und was sie zu den Bildern von Max Ernst zu sagen hatte. Und da auch dieser Abend ungewöhnlich warm war, fragte er, ob sie nicht noch ein Glas Rotwein trinken sollten, passend zu diesem toskanischen Abend.

Ewald ist noch im Büro. Der kann nicht.

Gut so, dachte er, schob aber den Gedanken an Selma beiseite, die in der Werkstatt arbeitete. Lass uns reden, das Reden ist doch ein anderes, wenn man zu zweit ist. Hätte ich sonst von dir erfahren, warum du nicht mehr malst.

Einverstanden, sagte sie, aber diesmal habe sie das Recht zu fragen.

Und so fuhren sie wieder in die von ihm ausgesuchte Bar, die ihn an Pariser Bistros erinnerte, mit der Markise, die im Sommer heruntergelassen wurde, den Stühlen und Tischen auf der Straße, der ovalen, mit einem polierten Messingrohr umrandeten Bar, dem gedämpften Licht am Abend, den rechteckigen kleinen Tischen, die Nähe ermöglichten, leicht waren beim Reden die Hände zu berühren.

Sie fragte ihn nach der Arbeit seines Büros, was er da mache, das sei für sie Hekuba. Ich kann Ewalds Arbeit meinen Schülern erklären, auch die von Selma, aber nicht deine. Die Vorstellung versagt.

Wir untersuchen die Rationalisierung des Kaffeekochens.

Sie sah ihn fragend an.

Das Kaffeekochen ist ein gutes Beispiel, das gilt für alles, was wir da treiben. Wer Kaffee kocht, nehmen wir den Oma-Kaffee, kann es schnell oder langsam tun. Alle Dinge müssen vorbereitet und aufeinander abgestimmt sein. Wasser auf die Heizplatte stellen. Mahlen der Kaffeebohnen. Anwärmen der Kanne. Filterpapier auf den Filterhalter legen, den Filterhalter – sie lachte – auf der Kanne platzieren. Kaffee mit dem Löffel einschütten, kochendes Wasser darübergießen. Das kann schnell und koordiniert gehen oder umständlich und langsam. Du kennst die Leute, die zwei Spiegeleier machen wollen, eins rollt ihnen vom Küchentisch, das andere läuft in der Pfanne aus, sie suchen nach der Bratenschaufel, aber inzwischen ist das Ei festgebacken. Man könnte, um das zu verhindern, genau berechnen, jeden Handgriff und die Neigung des Küchentisches. Das ist leicht und einfach, aber die Koordination, sagen wir, für den Bau eines Hochhauses, ist eher kompliziert, weil so viele Determinanten aufeinander abgestimmt werden müssen. Allein die Anfahrwege für den Beton müssen genau berechnet werden, Länge der Straßen, Verkehrsaufkommen, dann Dauer der Schüttung etc. So etwas in der Richtung. Das gilt auch für das Kinderkriegen, wenn man Kinder oder keine haben will. Das ist eine Mischung aus Wahrscheinlichkeitsrechnung und genauer Datierbarkeit.

Sie lachte und fragte ihn, ob er Kinder habe.

Ja, eine Tochter, die ist schon erwachsen.

Und was macht sie?

Sie bewegt Geld.

Wie das?

In der Bank, als Trainee. Sie hat Volkswirtschaft studiert.

Seht ihr euch oft?

Hin und wieder. Sie ist für zwei Monate in London. Alle Welt ist in London, wenn es um Geld geht.

Sie wollte wissen, wie er zu dieser sonderbaren Firma gekommen sei, und er erzählte ihr von seinem Studium der evangelischen Theologie, dem Abschluss mit dem Ersten Theologischen Examen und seiner Entscheidung, nicht Pfarrer zu werden, danach ein Soziologiestudium, abgebrochen, viele Abbrüche, sagte er. Er habe dann mit seinem Freund Fred eine Software-Firma gegründet.

Das interessierte sie weniger als der Grund, warum er von der Fahne mit Lamm und Kreuz gegangen sei.

Die Fahne werde mehr von der Konkurrenz, den Katholiken, hochgehalten. Aber die Frage bleibt. Und die Antwort sei einfach, ich wollte glauben, konnte aber nicht. Vergleichbar mit deinem Malen. Das Entweder-Oder. All die Konstruktionen, die seit Kierkegaard diskutiert werden, um zu retten, was zu retten ist, von dem notwendigen Zweifel und dergleichen, sind Ausflüchte. Sein Paulus-Erlebnis, das ihn vom Glauben abgebracht hatte, war ganz undramatisch, an einem Nachmittag, kein depressiver Himmel, grau und tief hängend, als könne man einen Nagel hineinschlagen, nein, ein blauer Himmel mit ein paar Wölkchen, wie hingetupft, und da plötzlich dieses tiefe, gefühlte, ja, gefühlte Wissen, Gott ist nicht. Draußen waltet eine wunderbare Gleichgültigkeit. Wunderbar, weil sie uns frei macht.

Ich, sagte sie, glaube. Ich darf glauben.

Das *Darf*, sagte er, ja, so ist es, mir war es nicht gegeben.

Vielleicht wird es einmal sein.

Ich glaube nicht. Ich gehöre zu den Zweiflern und Ungehorsamen. Das Alte und Neue Testament sind voll von ihnen. Die niederzuringen, darum geht es in den Erzählungen.

Welchen Gestalten aus dem Alten Testament würde man gern begegnen? Hiob?

Ja.

Noah?

Eher nicht. Wahrscheinlich engstirnig und ehrpusselig.

Von den Propheten?

Jonas. Wenn er wieder Zeit habe, wolle er über ihn schreiben. Seit Jahren sammle er auf Reisen in Kirchen und Kapellen die Darstellungen von Jonas. Früher sei er mit diesem Ziel in Italien, Frankreich und Deutschland herumgereist, er wollte in Kirchen die Darstellungen von dem Propheten Jonas, diesem Neinsager, sammeln. Auch in kleinen und kleinsten Kapellen finden sie sich, die Bilder von dem Wal, der einen Mann an Land spuckt. Hoffnungsträger der Auferstehung, aber das ist die Ahnung, die vielen nicht einmal bewusst ist. Er ist der Rebell. Der Mann des Widerspruchs. Der Prophet, der *Nein* sagt. Der Versager.

Wieso Versager?

Gott befahl Jonas, nach Ninive zu gehen, um dem verderbten Volk zu sagen, er werde es mit Vernichtung strafen. Jonas entzieht sich dem Befehl, geht auf ein Schiff, das Schiff gerät in einen Sturm. Die Matrosen werfen Jonas ins Meer, um den erzürnten Gott zu beschwichtigen. Jonas wird von dem Wal verschlungen und nach drei Tagen an das Land gespuckt, wohin er nach Gottes Wille gehen sollte. Er verkündet seinen Auftrag. Gott aber verzeiht der Bevölkerung. Was Jonas empört. Gott hatte etwas angekündigt, hatte ihn auf einem komplizierten Umweg zum Ziel gebracht. Und jetzt war die Ankündigung nicht mehr gültig. Er ist als Prophet aufgetreten, und nun soll seine Prophezeiung nicht Wirklichkeit werden. Jetzt will Jonas seinen Willen. Wiederum gegen den Willen Gottes. Dagegen ist Gott machtlos. Dieser Prophet ist ein Rebell gegen Gott. Jemand, der sich nicht fügt, nicht fügen will. Ein Prophet, der gegen die Allmacht Gottes protestiert. Erst durch seine Flucht. Dann greift er zum letzten Mittel, dem Wunsch zu sterben. Nichts stellt den Willen Gottes, durch den die Schöpfung ist, derart infrage wie die Selbsttötung. Ja, die Selbsttötung, allein der Wunsch danach widerlegt den Schöpfer. Jonas war der Protestant unter den Propheten. Er wollte, das Wort Gottes solle das rechte sein, nicht das nachsichtig verzeihende. Nicht der gemütliche, umzustimmende Alte, sondern sein Wort sollte Gesetz sein.

Und das andere, was ihn interessiere, sei die Darstellung dieser Szene. Jonas wird nach drei Tagen von dem Walfisch an Land gespuckt, eine Szene, die für die Auferstehung stehe. Er wolle zeigen, sagte Eschenbach, wie mit immer genauerer Kenntnis des Walfischs, der im Alten Testament nur der große Fisch heißt, also mit seiner verfeinerten naturalistischen Darstellung, das Gleichnis notwendig an Kraft verlor, und zwar nicht wegen des etwas schlichten Einwands, dass es so etwas nicht gibt, es also unrealistisch ist, dieser Realismus interessiere ihn nicht, der sei langweilig, sondern weil das zeichenhaft Wunderbare im Wort ist, und je ferner die Darstellung des Ungetüms von der bekannten Welt liegt, desto näher ist das Erschrecken des ganz Einmaligen, Gottes Wort.

Er erzählte Anna diese Geschichte, eine wahre Geschichte aus dem 19. Jahrhundert: Der Matrose eines englischen Walfängers war vor den Falklandinseln über Bord gefallen und von einem Wal verschluckt worden. Nachdem die Kameraden das Tier harpuniert hatten, war der Mann im Magen gefunden worden, schlafend, wie es hieß, die Kleidung, die Jacke, die Hose, die Leinenschuhe schon leicht verdaut. Er aber war noch heil.

Kein schlechtes Bild für die Unsterblichkeit.

Die warme Abendluft drückte durch die offenen Fenster in die Bar. Sie hatten nicht viel getrunken, jeder zwei Gläser Weißwein, da sie aber noch nicht gegessen hatten, waren sie, vor allem er, Christian, sie hatte ihn erstmals bei seinem Vornamen genannt, in eine Stimmung gekommen, die eher an die Ausschüttung des Heiligen Geistes erinnerte, die Zungen lösten sich, zerteilten sich, wie es in der Apostelgeschichte hieß.

Als er sie am nächsten Tag anrief, sagte sie, sie wolle ihn nicht mehr allein treffen. Sie bat ihn, sie nicht mehr anzurufen. Ewald habe sie gefragt, wo sie gestern Abend gewesen sei, eine ganz unverfängliche, keineswegs misstrauische Frage, und darauf habe sie in einem Moment der Unsicherheit und aus einem schlechten Gewissen heraus, warum, wisse sie selber nicht, da ja nichts passiert sei, gelogen und gesagt, sie sei in der

Kunsthalle gewesen, was ja richtig war, aber auch wieder nicht, weil sie das Treffen in der Bar nicht erwähnt habe. Eine Unterschlagung, die, einmal passiert, nicht wieder rückgängig zu machen war, jedenfalls nicht in dem Moment.

Ihre Bitte war sehr entschieden gewesen.

Sie hatte aufgelegt und sogleich hatte er nochmals versucht, sie anzurufen. Ihr Gerät war ausgeschaltet.

Nach zwei Tagen hatte er sie wieder erreicht und sie überzeugt, sich zu treffen, sie müssten sich sehen. Einfach, um sich auszusprechen. Er hatte gesagt, zu klären. Das schlösse die Möglichkeit, alles abzuschließen, ein. Sie hatte gezögert und dann zugesagt.

Am Abend hatte ihn Selma am Telefon beschimpft, weil er nicht mit ihr ins Kino gehen wollte. Es war einer ihrer Wutanfälle, bei denen er, wenn sie ihn am Telefon bekam, den Hörer weit vom Ohr halten musste.

Er hatte dann das Gefühl, das Handy glühe, und in ihr Deutsch mischten sich polnische Ausdrücke, wahrscheinlich harte Schimpfwörter, aber auch das, was er verstand, reichte aus, seine zufällig neben ihm stehende Assistentin aus dem Raum zu treiben: Egoist. Ach, der Herr hat keinen Bock. Aber ich soll für dich da sein. Jederzeit. Die Abruwuauu.

Was, fragte er.

Ich bin die Abruf-Frau, buchstabierte sie ihm ins Handy. Wenn es dir passt, soll ich da sein. Aber wenn ich mal etwas will, willst du nicht. Dann heißt es: kann nicht. Dann heißt es: geht nicht. Termine. Treffen. Sitzungen. Und komm mir jetzt nicht mit deiner Arbeit. Ich arbeite auch, verstehst du!

Und damit verschwand ihre Stimme aus seinem Ohr. Auch das war Selma, sie konnte sich in Raserei reden, beruhigte sich aber auch nach kurzer Zeit wieder. Später wurde mit einem *Schon gut* ihr Zornausbruch beiseitegeschoben. Allerdings wurde dadurch auch nie länger über die Gründe ihrer Empörung geredet.

Am nächsten Tag hatte er einem Informatiker kündigen müssen. Den jungen Mann, der freundlich und verbindlich war, hatte er schon einmal abgemahnt, weil er bei einem Projekt fehlerhafte Daten eingespeist hatte. Die Firma, eine große Molkerei, für die sie die Software erstellt hatten, war durch den Fehler in der Zulieferungsberechnung von Frischmilch in Schwierigkeiten geraten, da plötzlich nicht mehr ausgelastet produziert werden konnte, fast eine Woche lang. Der Schaden war beträchtlich gewesen.
Jetzt hatte der Mann, ohne böse Absicht, über einen Kunden geredet und auch Details ausgeplaudert, beiläufig, aber unter Nennung des Namens. Das Gebot der strikten Verschwiegenheit war gebrochen worden.
Eschenbach hatte sich am Morgen auf das Gespräch vorbereitet, hatte sich vorgenommen, keine Verbindlichkeit am Anfang zuzulassen, hatte sich innerlich hart gemacht, sich in einen Zorn hineingeredet, für sich die abwertenden Wörter wiederholt, von denen er keines im Gespräch verwenden wollte: Quasselei, Kaffeeschwester, Schwadronierer, Prälater, ein Wort aus gut lutherischer Zeit, Geschwätzigkeit.

Eschenbach rief den Mann in sein Büro und sagte, obwohl sie sich duzten: Setzen Sie sich. Sie sind gekündigt. Sie wissen, warum.

Der Mann war von dem veränderten, sonst kollegial freundlichen Eschenbach derart verunsichert, dass er *Ja* sagte.

Tut mir leid, sagte Eschenbach und zeigte auf die Tür.

Danach trank er, was er sonst nie während der Arbeit tat, einen Whisky und war nicht einverstanden mit sich, obwohl er alles richtig gemacht hatte.

Er traf Anna wieder in ihrer Bar, wie er diesen Ort nannte, wobei er mit dieser Wendung sie beide ein- und alle anderen ausschloss. Er war früher gekommen und hatte schon ein Glas Rotwein getrunken. Jetzt saßen sie einander gegenüber, und sie sagte ihm, wie leid ihr alles tue, wie sie die kleine Lüge bereue, auch wenn nichts zu Verschweigendes vorgefallen sei, und sie bat, man solle sich nicht mehr allein treffen, wobei ihm – und doch auch ihr – sogleich deutlich werden musste, dass schon diese Bitte, dieses Hier-Sitzen erneut ein Verschweigen nach sich ziehen musste. Ganz notwendig war schon diese Aussprache gegen Ewald gerichtet. Sie hatte ihm gesagt, was die Ehe für sie und Ewald bedeute. Dass erst durch sie diese Beliebigkeit des Begehrens unterbrochen werde. Es war ein Wort, das ihn aufhorchen ließ, von dem er noch nicht wusste, dass es einmal Gegenstand seiner Befragungen und Recherchen werden würde. Und er hatte damals gesagt, dass gerade dieses Sehnsuchts-Alter-Ego – was für ein gestelztes Wort, dachte er später – doch nicht beliebig sei. Dass es uns auf so rätselhafte Weise festlegt in unseren Wünschen. Wünsche, die sich allen Vorsätzen und moralischen Vorstellungen widersetzen. Und alle angeführten Gründe sind ganz hilflose Versuche, den Wunschreaktor zu verstehen. Es ist der Hunger und der Durst des Körpers nach dem Körper. Aber nicht auf einen beliebigen, sondern auf den einen, den einzigen, den, von dem wir hoffen, durch ihn selbst reicher zu werden, als schöne Ergänzung unserer selbst.

Auch sie hatte diesmal ein Glas Rotwein getrunken und saß mit rotem Gesicht da, als wäre sie atemlos nach einem langen Lauf hier am Tisch angekommen, einem kleinen rechteckigen Tisch, und er hatte das Gefühl, außer sich zu sein. Er sah sie an und sagte Sätze, die keiner Überlegung bedurften, kurze Sätze und Hauptwörter, wie sie Kinder benutzten, um sie, die Gegenübersitzende, durch das Benennen zu berühren. Eine Wortfeier: Lippen, dort, wo sie sich treffen und ihren Schwung nehmen, das Haar, ein elektrisches Kraftwerk, sie lachte, die Nase ohne Fehl, Hals, dort die Salzfässchen, rechts, links, Hände, Fingernägel, Ellipsen des Apollonios, Handgelenk, was für ein wundersames Wort, das Wort Handspanne, so weit waren sie voneinander entfernt, eine Spanne nur über den Tisch, im Anblick der Umsitzenden, Dahinredenden, aber dann hatte sie seine Hände genommen und geküsst. Und als er ging, weil er gehen musste, zu einem Treffen mit Geschäftsfreunden – als ob es Freunde im Konkurrenzkampf gäbe –, da war sie noch sitzen geblieben.

Für ihn war es stets eine peinigende Vorstellung, allein in einem Restaurant sitzen zu bleiben, ein Zurückbleiben wie ein Verlassenwerden. Ein Ausgesetztsein zwischen neugierigen Fremden.

Er dachte zunächst, noch kannte er sie nicht, kannte nicht ihre Stärke, ihre Unabhängigkeit, er dachte, sie erwarte vielleicht jemanden, habe noch eine Verabredung, aber als er sie beim nächsten Treffen fragte, sagte sie, nein, sie habe nur dasitzen und aus dem Glas trinken wollen, an dem seine Lippen gewesen waren.

Zwei Tage später hatte er sie erreicht, und sie hatten sich abermals in ihrer Bar verabredet. Sie erzählte von einer Kunstausstellung, einer wichtigen, aber er konnte sich später weder daran erinnern, welchem Künstler sie galt, noch, was sie daran so erregend fand. An dem Tag sagte sie, ich habe heute meinen Mann betrogen. Mit dir. Ich habe mit ihm geschlafen, aber dich in den Armen gehalten, deutlich spürbar, deine Haut, deine Hände, dein Geruch. Und nach einem Schweigen, ohne ihn anzusehen, sagte sie: Beide haben wir Glück. Lieben unsere Partner. Warum also das? Es gibt keinen Mangel an Liebe. Das ist zutiefst unmoralisch, man ist glücklich und will noch mehr. Das ist maßlos.

Er lobte daraufhin die Maßlosigkeit. Sagte, hier, spüre, hier den Herzschlag, hier die Sprache, hier an deinem Hals, an dieser Ader, wenn ich sie berühre, spüre ich dein Herz. Das ist der maßlose Grund.

An dem Tag waren sie zu ihm gegangen.

Ein tastend staunendes, von Zweifeln begleitetes Zusammensein.

Am nächsten Abend klingelte sein Handy, er sah ihre Nummer, wollte sagen, endlich, dann aber hörte er Ewalds Stimme, und die Enttäuschung, aber auch der Schreck darüber, nicht sie, sondern ihn zu hören, nahmen ihm für einen Moment den Atem, und er vermutete, Ewald könne alles erfahren haben. Wie gehetzt sagte er auf die Frage, wie es ihm gehe: Gut, sehr gut, ist viel zu tun, aber das kennst du ja.

Ewald sagte, da sie, er und Anna, in seiner Serengeti-Lodge gewesen seien, sei es jetzt an der Zeit, dass Selma und er zu ihnen kämen. Konkret, wie ist es mit dem Wochenende?

Ein abermaliger Schreck, die Vorstellung, sie in Ewalds Gegenwart wiederzusehen, ließ ihn, als könne er damit das Treffen abwenden, lügen, das Wochenende sei ganz ungünstig, da er einen Termin habe.

Gut, dann in der Woche. Bis auf den Montag könne Eschenbach jeden Tag frei wählen.

Kurz überlegte er, ob es eine Ausrede für diese ganze Woche gäbe, dann sagte er, gut, wie wäre es mit Donnerstag?

Selma, kann sie an dem Tag?

Glaube ja. Sonst melde ich mich.

Top, sagte Ewald und beschrieb ihm den Weg. Wir freuen uns sehr auf euch.

So sollten sie sich also wieder zu viert treffen. Gerade einmal ein Tag war vergangen, und doch hatte sich alles verändert, dieses Wissen von der gemeinsamen Nähe, seiner und Annas, die andere ausschloss, die ihn irritierenden Frage, wie er, wie sie, Anna, wie beide den beiden anderen entgegentreten würden.

Er hatte sie auf ihrem Handy angerufen, und sie hatte gesagt, sie habe die Einladung nicht verhindern können. Es tue ihr leid. Sie sagte aber nicht, was ihr leid tat. Sie war förmlich und knapp am Telefon, sagte abschließend, sie müsse sich jetzt um die Kinder kümmern. Bis dann.

Wie beherrscht das klang. Wie distanziert. Bedauerte sie ihr Zusammensein? Ein Ungeschehenmachen, indem man es nicht zur Sprache bringt?

Er hatte Selma in den Tagen vor der Einladung am Donnerstag nicht getroffen, hatte gesagt, er müsse dringliche Arbeiten erledigen, was auch der Fall war, hatte sie dann abgeholt und auf dem Hinweg fahrige Antworten auf ihre Fragen gegeben, sodass sie schließlich sagte, jetzt reiß dich mal zusammen, sie, ausgerechnet sie, benutzte diese ihm von seiner Kindheit her so vertraute deutsche Wendung: zusammenreißen.

Du kannst deine Geschäftsprobleme nicht mit in den Abend schleppen. Es war der Moment, als er überlegte, ob er Selma nicht alles erzählen, ihr, wie sie sagen würde, sein Herz ausschütten sollte. Und er hatte vor Augen, wie all die geheimen Wünsche und all die Halbwahrheiten herauspurzeln würden.

Würde man nicht sowieso ihm und Anna, spätestens wenn sie zusammentrafen, die erlebte Nähe ansehen?

Das Haus stand an der Havel. Ein Neubau. Ewald hatte es vor vier Jahren nach seinem Entwurf bauen lassen. Ein großzügiges, in der Tradition des Bauhauses konzipiertes Gebäude, weiß, mit gut proportionierten Fenstern, Türen und einer Terrasse mit Blick auf das Wasser der Havel, die sich hier zu einem kleinen See weitete. Das einzig Merkwürdige, was so gar nicht in das Bild passen wollte, war ein im Garten seitlich gelegener kleiner Bau, einem Bunker ähnlich, wahrscheinlich eine Garage.

Sie wurden am Gartenzaun von den beiden Kindern empfangen, die ihnen die Pforte öffneten und sich ganz manierlich vorstellten, die Hand gaben und sie ins Haus führten, wo Ewald und Anna standen. Anna, die bemüht an ihm vorbei und zu Selma blickte, wurde leicht rot, auch waren ihre Bewegungen ungewohnt hastig, wie auch ihr Sprechen, ein Silbenverhaspeln. Er empfand für einen Augenblick – es war keine lautere Empfindung – den Reiz, der von gestrauchelter Tugend ausgeht, und sich selbst als glückhaften Sieger. Es war, als hätte sie seine Gedanken gelesen, so schoss ihr die Röte ins Gesicht. Es ist heiß, sagte sie und umarmte Eschenbach kurz, hakte sich dann sofort bei Selma ein, führte sie in das Wohnzimmer, einen großen, hellen, sparsam eingerichteten Raum.

Eschenbach hatte Ewald mit einer etwas konfusen Frage in ein Gespräch und von den beiden Frauen fort gezogen: Was ist das für ein Ding da draußen?

Was für ein Ding?

Dieses Haus im Garten. Eine Garage oder was?

Ein kleiner Bunker, sagte Ewald, ein Bunker aus dem

letzten Krieg. Hier stand eine alte Villa, war ziemlich heruntergekommen. Vom Schwamm befallen. Ich habe das Haus abreißen lassen. Der Besitzer hatte sich während des Kriegs den kleinen Bunker bauen lassen. Und dann ist in der ganzen Umgebung nie eine Bombe gefallen. Jetzt benutze er den Bunker, der gut gelüftet sei, als Weinlager und verhieß, zwei Flaschen vom roten Bordeaux atmeten bereits und der weiße sei kalt gestellt.

Ole, ein großer, kräftiger Junge von zehn Jahren, hatte Fragen an Eschenbach, wollte wissen, wie er seinen Computer für die Fotobearbeitung nutzen könne. Er hörte dann aber, als Eschenbach es ihm erklärte, nicht richtig zu, war daran nicht wirklich interessiert. Offensichtlich hatte Anna den Jungen instruiert, um die Peinlichkeit des anfänglichen Herumstehens und des Floskelaustauschs zu verkürzen.

Ewald führte Selma und Eschenbach durch das Haus, zeigte ihnen die Bibliothek, in der ein maßstabgetreues Modell des Kolosseums stand. Eine Arbeit, die er nach seinem Praktikum in einer Tischlerei gemacht hatte. Er zeigte die Kinderzimmer, das Schlafzimmer, in dem, es war ein Schock, Eschenbach das übergroße Ehebett sah, von Ewald eigenhändig getischlert und gut verfugt mit einer Kopfleiste, auf der Bücher lagen, ein Journal, darüber kleine, an biegsamen Halterungen angebrachte Punktstrahler. Neben dem Bett ein langer Schrank, der in einem matten goldenen Licht Bett und Raum spiegelte.

Selma fand den Spiegel wunderbar, mutig, sagte sie leise beim Hinausgehen zu Eschenbach, der Bilder vor

Augen hatte, verwirrende, in denen beides ineinander überging – Erregung und Eifersucht.

Anna zeigte Selma und Eschenbach, ohne ihn dabei anzusehen, die Bilder, die sie gesammelt hatte, stolz war sie besonders auf zwei Collagen von Cy Twombly, den sie für sich entdeckt und vor Jahren, als er für sie noch bezahlbar war, gekauft hatte. Die achtjährige blonde Lisa schmiegte sich an Anna, die zärtlich den Arm um sie legte, dabei fortfuhr, man merkte ihr die Kunstlehrerin an, die Bilder zu erläutern, wie wunderbar sie die Zusammenführung von Farbe, kleinen Bildzitaten und Schrift finde. Es ist das Geheimnis der Zeichen, die ja Bilder werden wollen. Das Blau in dem Bild eines Bibers und die Aufschrift *Castor albicus*, die auffahrenden grünen, wie Laub sich verdichtenden Schraffuren.

Das Au-pair-Mädchen, eine Finnin, kam, um die Kinder ins Bett zu bringen, aber vorher sollte Ole noch auf der Klarinette etwas vorspielen.

Nee, hab keine Lust. Er verzog das Gesicht und muffelte vor sich hin.

Eschenbach beobachtete Anna, die leise mit Lisa sprach, und er dachte, was habe ich getan, in was bin ich, sind wir hineingeraten? Diese freundliche, einander zugewandte Familie infrage zu stellen.

Anna bat Lisa, etwas aufzusagen, sie lerne gern auswendig – und zwar freiwillig. Sie will später Schauspielerin werden. Jetzt spielt sie das Pünktchen in der Schule. Aber auch sie sagte, ach nee, jetzt nicht.

Eschenbach erinnerte sich eines Mädchens, das er

als Schüler verehrt hatte, die in einem Stück über die Entdeckung Amerikas den Columbus spielte. Er hatte sich jede der vier Vorstellungen angesehen, aber nicht den Mut gehabt, das ein Jahr ältere Mädchen zu einer, wie er fand, gewagten Coca-Cola einzuladen.

Die Kinder verabschiedeten sich höflich, gaben die Hand, und Eschenbach sah, wie sehnsüchtig Selma ihnen nachblickte.

Anna hatte gekocht, geschmorten Kalbsrücken. Es war ein ruhiger Abend, der Wein, wie nicht anders zu erwarten, ausgezeichnet und die Gespräche waren im Gegensatz zu dem Abend in seiner Serengeti-Lodge ernst und nachdenklich, vielleicht, weil Eschenbach und Anna im Wissen um ihre die anderen ausschließende Gemeinsamkeit stiller waren, vielleicht aus schlechtem Gewissen, vielleicht aus Vorsicht, wahrscheinlich aus all diesen Gründen.

Eschenbach wurde wieder einmal nach seiner Arbeit gefragt, eine Arbeit, die letztendlich darauf hinauslief, Entscheidungen in der Wirtschaft, in der Politik, die durch Informationsvernetzung zu unvorhergesehenen Folgeerscheinungen führen konnten, zu strukturieren. Eine neue hochkomplizierte Unübersichtlichkeit, die in eine schnelle Übersichtlichkeit transponiert werden müsse.

Sie seien dabei, ein Programm zu entwickeln, das die Kommunikation zwischen Gemeinden und Bürgern ermögliche, sodass Entscheidungen, Daten, Projekte einsehbar wären, Fragen gestellt, auch Informationen untereinander ausgetauscht werden könnten, wobei allerdings bestimmte Bereiche ausgeschlossen blieben. Die seien wiederum nur von der jeweiligen Behörde einzusehen, Vorstrafen zum Beispiel. Hört sich einfach an, ist aber ziemlich komplex, was also wann zugänglich und was für wen ausgeschlossen sein soll. Das ist nichts Neues, sondern erfasst nur die bürokratische Wirklichkeit, jetzt allerdings elegant optimiert.

Und keine Gegenwehr?

Kontrollsysteme, demokratische, die der Einzelne abrufen kann.

Nachdenkliches Nicken in der Runde. Das sind Beispiele aus der Anwendung, sagte Eschenbach, noch überschaubar und gemütlich. Das Problem ist, dass Big Data, diese Fülle der Informationen, transferiert, zerlegt, automatisch weitergeleitet und nach strategischen Aspekten zusammengesetzt werden, je nach Interessen, ökonomischen, militärischen, politischen. Ein System, das sich verselbstständigt hat. Es geht auch nicht mehr um Wissensvermittlung, sondern um kommerzielle Verwertung. Da ist etwas aus der Kontrolle geraten. Ihr kennt das Problem vom Finanzmarkt und der so hilflos agierenden Politik.

Und Gegenwehr?

Eschenbach lachte und sagte: Anna, gestehe, du denkst an den Hacker, der den Börsencomputer lahmlegt. Aber das ist nur Software-Romantik. Nein. Ich habe keine Antwort, jedenfalls keine einfache.

Während des Gesprächs hatte Anna ihn einmal angesehen, und er glaubte, beide, Selma und Ewald, müssten es bemerkt haben, wie ihre Augen ihn nicht nur sahen, sondern wussten und feierten.

Selma und Ewald jedoch hatten sich wieder einander zugewandt und redeten in Andeutungen, von denen Eschenbach wiederum wusste, dass sie sich auf den Armreif bezogen, den Selma mitgebracht hatte und der Anna zum Geburtstag geschenkt werden sollte.

Es waren hier auf der Insel nicht nur die vertrauten, seit langem bekannten Geister, die ihn besuchten, sondern auch Zufallsbekanntschaften, selbst solche, die ihn mit Zorn, Verachtung, sogar Hass erfüllten. Je stärker die Bilder von den Neuronen aufgeladen worden waren, desto deutlicher kamen sie ihm hier wieder in die Quere. Wie die in einem ICE gesehenen beiden Frauen, die sich laut und dreist unterhielten, insbesondere die eine mit den schwarz gefärbten Haaren, die Füße demonstrativ in den Durchgang des Waggons gestreckt, Sneaker mit einem unleserlichen Firmenaufdruck, jedes Mal wieder starrte er ihr auf die Schuhe. Vielleicht war das der Sinn dieser Marke, ein heftig goldglänzender Riegel schloss die Schnürsenkelleiste ab, die Jeans, die modische Militaryjacke, Bestlage, Altbauwohnungen, renovierte, sagte sie, und dann dieses ständige laute Nä, nä, irre, nä, hat er gesagt, nä. Die Frau war nicht dumm, redete aber in einer stupiden Geläufigkeit über Bestwohnlagen und Parkettwertsteigerung, redete, und das verstärkte seinen Hass, wie die Ehefrau seines Kompagnons Schwalm, redete ähnlich laut und aufdringlich. Ist doch aus, nä. Scheißegal, nä. Sie redete laut, den großen Raum des Wagens ausfüllend, er hätte sie schlagen können.

Eine Todfeindschaft kam mit diesem Nä in die Welt.

Er musste dann, obwohl er sich dagegen zu wehren versuchte, an seine Tochter denken. Auch ihre Stimme hatte diesen hellmetallischen Ton. Er hätte vielleicht öfter zu Sabrina sagen müssen, sprich tief. Vielleicht war diese Stimmlage aber auch notwendig in ihrem Beruf, um sich Gehör zu verschaffen, um sich durchzusetzen. Dieses Durchdringende, dem man entweder zuhören oder sich durch Platzwechsel entziehen musste. Er hatte es auf seinen Reisen mehrmals erlebt, dass er, wurde telefoniert, nicht weghören konnte, zugleich aber mit steigendem Unwillen den Geschäftsblödsinn verfolgte. Er hatte sich dann im Zug einen anderen Platz gesucht, war sogar hin und wieder in die zweite Klasse gewechselt, weil dort gelesen oder am Computer gespielt wurde. Die meisten jungen Leute hatten sich die Ohren verstöpselt und sich damit von der Außenwelt abgeriegelt, dösten oder hantierten am iPod. Später, nach dem Sturz, fuhr er nur noch in der zweiten Klasse, wo es, außer am Wochenende und in der Zeit der Bundesligaspiele, erstaunlich ruhig war, die Leute lasen, ältere Frauen blätterten in Illustrierten, lösten Kreuzworträtsel, aßen die mitgebrachten Stullen, Kinder zeichneten, drüben saß ein Mädchen über Derrida gebeugt, genau so: gebeugt und ihm hingegeben.

Hatte er je in der ersten Klasse jemanden einen philosophischen Text lesen sehen?

Kurz nach dem Besuch bei Anna und Ewald hatte er nach Paris zu einer Verhandlung mit einem Speditionsbetrieb fliegen müssen. Diese Firma transportierte Container von und nach China und hatte erhebliche logistische Probleme. Die Verhandlungen konnte er schnell mit einem Vertrag abschließen und hatte, da ein Hotel für die Nacht gebucht war, Zeit, den englischen Freund zu treffen, der mit einem Forschungsauftrag von der UNESCO für zwei Jahre in Paris wohnte.

Der Freund schlug eine Brasserie vor, im 7. Arrondissement, einfach und gut. Vor allem die Weine. Der Wirt hatte sich auf Burgund spezialisiert. Seine Frau kommt aus dem Senegal, tiefschwarz, eine Frau, einfach unglaublich.

Wie?

Schön, sagte der Freund, die Figur, die Haltung, und die Haut ist wirklich Samt.

Ist oder wirkt wie Samt?

He, he, du Sophist. Ich, sagte er, darf so etwas als Ethnologe sagen, sozusagen mit dem Bewusstsein, gegen alle guten Sitten zu verstoßen. Aber ich scheiße auf das Korrekte, seit von Afro-Niedersachsen die Rede ist. Also sie ist eine wunderschöne Frau.

Die Frau, der Freund hatte nicht übertrieben, empfing sie, begrüßte den Ethnologen mit einer erstaunlich langen, eng tastenden Umarmung und ging dann voran zu dem für sie vorgesehenen Tisch. Zwei durch eine Holzwand abgeteilte Räume. Eingerichtet mit ausgewähltem Sperrmüll. Bilder, Plakate an den Wänden.

Auf einem umlaufenden Bord alte Kaffeemühlen und Bücher. Eschenbach studierte sie.

Lohnt sich nicht, sagte der Freund, fast alles Müll. Wenn mir ungefragt Bücher zugeschickt werden, trage ich sie aus der mir eigenen Hemmung nicht zur Mülltonne, sondern hierher.

Ist das Müll, fragte Eschenbach und hielt ihm ein schmales, hellbraunes, an den Rändern ausgeblichenes Buch hin. *Apollinaire Calligrammes.*

Du solltest Goldsucher werden.

Ich bin ein Strandläufer, wie du weißt.

Jedes Mal, wenn sie am Strand von Amrum entlanggelaufen waren, brachte Eschenbach ein Fundstück mit, bückte sich immer wieder und warf das Gefundene, Muscheln, Steine, Holzstückchen, wieder weg. Der Freund bückte sich nur selten und schenkte ihm, was er fand, oft Erstaunliches, Bernstein oder Schneckengehäuse, vom Wasser und Sand in winzige weiße Wendeltreppen verwandelt.

Jetzt hielt Eschenbach das Buch unschlüssig in der Hand.

Steck es ein!, sagte der Freund.

Gut, ich gebe ein ordentliches Trinkgeld.

Er kam so zu sitzen, dass er in den durch die Holzwand zur Hälfte abgetrennten Nebenraum blicken konnte, in dem nochmals vier Tische standen und dahinter in der einen Ecke eine Sitzlandschaft, ein Sofa, zwei schwere Sessel. In der anderen Zimmerecke eine dramatische präparatorische Arbeit: Auf einem gut zwei Meter langen, schräg in den Raum ragenden Ast saß oben, am äußersten Ende, ein Wiesel, wie dorthin geflohen, den kleinen Rachen aufgerissen, während ein Fuchs, den schrägen Ast hochsteigend, die Schnauze geschlossen hielt, was wohl, so die Vorstellung des Präparators, die aufgenommene Witterung andeuten sollte. Jedoch war es dem Künstler nicht gelungen, tödliche Fressgier in die Augen und in die Schnauze zu bringen. Vielmehr spielte – und wer weiß, vielleicht war eben das die kühne künstlerische Absicht – um die dem zierlichen Wiesel sich nähernde Fuchsschnauze etwas lüstern Geiles. Das Ensemble hätte auch in einem Bordell stehen können. Womöglich hatte schon Toulouse-Lautrec diese ovidsche Szene bewundert. Gab es nicht von ihm eine Lithographie mit der Darstellung von einem geilen Fuchs? Eines dieser als Kragen zu tragenden Fuchsfelle, mit glasäugigem Kopf und baumelnden Pfoten direkt auf dem über das Korselett quellenden Busen?

Der Freund, er hatte die Szene nicht im Blick, erzählte ungerührt von seiner Arbeit, in der es um die Erhaltung und Förderung gefährdeter Sprachen in Europa ging. Die Senegalesin kam und empfahl das Tagesmenu.

Du vin?

Côte de Beaune!

Die Senegalesin klopfte ihm auf die Schulter. Griff ihm wie einem dicken Kater in den Nacken, woraufhin er schnurrte, die Schulter hoch- und den massigen Kopf einzog. Wieder freigegeben, erregte er sich über die fucking Verwaltung der UNESCO, die als Institution das Vernünftigste überhaupt sei, nur müssten diese – abermals fucking – nationalen Interessen zurückgedrängt werden.

Eschenbach hörte ihm zerstreut zu. Im Nebenraum hatte er an einem Tisch eine junge Frau entdeckt. Ihr gegenüber saß ein grauhaariger Mann, gutaussehend. Eschenbach konnte eine lange Zeit beide nur im Profil sehen, und er war von dem Gleichmaß von Stirn, Nase, Mund und Kinn, von der Schönheit der jungen Frau berührt. Nebenher hörte er den Freund mit seinem diesmal besonders breiten englischen Akzent von den aussterbenden Sprachen in Europa reden, weltweit sterben jedes Jahr zwanzig aus. Sieh dir das Ostfriesische an. Eschenbach aber hatte nur Augen für die Frau, die, als ginge es um ihr Leben, dem Reden des Grauhaarigen lauschte. Hin und wieder ihr Kopfschütteln, ein sehr langsames, nachdenkliches, dann sein Griff zu ihrer auf dem Tisch liegenden Hand, die sie ihm ließ. Sie fing an zu weinen, ein zurückhaltendes Weinen, sie entzog ihm langsam die Hand, wischte sich die Augen. Und wieder dieses zögernde, bekümmerte Kopfschütteln. An ihrer Linken ein Ring, mit Brillanten. Eschenbach vermutete einen Ehering und dachte, wie unhöflich seine zerstreute Aufmerksamkeit dem Freund gegenüber sei, den er immer wieder durch ein *Ach ja* und ein *Tatsächlich* weiterreden ließ und der nichts bemerkte, so versunken war er in seinen Projekten, zum Beispiel dem Erhalt des Zimbrischen, das, ein mittelalterlicher deutscher Dialekt, nur noch von einer Handvoll Leute in oberitalienischen Sprachinseln gesprochen werde. Kurz blickte die Frau zu Eschenbach herüber, der sie jetzt schamlos anstarrte. Seine Neugier fand sich in ihrem fragend erstaunten Blick wieder. Sie wandte sich schnell dem Grauhaarigen zu, der in eben diesem Moment zu weinen begann, er schluchzte auf, ein Schütteln ging durch seinen Oberkörper, die Hände hielt er sich vor die Augen. Die junge Frau zog ihm sacht eine Hand vom Gesicht, drückte sie, hielt dabei selbst die Augen geschlossen, im Gesicht eine tiefe Konzentration, als wolle sie ihm ihre Kraft geben oder einfach den Schmerz durch kräftiges Drücken ableiten. Sein Weinen hörte nicht auf. Schon war der Tisch benetzt. Eschenbach glaubte, nie so viel Tränenflüssigkeit gesehen zu haben, und sagte sich, der da weint, nimmt Abschied, endgültig, vom Leben. Was jetzt kommt, ist Alter und Tod. Einmal drehte der Mann ihm kurz das Gesicht zu, und Eschenbach war enttäuscht von den weichen unbeherrschten Gesichtszügen. Er hatte gedacht, der Mann kämpfe gegen den Zusammenbruch an, aber er wirkte so, als hätte er sich nur ein wenig gehen lassen.

Das Zimbrische, hörte er den Freund sagen, das *Toitsches Gaprècht*, sprechen nur noch fünfzig Leute. Der Jüngste sei sechzig. Im Ort Roana. Er habe, sagte der Freund, ein Sofortprogramm gestartet. Zwei junge Sprachwissenschaftler mit Aufnahmegeräten losgeschickt, um wenigstens ein paar der Lieder festzuhalten. Eine alte Frau könne die noch singen. Ein Wörterbuch wird erstellt. Alles in letzter Minute sozusagen.

Die junge Frau war aufgestanden, hinaus zur Toilette gegangen, ein ruhiger, aufrechter Gang. Eschenbach fiel wieder einmal auf, wie sehr in den vergangenen dreißig Jahren die Mädchen und jungen Frauen gewachsen waren, auch hier in Frankreich. Kamen ihm früher, ging er durch die Straßen, Frauen entgegen, waren sie durchweg kleiner als er, jetzt waren junge Frauen fast gleich groß.

Kaum war die Schöne aus dem Raum, da griff der Grauhaarige zu einem Löffel und stopfte sich schnell mit einer reflexartigen Gier, als müsse er seinen Kummer durch Essen mindern, mehrere Löffel Mousse au Chocolat in den Mund.

Eschenbach überlegte einen Moment, ob er nicht den Freund bitten sollte, sich den Schokolade löffelnden Grauhaarigen vor dem lüsternen Fuchs und dem entsetzt zurückweichenden Wiesel anzusehen, damit er später Zeugnis ablegen könne, dass sich alles so verhalten habe und nichts hinzugefügt worden sei. Aber er ließ es sein und fragte ihn, als die junge Frau zurückkam, wem sie ähnlich sehe. Irgendeiner Schauspielerin?

Dem Freund wollte keine Person einfallen.

Fanny Ardant?

Nein. Irgend so eine flache Werbeschönheit.

Eschenbach widersprach, nein, sie sei tief unglücklich, auch über sich, über ihre Schönheit. Sie ist das Leiden des Mannes. Zugegeben, der Typ ist eine Heulsuse. Aber sie beendet etwas. Für ihn ganz endgültig. Für sie, die Junge, Schöne beginnt etwas Neues. Hat vielleicht schon begonnen. Und das, was hier zu einem Ende kam, war das eine kurze Affäre? Eine lange verdeckte Liebe? Eine offene Liebe? Nur eines ist es ganz sicher nicht, das Ende einer Ehe.

Sag mal, was ist los mit dir? Der Freund beugte sich

vor, um den Mann in den Blick zu bekommen, also nee, fire enough for a flint.

Am nächsten Morgen fuhr Eschenbach zum Centre Pompidou. Vor dreißig Jahren hatte er diesen Bau bestaunt, ja bewundert als eine Kunstfabrik, Stahl, Glas, Kunststoff, diese riesigen Entlüfter wie auf einem Oceansteamer. Jetzt stand er da und dachte, der Platz ist ruiniert. Der Bau sah schäbig aus, obwohl er vor zwei Jahren renoviert worden war. Er ging um das Gebäude herum. Es stank nach Pisse, hinter den Stahlträgern, den Aufzügen schwarz eingefressene Pisse. Ein riesiges Pissoir. Er konnte nicht verstehen, warum er diesen Bau einmal bestaunt hatte. Gut, das war auch schon eine Ewigkeit her.

Er setzte sich draußen vor eine Bar, dem Monstrum der Moderne gegenüber, bestellte sich einen Kaffee und beobachtete einen bärtigen Zerlumpten, der über den Platz kam, einen alten Kinderwagen schiebend, darin zwei Säcke. Mit einem Rauschen kamen Taubenschwärme geflogen und ließen sich um den Mann herum nieder. Der öffnete einen Sack, schöpfte mit der Hand die Körner heraus und streute sie mit schwingender Armbewegung, einem säenden Bauern ähnlich, aufs Pflaster. Ein lärmendes Geflatter, ein hektisches Hüpfen, Trippeln, die Tiere pickten das Korn. Es stank nach Taubenscheiße.

Eschenbach fragte sich, woher der Mann das Getreide bekam und warum die Bar nicht gegen diesen Gestank protestierte. Er warf sein Kleingeld auf den Tisch und ging, bevor er sich übergeben musste.

Er hatte sie, zurück aus Paris, gleich angerufen. Wir müssen uns sehen. Sofort. Sie hatte gesagt, das ist kompliziert. Morgen Nachmittag?
Nein, sofort.
Ein beglückendes Ja.
Sie trafen sich nicht in ihrer Bar, sondern diesmal gleich in seiner Wohnung, und es war, als wären all ihre Bedenken und Vorsätze von ihr abgefallen. Sie sagte, ich bin denkunfähig. Wo ist rechts, wo ist links? Einmal von ihren Vorsätzen befreit, genoss sie ihre Haltlosigkeit.

In der Folge sahen sie sich unter den aberwitzigsten Umständen. Er lief, rief sie an, aus Besprechungen, sagte, entschuldigt, denn alle duzten sich im Büro, ich muss zum Arzt. Und er sagte sich solche albernen Sätze vor, sie ist mein Arzt, sie kann mein Herz beruhigen. Was unsinnig war, denn seine Herzfrequenz stieg bei ihr spürbar an. Sie kam zwischen zwei Unterrichtsstunden, da sie sich aber für nur eine entschuldigt hatte, weil sie zum Arzt müsse, dann aber die Zeit vergaß, wohl auch vergessen wollte, kehrte sie in die Schule zurück und fand die Kinder allein im Werkraum beim Malen. Sie sei, sagte sie ihm später, glücklich, dieses Fach und nicht Mathematik oder Physik zu unterrichten. Ein Kollege hatte der Klasse, die auf ihre Lehrerin wartete, gesagt, sie solle schon mal mit dem Malen eines Kaktus, der auf der Fensterbank stand, anfangen. Sie kam, rotfleckig im Gesicht, ins Klassenzimmer und sagte: Entschuldigung, mir ging es nicht gut.

Ja, mir ging es nicht gut, sagte sie, als sie am nächsten Tag zu ihm kam, ich war krank. Krank von der Trennung, ich war herumgefahren. Hatte mich verfahren. Ich irrte durch die Stadt, konnte im Kopf nicht Straße zu Straße ordnen.

Wenn sie sich zu viert trafen, dachte er, man müsse es zumindest Anna ansehen, Ewald, ihr Mann, die so genau beobachtende Selma, denn Anna strahlte, und er dachte, auch ihm müsse man das Strahlen, die Leichtigkeit ansehen, ja, es war damals, als er den Physiologen gefragt hatte, ob die Glanzkörper durch Emotionen aktiviert werden können. Ja natürlich. Aber es waren nicht nur die Augen, es war dieses messingfarbene Haar, das voller schien, leuchtender, und aus dem sich, trug sie es zusammengebunden, immer wieder eine Strähne löste, seitlich, und ihr über Stirn und Wangen fiel.

Am Abend, nach einem Treffen, sagte Selma, und er hörte es mit Schrecken, Anna hat sich verändert.
Wieso?
Sie leuchtet regelrecht.
Findest du?, war seine einsilbige Antwort.
Ja.
Dass Ewald es nicht sah, konnte er sich nur mit dessen Reisen nach China erklären und den Sorgen, die mit dieser Großbaustelle verbunden waren.

Unter dem Vorwand, er habe seine Schlüssel verloren, hatte er Selma die Schlüssel zu seiner Wohnung abgenommen, dabei zu sich selbst gesagt, ich bin zu jeder Gemeinheit fähig. Dann aber, als bei Selma die hölzernen Fensterkreuze herausgenommen und durch scheußliche Kunststoffrahmen ersetzt wurden und sie für zwei Wochen zu ihm zog, waren sie zu Anna gegangen, in ihr Haus, die Kinder in der Schule, das Au-pair-Mädchen im Deutschkurs, und ohne zu zögern, da war keine Überlegung zu Anstand, Takt, Rücksichtnahme, Moral, schliefen sie miteinander im Ehebett. Sie waren, so sagte er es für sich und für sie, von Sinnen.

Bald, schon nach dem dritten dieser Treffen, so nahe ihren Augen, die sich, als suchten sie etwas, unter den Lidern bewegten, sagte er, was am schwierigsten zu sagen ist, kaum aussprechbar, diese einfachen, missbrauchten Worte.

Und auch sie sagte: Ich liebe dich und werde dich immer lieben.

Es waren noch drei Monate, drei irrwitzige, fraglose Monate.

Sie waren von Sinnen.

Und wann kamen sie wieder zu Sinnen?, fragte er sich, die beiden Drosseln beobachtend, die bald Richtung Süden fliegen würden. Sie waren im März aufgetaucht, zwei Misteldrosseln, auch auf dem Festland selten, hier auf der Insel, wie er in den Berichten nachforschte, noch nicht beobachtet worden. Und er fragte sich, ob das Paar, das unter der Rosenhecke nicht weit von der Hütte entfernt brütete, gemeinsam gekommen war. Diese romantische Vorstellung, wie die beiden sich entschlossen, vom Festland, dem Bekannten, über das Meer zu dieser kleinen Insel zu fliegen, um hier das Nest zu bauen. Zwei Jungvögel hatten sie großgezogen.

Unter dem dichten Dunkelgrün der Kamtschatkarosen war der gesprenkelte weiße Bauch mit den dunkelbraunen Tupfen zu sehen. Am frühen Morgen und am späten Abend hörte er ihren alles sprengenden Gesang. Er lag und lauschte in sich, als sei er es, der sang.

Der Anstoß kam von außen. Sie erkannte plötzlich etwas in ihrem Handeln, was sie unwürdig fand. Die Lügen. Noch sind es kleine. Sie hatte auf die Frage Ewalds, warum sie derart aufbrausend sei, geantwortet, die Klasse, die sie in Latein unterrichte, sei sehr laut, unkonzentriert, ja renitent, dass sie das nicht einfach abschütteln könne. Die Klasse war aber eine normale, eher ruhige, konzentrierte Klasse. Und dann hatte Ewald einmal unvermittelt nach Eschenbach gefragt, ob der in Arbeit ertrinke oder finanzielle Probleme habe, weil sie sich seit dem Essen nur noch selten getroffen hätten. Ich weiß nicht, frag ihn doch, habe ich gesagt. Und jetzt will er dich fragen, erzählte sie Eschenbach, nachmittags in einem Hotel. Er will seine Hilfe anbieten. Und dann, nach einer langen Pause, sagte sie: Ich handle unwürdig.

Gilt die Würde, wenn Liebe nicht zu sich selbst kommt?

Das ist Sophistik, sagte sie.

Nein, das ist die Wahrheit.

Die Nase hatte ihn hier oft besucht, ließ sich nicht verscheuchen, stand in der Hütte herum, der ewige Streber, immer den Finger des Besserwissens in der Luft – ein falsches Bild, denn Eschenbach hatte ihn nie den Finger hebend, sondern immer nur drauflosredend erlebt. Er redete, redete über die geschäftlichen Strategien, aber mit Ausflügen ins Allgemeine, verbreitete seinen Meinungsmatsch, wenn er wieder einmal inbrünstig verlangte, alles in private Hände zu überführen, Wasser, Müllentsorgung, Schulen, über die Gewerkschaften redete, die er, weil so spießig und bürokratisch, hasste, tatsächlich war es ein Hass, der aus der eigenen Gefährdung entsprang. All das, was er sich erarbeitet hatte, Haus in Zehlendorf und Häuschen auf Sylt, könnte gefährdet sein.

Und dann lag, was Eschenbach besonders hasste, ein ständiges, mokantes Grinsen auf diesem breiten Mund. Jedes Mal wieder fragte er sich, ob dieses Grinsen auch dann anhielte, wenn er ihm eine aufs Maul hauen würde. Was Eschenbach in den Diskussionen der Nase entgegnete, war nie so schlagend wie das, was die Nase zuvor gesagt hatte. Hätte er sich wenigstens damit trösten können, dass der Mann unerträglich dumm sei. Aber das war er nicht. Er redete auf den Sitzungen in endlosen Schleifen, immer gut informiert, immer gut artikuliert. Ein strategisch denkender Mensch, der ihm, als er ihn erstmals traf, auf Anhieb unsympathisch war. Sie blickten sich an und wussten, dass sie einander nicht mochten, nein, es war eine tiefe Ablehnung, etwas, was sich gegen alles, gegen die ganze Existenz des anderen richtete. Ein Hass zunächst ohne genauen Anlass. Dieser ungezügelte Hass, der sich bei ihm gegen bestimmte Menschen einstellen konnte, war im Studium ein Grund seines Zweifels gewesen, ein guter Seelsorger werden zu können. Dieser Mann, die Nase, war ihm körperlich zuwider. Der Wunsch, der andere möge verschwinden. Sich auflösen. Ein Autounfall. Er sah den Salbadernden mit seinem Porsche, die Nase fuhr einen grässlich grünen Porsche, aus der Kurve fliegen. Er staunte über sich selbst, genoss aber das Bild. Den Wagen um eine solide Linde gewickelt. Nein, keine Linde, nicht der Baum des Lebens. Eine Pappel. Diese Bürstenbäume. Dennoch, die Pappel sollte nur leicht beschädigt sein und, obwohl sie die Nase beseitigt hatte, weiterwachsen. Er versuchte, sich zur Ordnung zu rufen, ganz wörtlich, er sagte zu sich, der Mann verhält sich dir gegenüber korrekt. Er mag dich so wenig wie du ihn. Du hast ihm nichts vorzuwerfen. Doch. Ich werfe ihm vor, dass er da ist. Dass ich ihn ertragen muss. Auch er muss dich ertragen. Vielleicht hat er ganz ähnliche Wünsche, sieht dich mit deinem roten Saab im Straßengraben. Der Gedanke beruhigte ihn jedes Mal. Er musste über sich selbst lachen. Über diesen kindlich albernen Zorn. Aber dann hatten sie eine ihrer Strategiebesprechungen, und die Nase versuchte wieder mit wortreicher Perfidie, ihre Interessen durchzusetzen. Bleib ruhig, sagte er sich, aber das machte ihn noch unruhiger, noch wütender. Nach solchen Sitzungen musste er manchmal das Hemd wechseln.

Kein Trost war, dass seine Abneigung von den meisten im Büro, was er buchstäblich im Vorbeigehen hören konnte, geteilt wurde. Das gab seiner Empfindung etwas von der Banalität der Meinungsmehrheit. Selbstverständlich hatte er nie mit anderen, abgesehen von Fred, seinem Partner, über die Nase gesprochen.

Eine Zeitlang schwankte er in der Anrede, sollte er ihn duzen, wie sich alle im Büro duzten? Er verbot es sich. Mit Vornamen ansprechen und ihn siezen? Auch das war ihm zuwider. Er hatte es ein paar Mal ausprobiert. Dann entschloss er sich, ihn mit Herr Schwalm anzureden. Der Name war wie die Hand, feucht klebrig, als habe sie eben gewichst. Er betonte Herr, machte eine Pause und betonte dann Schwalm auf dem L, was sich fast wie Schwall anhörte. Fred, so lange er noch in der Firma war, grinste.

Wäre Schwalm angestellt, hatte er zu Selma gesagt, ich würde ihn sofort rausschmeißen. Auch eine ordentliche Abfindung zahlen. Die Höhe wäre mir wurst. Zugleich machte er sich Vorwürfe, sich überhaupt derart mit diesem Mann zu beschäftigen. Aber es blieb nicht aus – er sah ihn fast jeden Tag.

Woran macht sich das Zuwidersein fest? Allein wie die Nase ging, auf großen Füßen, die leicht auswärts gestellt waren, ein Latschen wie bei einem dieser idiotischen Maskottchen, die als Bären bei Fußballspielen auftraten. Natürlich war die Nase unsportlich. Die Nase sagte auch, dass er in Sport nie gut war. Dafür aber in allen anderen Fächern. Mathematik, Physik, Deutsch, Latein. Einsen. Allein, wie er dastand mit hängenden Schultern. Es war dieses gänzliche Fehlen von Anmut, das Besserwissen, das ihn beim Reden den Kopf hin- und herwenden ließ, als rede er vor einem Auditorium.

Wenn er dann einmal schwieg und sich ein Argument anhören musste, sah er gelangweilt auf seinen Ehering, der ihn mit der dürren, dummen, immer im Diskant sprechenden blonden Frau Schwalm verband.

Seine Abneigung fand Eschenbach später bestätigt, als Schwalm bei seinem Ausscheiden einen Kunden abwarb.

Ob man Menschen sympathisch oder abstoßend findet, dazu muss man die Leute doch nicht sehen, sagte Selma, die konzentriert an einem Silberstab feilte, der einmal ein Mokkalöffel werden sollte, es reicht davon zu hören, was jemand wie gemacht hat. Und sie, die gern ins Kino, aber nur selten ins Theater ging, erzählte ihm abermals von ihrem Erlebnis, als eine deutsche Theatergruppe in Wroctaw die *Minna von Barnhelm* gegeben hatte, auf Deutsch, und sie als Schülerin die Aufführung gesehen hatte! Die Minna sagt, sie würde diesen Mann, Major Tellheim, wegen seiner großherzigen Tat lieben, selbst wenn er schwarz wie ein Mohr wäre.

Das sei, sagte Eschenbach, tatsächlich die wunderschöne, wenn auch nicht ganz zeitgemäße Erklärung für das, was Liebe ist. Nicht aber für das Begehren. Begehren kann man nur das, was man durch die Sinne erfährt, sieht, hört, spürt, riecht. Minna hat ja Recht, der Mann ist durch seine Handlungen liebenswert, auch wenn er einen steifen Arm hat, also ein Krüppel ist, oder aus dem Mund riecht. Aber das ist doch nicht Liebe, sondern Achtung.

Ach, sagte Selma, Hephaistos' Priesterin, die so oft

ihre Sätze mit einem Ach einleitete, und blickte von ihrem Amboss auf und ihn, den Müden, erschöpft Dasitzenden an: Achtung ohne Liebe, das gibt's, aber nicht Liebe ohne Achtung.

Wenn sie ihm hier erschien, brachte sie das Gefühl von Wärme, von Vertrautheit und Zuwendung mit. Sie war der einzige seiner Geister, der arbeitend kam. Handarbeit. Ein solides Wort. Der zierliche Schmiedehammer. Das Gasgebläse. Wie sie die Backen beim Löten aufblies. Das konzentrierte Hämmern, Feilen, Polieren. Das Silber in ihren Händen.
Und das vor allem, er sah sie, ihre Brüste, sehr deutlich, dort, wo sie sich über die Schalen des Büstenhalters, den sie stets eine Nummer zu klein kaufte, ein wenig wie ein Hefeteig wölbten. Ein Überquellen, so schien es ihm, von Lust. Und sie erschien ihm hier in ihrer sanften Ruhe, wie damals, als er sie nach einem Tag des Redens und Falschredens, der unterdrückten Zweifel, der versteckten Wut, der Mühe, sich keine Blößen zu geben, in ihrer Werkstatt besucht hatte. *Cool bleiben*, ein Wort, bei dem ihm aber ganz heiß war, ja er schwitzte, wechselte in dieser Zeit manchmal zwei-, vor wichtigen Gesprächen sogar dreimal das Hemd.
Er kam zu ihr, setzte sich an den Werktisch und sagte, die Fernliebe der Minna, die ohne den Anblick auskommt, sei heute, bei der Bilderflut, bei all den Schönen, Jungen, Makellosen, ganz unmöglich.
Nein, sagte die weichbrüstige Selma, das Theater zeigt doch die wunderbare Möglichkeit.
Es ist die verschlungene, unerklärbare Wirklichkeit.

Die Nase hatte bei dem Strategiegespräch wieder einmal das ausgeführt, was doch schon jedem klar war, ein Reden, das sich in argumentativen Girlanden durch den Nachmittag zog, eigentümlich unbildhaft, gesäubert von umgangssprachlichen Wendungen. Ein Reden, das schon durch seine Dauer Anmaßung war. Nie hätte dieser Kompagnon, wie Fred, sein erster Partner, der wunderbar fluchen konnte, gesagt, los, da rocken wir ab. Den ziehen wir an Land.

Ihm war schon das Wissen zuwider, der Nase morgens zu begegnen, ihm hin und wieder die Hand geben zu müssen.

Eschenbach musste sich jede nur erdenkliche Mühe geben, diesem Mann nicht grundsätzlich und auf abstruse Weise zu widersprechen, auch dann, wenn er vernünftige Vorschläge machte. Es war die gute Stube, die da sprach, die tückische Bravheit, allein wenn er die Nase sah, hätte er ein Messer ziehen können. Nicht wegen der Größe der Nase, sie war eher klein, nein, sie erschien ihm nur wie ein Ausrufungszeichen der Selbstgerechtigkeit.

Fred fand es immer wieder amüsant, wie er sich über den Träger dieser Nase ärgern konnte. Aber nach Freds Ausscheiden war der Einfluss Schwalms gewachsen. Absprachen und Abstimmungen wurden kompliziert und langwierig. Es war ja nicht nur dieses Dröhnen seines Partners, sondern das Dröhnen der gewachsenen Macht. Und dann, plötzlich, kam er und bot seinen Anteil an. Eschenbach sagte sofort zu.

Natürlich hatte er sich immer wieder gefragt, warum er sich auf diesen Mann eingelassen hatte, aber das war sieben Jahre nach der Gründung in Abstimmung mit seinem Partner geschehen, um die Kapitaleinlage zu erhöhen. Damals hatte er gedacht, seine Abneigung könne sich, wenn nicht in Zuneigung, so doch in ein sachliches Miteinander verwandeln.

Der englische Freund, dem er bei dessen Besuchen in Berlin gelegentlich von diesem Schwalm erzählte, sagte, dem Typus begegne er an der Uni, in der UNESCO, Wirtschaft, Männer wie Frauen, die haben sich diese Lebensform erarbeitet: Distanz und Distinktion. Alles, was gegen das von ihnen verachtete linke Milieu gerichtet ist, das sie als verschwitzt und anbiedernd deklarieren, das Duzen, das Angebot von solidarischem Verhalten, das Abschleifen sichtbarer sozialer Unterschiede in Kleidung und Sprache, das mögen die Performaten nicht. Das sind übrigens nicht die Konservativen, mit denen kommt man aus, die sind manchmal schrullig, aber meist großzügig im Denken, mit denen kann man reden, nein, es sind die, die alles optimieren wollen, auch sich selbst. Und als der Freund die Irritation Eschenbachs, die er wohl nicht hatte verbergen können, bemerkte, fügte er hinzu, ich weiß, du warst ja auch in dem Gewerbe, aber du warst schon immer von des Gedankens Blässe angekränkelt.

Eschenbach ging zu der Wasserpumpe, die er vor ein paar Tagen repariert hatte. Das Brackwasser war ungenießbar und nur zum Waschen zu gebrauchen. Er war überzeugt, dass es in der Nähe der Hütte auch Süßwasser geben müsse. Man hätte dann aber das

Bohrgestänge herbringen müssen, was für die Naturschutzbehörde zu kostspielig war. Früher wäre es für ihn ein Leichtes gewesen, die Bohrung und Installation zu stiften. Die Summe hätte er – und er musste bei dem Gedanken lachen – auch noch absetzen können. Er pumpte, und neben ihm stand Fred, sein Partner.

Den du mir da reingesetzt hast, den verzeih ich dir nicht, sagte Eschenbach.

Fred hatte, merkwürdig genug, kurz bevor er sich aus dem Geschäft zurückzog, einen großen Auftrag, bei dem es um eine Mülldeponie in Vorpommern ging, platzen lassen, kaum hatte er den Planungsauftrag von der Regierung bekommen. Er hatte darauf bestanden, den Auftrag wieder abzugeben. Eine Entscheidung, die Fred damit begründet hatte, die Deponie sei neuerdings für Sondermüll vorgesehen. Das Planungsverfahren erschien ihm nicht sauber. Ich habe meine Gründe, hatte er gesagt. Ihr müsst mir das einfach so glauben.

Die Nase hatte dagegen angeredet und immer wieder gesagt, das ist ein Großauftrag, der uns auf zwei Jahre saniert. Eschenbach hatte mit Fred Schwalm überstimmt. Wenig später zog Fred sich aus der Firma zurück und bot seine Anteile zu gleichen Teilen seinen Partnern an.

Meine Güte, du kannst mich mit dieser Nase doch nicht allein lassen, das halte ich nicht aus, ich habe Tötungsphantasien.

Wie kann man sich nur so über den erregen, sagte Fred und lachte, sehr laut und nicht gekünstelt.

Er hatte gut lachen, legte seinen Verkaufserlös sicher an und heiratete eine schöne und kluge Inderin. Er sammelte Zeichnungen der Nazarener und antike Seladon-Vasen aus Korea.

Eschenbach hatte noch versucht, ihn vom Verkauf abzuhalten. Was machst du zu Hause? Dir fällt doch die Decke auf den Kopf.

Wer sagt dir, dass ich zu Hause bin? Nein, wir reisen, und ich werde irgendetwas finden. Was anderes, aber in einem warmen Klima. Blauer Himmel. Palmen. Wüsten. Gärten. Die Büsche resedagrün.

Ein Jahr danach wollte auch die Nase ihren Anteil verkaufen. Eschenbach war derart erleichtert, dass er, obwohl er wusste, dass Gefühle wie Sympathie oder Antipathie bei ökonomischen Entscheidungen nichts zu suchen haben, ein wenig zu bereitwillig und schnell in den Verkaufspreis einwilligte, der in drei Tranchen zu zahlen war. Kaum war der Vertrag unterzeichnet, zog einer der Großkunden, eine Baufirma, deren Logistik für eine Großbaustelle sie ausarbeiten sollten, den in Aussicht gestellten Auftrag zurück. Die Nase hatte, wie sich später herausstellen sollte, den Kunden mitgenommen und sich in eine andere Softwarefirma eingekauft.

Wenn der mir über den Weg läuft, reiß' ich ihm die Goldknöpfe vom Blazer, tobte Eschenbach.

Die sind doch eh nicht echt. Reiß ihm was anderes ab, riet der Freund.

Nein, das wäre ein Griff ins Leere.

Und dann lachten sie beide, der Freund irgendwo in

der Ferne und Eschenbach in seinem Berliner Büro. Mir ist gar nicht zum Lachen zu Mute, dachte er.

Eschenbach geriet erstmals in Schwierigkeiten. Bei seinen Banken musste er um neue Kredite kämpfen, ja, es war ein Kampf, in dem er schließlich obsiegte, was heißt obsiegte, die Kredite wurden gewährt. Was er aber als erniedrigend empfand, war, dass er die Nase bitten musste, ihm die noch ausstehenden Beträge zu stunden. Die Nase tat es, gab sich überraschenderweise nicht triumphal, verlangte aber hohe Zinsen. Eschenbach hatte geglaubt, die Kredite einschließlich der Zinsen in absehbarer Zeit infolge neuer Aufträge zurückzahlen zu können. Was er dabei unterschätzt hatte, war die inzwischen gewachsene Konkurrenz, die so erstaunlich billig kalkulieren konnte.

Die Ebbe setzte langsam ein, und mit ihr verteilten sich die Vogelschwärme, die Futter suchend über die nassen Flächen flogen, wo sich das Meer zurückgezogen hatte und das Getier der Tiefe schutzlos zu Tage lag.

Er hatte während der Flut die Vögel geschätzt und trug die Zahlen in das Protokoll ein. Ein Schwarm von vier- bis fünftausend Austernfischern zog über die Nachbarinsel Nigehörn. Und ein zweiter Schwarm, nördlicher bei Scharhörn, sechstausend Strandläufer, war auf dem Durchzug nach Süden. Gut vierzig bis fünfzig Stare kreisten hier über der Insel. Bald würden auch sie nach Süden fliegen.

Ein kleiner Schwarm Kampfläufer, die merkwürdigsten aller Schnepfenvögel, fiel ein. Der Freund hatte sie ihm schon vor Jahren gezeigt, und Eschenbach hatte sich die Beschreibung aus *Brehms Tierleben* herausgeschrieben, auch deshalb, weil es für ihn ein Beispiel für glänzende Wissenschaftsprosa war:

Der Schnabel ist so lang wie der Kopf, gerade, seiner ganzen Länge nach weich, der Fuß hoch und schlank, weit über die Ferse nackt, vierzehig, die mittlere mit der äußeren Zehe durch eine Spannhaut verbunden, das Kleingefieder weich, dicht, meist glatt anliegend, besonders ausgeschmückt durch einen Kragen, den die Männchen im Frühjahr tragen. Letztere zeichnen sich auch dadurch aus, daß sie ein Drittel größer sind als die Weibchen, im Hochzeitskleide eine ins Unendlich abändernde Färbung und Zeichnung haben und im Gesicht eigentümliche Warzen erhalten, die im Herbst mit dem Kragen verschwinden und nichts sind als besonders gebildete, gewissermaßen in der Entwicklung zurückgebliebene Federchen. Eine allgemein gültige Beschreibung kann nicht gegeben werden. Der Oberflügel ist dunkel braungrau, der schwarzgraue Schwanz auf den sechs mittleren Federn schwarz gefleckt, der Bauch weiß, das übrige Gefieder aber höchst verschieden gefärbt und gezeichnet. Letzteres gilt besonders für die aus harten, festen, etwa 5 cm langen Federn bestehende Krause, die den größten Teil des Halses umgibt. Sie ist auf schwarzblauem, schwarzem, schwarzgrünem, dunkel rostbraunem, rostfarbenem, weißem und andersfarbigem Grunde heller oder gefleckt, gebändert, getuscht oder sonst wie gezeichnet, so verschiedenartig, dass man kaum zwei männliche Kampfläufer findet, die einander auch nur nahezu gleich sind. (...)

In Deutschland erscheint der Kampfläufer flugweise Anfang Mai, bezieht seine Sommerplätze und beginnt bereits im Juli und August wieder herumzustreifen oder sich auf Wanderschaft zu begeben. Auch er reist nachts und immer in Gesellschaft, die dann in der Regel Kettenzüge in Keilform bilden. (...)

Während sich Männchen und Weibchen in der Fortpflanzungszeit in ihrem Betragen und in ihrem Äußeren sehr stark unterscheiden, ist das nach dieser Zeit nicht mehr der Fall. Sie vertragen sich dann sehr gut, zeigen sich gesellig und halten treu zusammen. Der Gang der Kampfläufer ist anmutig, nicht trippelnd, sondern mehr schreitend, die Haltung dabei stolz und selbstbewusst, der Flug sehr schnell, oft schwebend, durch leichte und rasche Schwenkungen ausgezeichnet. Nach Art ihrer Verwandten sind sie munter und rege, noch bevor der Tag anbricht und bis in die Nacht hinein, bei Mondschein auch während der ganzen Nacht; sie schlafen und ruhen also höchstens in den Mittagstunden. Morgens und abends beschäftigen sie sich eifrig mit Aufsuchen der Nahrung, die in dem verschiedensten Wassergetier, aber auch in Landkerfen und Würmern und ebenso in mancherlei Sämereien besteht.

Dieses Betragen ändert sich gänzlich, sobald die Paarungszeit eintritt. Jetzt bestätigen sie ihren Namen. Die Männchen kämpfen, und zwar fortwährend, ohne wirklich erklärliche Ursache, möglicherweise gar nicht um die Weibchen, wohl aber um eine Fliege, einen Käfer, einen Wurm, um einen Sitzplatz, um alles und nichts. Im Freien versammeln sie sich hierzu auf besonderen Plätzen. Eine etwas erhöhte, immer feuchte, mit kurzem Rasen bedeckte Stelle von 1,5 – 2 m Durchmesser wird zum Kampfplatz ausgewählt und nun täglich von einer gewissen Anzahl Männchen mehrmals besucht. Hier erwartet jedes den Gegner, um mit ihm zu kämpfen. Bevor die Federn des Kragens sich nicht ausgebildet haben, erscheint kein Kampfläufer auf dem Walplatz; sowie er aber sein volles Hochzeitskleid angelegt hat, findet er sich ein und hält nun mit einer bewundernswürdigen Zähigkeit an dem Platze fest. Nur hier auf der Walstatt wird der Streit ausgefochten; außerhalb herrscht Frieden. Die Kämpfe sind sehr harmloser Natur und eigentlich mehr Kampfspiele.

›Ihre Balgereien‹, schildert Naumann, ›sind stets nur eigentliche Zweikämpfe; nie kämpfen mehrere zugleich gegeneinander; aber es fügt sich oft, wenn mehrere am Platz sind, dass zwei und drei Paare, jedes für sich, zugleich kämpfen und ihre Stechbahnen sich durchkreuzen, was ein wunderliches Durcheinanderrennen und Gegeneinanderspringen gibt, dass der Zuschauer aus der Ferne glauben möchte, diese Vögel wären alle toll und vom bösen Geist besessen. Wenn sich zwei Männchen gegenseitig aufs Korn genommen haben, fangen sie zuerst, noch aufrecht stehend, zu zittern und mit dem Kopf zu nicken an, biegen nun die Brust tief nieder, so dass der Hinterleib höher steht, zielen mit dem Schnabel nacheinander, sträuben dazu die großen Brust- und Rückenfedern, richten den Nackenkragen aufwärts und spannen den Halskragen schildförmig aus: so rennen und springen sie aufeinander los, versetzen sich Schnabelstöße, die der mit Warzen bepanzerte Kopf wie ein Helm und der dichte Halskragen wie ein

Schild auffangen, und dies folgt alles so schnell aufeinander, und sie sind dabei so hitzig, dass sie vor Wut zittern, wie man besonders in den kleinen Zwischenräumen der mehrmaligen Anläufe, die auch schnell aufeinander folgen, deutlich bemerkt, und deren mehr oder weniger, je nachdem die Kampflust bei den Parteien gerade heftiger oder gemäßigter ist, zu einem Gange gehört, auf welchen eine lange Pause folgt. Der Kampf schließt fast, wie er anfängt, aber mit noch heftigerem Zittern und Kopfnicken; letzteres ist jedoch auch von anderer Art, ein Zucken mit dem Schnabel gegen den Gegner, das wie Luftstöße aussieht und Drohung vorzustellen scheint. Zuletzt schütteln beide ihr Gefieder und stellen sich wieder auf ihren Stand, wenn sie nicht etwa überdrüssig sind und sich auf einige Zeit ganz vom Schauplatze entfernen ...

Dieses genaue Hinsehen, das sich eine ebenso genaue Sprache sucht, die wiederum das Beobachten schärft, wäre für die Beschreibung unseres Verlangens vorbildlich, dachte er.

Als Eschenbach sich diese Stelle abschrieb, saß wieder einmal der englische Freund in der Hütte und sagte, du ahnst, welch ein Verlust eintritt, wenn die Zoologen, wie das inzwischen alle Naturwissenschaftler tun, nur noch auf Englisch schreiben. Die Folge: Eine Verarmung des Deutschen, und aus dem Englischen wird ein Wissenschaftspidgin. Und er sagte fuck.

Auch hier hatten die Kampfläufer sich einen Platz ausgesucht, wo die Männchen zum Kampf antraten. Eine flache, von Gras bewachsene Stelle. Dort hatte sich Eschenbach im Frühjahr hingesetzt und diesen wunderbaren Turnieren zugesehen. Bald hatte er auch einen Favoriten unter den Kampfläufern für sich ausgeschaut, den er Parzival nannte. Das Tier fiel durch seine weiße Halskrause und durch eine Eigenart auf. Es lief erst zögerlich, als wolle es den Kampf doch noch abbrechen, dann aber, als habe es all seinen Mut zusammengenommen, in einer umso kraftvolleren Gangart gegen seine Gegner an.

Eschenbach saß im Café der Norne gegenüber. Sie hatte ihm Äpfel vom Bodensee mitgebracht, Maigold, reich an Vitaminen und Mineralien, sie redete, als wolle sie in ihn hineinkriechen. Je genauer das Bild umrissen ist, desto besser ist dann auch die Partnerwahl. Man muss dieses Bild, den Wunsch, ins Bewusstsein heben. Je genauer wir es sehen, desto leichter ist unser Suchen. So haben Sie die Möglichkeit, den Partner zu finden. Wer aber wie das blinde Vieh über die Weide läuft und den erstbesten paarungswilligen Partner nimmt, ist bald enttäuscht. Mich, sagte sie, interessiert, wie und wo das Bild entsteht. Das schöne Angesicht, das ist der Weg zum Glück.

Das aber, sagte Eschenbach, ist heute doch das Angesicht der Werbung, der Filme, des Fernsehens, diese glatten, zurechtoperierten Gesichter. Es meint eben nicht das schöne Wort Angesicht, in dem beide Bedeutungen in sich greifen: Gönn ihm dein Angesicht, sieh ihn an und lass dich ansehen. Das meint auch die Wendung: in Gottes Angesicht.

Man merkt Ihnen immer noch die Theologie an.

Ja, sagte er, etwas bleibt eben immer hängen, so ja auch bei Ihnen, denn Sie suchen danach, wie man sich die Wünsche der anderen gefügig macht.

Sie sah ihn an, kein Grinsen, er bemerkte diesen großen Unterkiefer und: Sie sieht aus wie Kater Murr. Ihr Kopfschütteln war ein einziges Nein. Ich will nicht die plumpe Begierde und nicht den Gehorsam, glauben Sie mir.

Als der englische Freund ihn wieder besuchte, hier, in der Stille, und fragte, wie es mit seinen Befragungen stehe, sagte Eschenbach: Wenn man – und natürlich dachte er dabei an die Nase – den anderen sieht und sogleich einen Widerwillen verspürt und zugleich weiß, dass auch der andere ganz ähnlich empfindet, woher kommt das? Das Aussehen? Vielleicht. Aber was ist diese tiefe Ablehnung, die man, erwachsen und vernünftig, mit vielen guten Gründen versucht zu relativieren, versucht, sich selbst auszureden, wobei uns das Gefühl der Unredlichkeit gegen uns selbst nie verlässt, und der Verstand sich gleich wieder Beispiele zur Gefühlsbestätigung sucht und die erste Empfindung ins Recht setzt? Und man zu sich selbst sagen muss, du willst es anders sehen, aber du kannst es gar nicht anders sehen. Ist dieser emotionale Wahrheitsgehalt nicht ähnlich überzeugend wie der rational durch Erfahrungen begründete, der mir sagt: Er ist ehrlich, weil er mich nie bestohlen hat?

Das intuitive Denken. Thin-slicing. Es gibt Untersuchungen, lies Wilson und Schooler *Thinking Too Much*, sagte der Freund, der sonderbar grau war im Gesicht, nicht allein durch den Bart. Er hatte doch nie einen Bart getragen.

Es ist der Wunsch, sagte Eschenbach, den Menschen aus der Kindheit wieder zu finden, der lustvoll in unserem Unbewussten rumort. Vielleicht eine Tante, die Mutter, der Vater, vielleicht eine Kindergärtnerin, was weiß ich.

Olé!

Das Begehren ist der Körperhunger, der Körperdurst.

Und der Unterschied zwischen dem Begehren und der Begierde?

Das Besitzenwollen.

Und die Gier?

Gulo Gulo.

Was?

Der Vielfraß.

Wieder so ein Nietzsche-Zitat, sagte der Freund.

Und sie lachten.

Theologie hatte er studiert, nicht nur um den Vater und die Mutter zu ärgern, die als bekennende Atheisten auftraten, sondern weil ihn die Frage umtrieb, warum überhaupt etwas ist und nicht vielmehr nichts. Und auf die Frage des Vaters, der immer noch zahlen musste, erst später sollte Eschenbach ein Stipendium bekommen, warum er Theologie und nicht etwas sozial Relevantes, wie der Vater sagte, studiere, hatte er geantwortet, er habe das Irrelevanteste gesucht, das Nutzloseste, wenn man nutzlos denn überhaupt noch steigern könne.

Gut, hatte der sich selbst als verständnisvollen Menschen einschätzende Alte gesagt, dann mal zu, dann mal weiter so irrelevant, aber nur bis zum kürzest denkbaren Abschlusstermin. Danach spende ich das Geld an die Befreiungsbewegung in Südafrika. Damals gab es noch Befreiungsbewegungen, die nicht korrupt und kriminell waren.

Und als Anna ihn abermals fragte – eine Frage, die Selma nie gestellt hatte –, warum Theologie, war seine Antwort, weil ich nicht glauben kann.

Was ich sogleich an dir mochte, sagte sie und nahm seine Hand, deine komische Unbedingtheit.

Na ja, sagte er abwehrend, vielleicht ist es Dummheit. Und die ist bekanntlich immer komisch.

So lange er jung war, galt er, so wie er lebte, als recht eigensinnig, als interessant, älter werdend als fintenreicher Unternehmer, nun, nach dem Bankrott, wohl eher als Kauz, es sei denn, man wurde Zeuge eines seiner Wutanfälle.

Sieben, acht Jahre lang war er ein reicher Mann gewesen. Allerdings arm an Zeit. Es gibt eine Zeitarmut. Die wiederum zur Verrohung führt. Eine Brutalisierung des eigenen Selbst. Er arbeitete. Verhandelte. Reiste. Kunden mussten besucht und neue gewonnen werden, Programme mussten ihnen erläutert, mit Banken musste verhandelt werden. Mit dem Ankauf der Anteile des Partners war er noch reicher, denn er war ein Millionenschuldner geworden. Keine Nacht vor drei ins Bett.

Früh morgens raus. Zu Hause das Rudergerät. Der Sandsack in der Firma, an dem nicht nur er seine Wut, seinen Hass abarbeiten konnte, sondern auch die anderen, die Programme zur Optimierung erstellten und ihren Frust an den Sandsack, der nur ein wenig hin- und herschaukelte, prügelten.

Die Treffen mit ihr, Anna, der Irrwitz der Zeiten, der Irrwitz der Orte, bei ihr zu Hause, in Hotels, wo, wenn sie eincheckten, die Hotelangestellten sich das Grinsen verkneifen mussten. Ein Paar, das ohne Koffer, ohne Reisetaschen kam. Offensichtlicher konnte der Zweck ihres Aufenthalts nicht sein. Sie hätten auch sagen können, wir wollen vögeln, haben Sie ein Zimmer? Zwei Stunden später kamen sie wieder herunter, er zahlte, Anna stand daneben, noch glühte ihre empfindliche Haut, und jedes Mal wieder war ihm diese schamlose Direktheit peinlich. Allein Anna machte es erträglich. Ihr war es egal. Sie zeigte eine engelhafte Unberührtheit. Sie war so ruhig und gelassen, als wären sie ein Paar mit Trauschein und gute zehn Jahre verheiratet.

Manchmal, wenn er auf seinem Rennrad wieder ins Büro zurückfuhr, überkam ihn – durchaus verlockend übrigens – die Vorstellung, ihn könnte hier und jetzt ein Herzschlag vom Fahrrad heben.

Er stürmte ins Büro, und sein Hallo war so laut, so sehr von Endorphinen getragen, dass er dachte, allein das müsse ihn verraten. Aber sonderbar genug, er konnte sich nicht herunterstimmen, weder die Lautstärke noch diese Zuversicht. Erst später musste er sich eingestehen, dass eben dies auch mit einer der Gründe für seine Unvorsichtigkeit gewesen war, so schnell in die Ablösung eingestimmt zu haben. Aber auch dies: Er wollte die Nase nicht mehr sehen. Die Nase sollte verschwinden.

Der Freund hatte ihm nach der Katastrophe erzählt, dass bei den Ewe in Togo die Verhandlungen von Alten geführt werden müssen, nicht nur weil die Erfahrung größer, sondern auch weil der Geschlechtstrieb reduziert ist. Falls dennoch der Verdacht bestehe, der Alte habe eine neue Frau im Auge oder auf der Matte, müsse er von den Verhandlungen ausgeschlossen werden.

Eschenbach widersprach, es sei nicht allein der Liebeswahn gewesen, der zu der Katastrophe geführt habe, sondern auch die Ökonomie, zum einen habe sein geliebter Partner, die Nase, einen Kunden mitgenommen, und dann sei ein anderer, ein großes Fuhrunternehmen, für das sie die gesamte Software entwickelt hatten, in Konkurs gegangen. Die Rechnung, eine hohe, wurde nicht mehr beglichen. Das war der Stein, der den Gewölbesturz auslöste.

Während der Verhandlungen mit den Banken um frisches Kapital, gute drei Millionen, war, als er sich am Telefon mit ihr verabreden wollte, erstmals dieser Satz gefallen, dass es unwürdig sei, diese heimlichen Treffen, dass sie vom schlechten Gewissen, ja, lach nicht, sagte sie, vom schlechten Gewissen geplagt werde, diese alte Formel sagte es genau, und sie finde, es müsse ein Ende haben.

Er hatte ihren ersten Versuch, sich zu trennen, abwehren können. Er hatte sich damals mit ihr in der Bar verabredet, in der sie sich zum ersten Mal und dann immer wieder getroffen hatten. Er hoffte, es sei eine günstige Umgebung für ihn. Es war eine taktische Überlegung, von der er sich seinerseits sagte, sie sei seiner nicht würdig. Und auch ihrer nicht, dieses Überredenwollen, Umstimmen, das Einsetzen von Rhetorik und emotionalen Hebeln. Er dachte an den katholischen Bischof von Augsburg. Hatte der Mann nicht das reine Wort gesprochen? Eine unumstößliche Wahrheit, die keiner Begründung bedurfte, als er zu seinem jungen schönen Kaplan sagte: So bleibe doch, ich liebe dich.

Er musste sich eingestehen, dass ihm jedes Mittel recht war, sie von ihrem Entschluss abzubringen. Und die Überlegung, was anständig, was billig sei, war ihm gänzlich egal. Darum hatte er sich in dieser Bar mit ihr getroffen. Er dachte – und sollte Recht behalten –, dass die ihnen beiden so gewogene Umgebung, in der das Licht zu einem matten Gelbbraun gedämpft war, im Hintergrund Musik, die sie oder er kannte, und eine Bedienung, eine Studentin, wie er einmal erfragt hatte, die sie jedes Mal mit einem freundlichen Wiedererkennen begrüßte, sie nach ihren Wünschen fragte, ihnen, die sich zuweilen wie Kinder an den Händen hielten, im Vorbeigehen zulächelte, zu Hilfe käme. Die Bedienung war ihnen gewogen und wünschte, gingen sie, ohne peinliche Aufdringlichkeit: einen schönen Abend noch.

Es war ein energisches Nein, das er in ein erst zögerliches, dann bestimmtes Ja umzuwandeln verstand. Sie rang, es war nicht anders zu sagen, mit sich. Wie sie, die immer pünktlich war, sich jedes Mal zu ihren Treffen verspätete. Er hatte sich angewöhnt, wartete er auf sie in ihrer Bar oder in einem Restaurant, ein Taschenbuch mitzunehmen. So las er, auf sie wartend, Gadamer über Platons Dialoge oder Luthers Sendbrief vom Dolmetschen. Es war, als wollte sie ihn auf die Probe stellen, tatsächlich aber stellte sie sich selbst auf die Probe, vielleicht hoffte sie, er sei inzwischen gegangen, oder, dass ihr entschiedener Vorsatz, nicht zu kommen, im letzten Moment die Kraft bekäme, sie einfach weitergehen zu lassen. Vielleicht siegte letztendlich jedes Mal die ihr anerzogene Höflichkeit, sie dürfe ihn nicht länger warten, ihn nicht sitzen lassen, doch hoffte er, es obsiege ihr Wunsch, zu kommen, ihn zu sehen, ihm nahe zu sein, begehrt zu werden, so wie sie, dachte er, ihn begehrte, denn sonst wäre nicht denkbar gewesen, dass sie gegen all ihre Prinzipien verstoßen, ihre Ehe, ihre Familie in Gefahr gebracht hätte. Zuweilen hatte er den Eindruck, etwas in ihr suche geradezu die Entdeckung, wenn sie sich, nach langem Zögern ihrerseits, getroffen hatten, in dem Café einander gegenübergesessen, geredet, geschwiegen, dann gezahlt hatten und gegangen waren und sich auf der Straße, durch die ihr Mann von seinem Büro nach Hause fuhr, küssten.

Ich bin verrückt, sagte sie dann. Ich bin total verrückt. Und dann sagte sie, wie kann ich nur.

Aber das alles Verbindende war, wie sie beide, nachdem sie miteinander geschlafen hatten, sich öffneten, wie sie sich voneinander erzählten und fragten, sich durch

Fragen tiefer und genauer verstehen lernten. Nie sprach sie über Ewald abfällig, sondern erzählte, wie lange er um sie geworben hatte, sie sagte, etwas hielt mich fern, ich mochte ihn, ich mochte seine Energie, seine Großzügigkeit, seinen Beruf. Vielleicht gab am Ende das Staunen darüber den Ausschlag, wie es ihm mit wenigen sorgfältigen Strichen gelang, auf Papier Gebäude zu entwerfen, später zu bauen, die mir gefielen, mal abgesehen von diesem größenwahnsinnigen Chinaprojekt, abgesehen von einer protzigen Villa, die er einem ebenso protzigen Immobilienhändler gebaut hatte. Er verfolgte mit großer Hartnäckigkeit seine Projekte und ähnlich verfolgte er auch mich, auf eine sehr witzige Weise, er schrieb mir, wo immer er gerade war, eine Postkarte, es waren ausgewählte, anspielungsreiche Postkarten, meist alte, erstaunlich, wo er die auftrieb. Es war nicht der eine Blick, dieses schnelle Ineinanderstürzen wie bei uns. Es war eine lange, ruhige, gewissermaßen argumentative Annäherung. Er wurde mir so vertraut, dass ich Sehnsucht nach ihm bekam, ihm nahe sein wollte, ihn vermisste, und als er sagte, lass uns heiraten, da sagte ich: Ja. Das war meine Vorstellung: Wenn überhaupt eine Ehe, dann sollte sie unzertrennlich sein. Gegründet, ja, so altmodisch, fest gegründet. Sie sagte, ich bin für die Nachhaltigkeit in den Gefühlen. Ich habe mich nicht geirrt in meinem Entschluss.

Er bewunderte die moralische Entschiedenheit, aus der ihre Zweifel erwuchsen, die tiefen Zweifel an ihr selbst, deren Anlass er war. Wie sie sich selbst befragte, schonungslos, und ihr gegen sich und andere gerichteter moralischer Appell. Die Fragen und das Neufragen. Ihr Sinn für Unrecht. Ihre Empörung. Das vor allem, er kannte niemanden, abgesehen von seinen Eltern und deren Bekannten- und Freundeskreis, der sich derart über Ungleichheit, Zurücksetzung erregen konnte. Hätte er sie beschreiben müssen, so hätte er gesagt, sie sei eine Empörte. Und noch etwas, ihm fiel, wenn er sie sah, das alte Wort Augentrost ein.

Vor allem war es ihre Ruhe, wenn sie sich nicht gerade empörte, dieses Ausruhen in ihren Zügen. Auch ihre Bewegungen waren gemessen, nichts Hektisches, nichts Bemühtes. Gern hätte er sie einem Freund beschrieben, aber er schwieg. Er redete nicht, freute sich aber, wenn andere, die sie sahen, die sie kannten, von ihr sprachen – niemand wusste von ihrer Innigkeit.

Der englische Freund, der Anna einmal gesehen hatte, sagte in seiner flapsigen Ausdrucksweise: Klasse, die Frau, könnte eine Frau aus der Gentry sein, wie man sie in England trifft, die der Lilie das Weiß und dem Majoran das Rot gestohlen hat.

Der Versuch der Trennung war jedes Mal ein neuer Anfang. Sie mussten sich nur sehen.

Wir dürfen uns nicht sehen, sagte sie.

Und dieser Augenblick führte sie wieder zusammen.

Ihre Worte: Ich denke an dich. Und das ist ein ruhiges Glück. Aber ich will dich nicht sehen. Ich bin verheiratet. Ich bin glücklich verheiratet. Nichts fehlt mir. Wirklich nichts.

Doch, sagte er, ich.
Und sie sagte, ja, du.

Sie saßen wieder einmal in ihrem Café und redeten zunächst über Dinge, die ihnen fernlagen, die so gar nichts mit ihnen zu tun hatten, über den Transport des Atommülls, über die Neoliberalen, die sie ganz wie der englische Freund nicht ausstehen konnte. Einmal warf sie in einem Wutausbruch über einen zynischen Journalisten mit der Faust herumfuchtelnd, ein Rotweinglas um. Eine erstaunliche Verachtung gegenüber all jenen, mit denen sie doch durch Familie, Kinder, Tennis, Fremdsprachen, Kunstvorträge und Reisen ins Gebirge oder nach Sylt verbunden war. Ewald fuhr eine Harley-Davidson, was sie peinlich fand, sein Kindheitswunsch, sagt er, gut, gut, sage ich, was wünscht man sich nicht alles, das ist keine Entschuldigung, ein Leben, so gesättigt, auch noch mit dem kokett ausgesprochenen schlechten Gewissen über die Ungerechtigkeit der Welt, ein gesättigtes, ein übersättigtes Leben, zum Kotzen, das ist die neue gefeierte Bürgerlichkeit, sie hatte ein zweites Glas Bordeaux getrunken, eine Erregung, die aber auch nach einem Glas Wasser über sie kommen konnte, derart, dass von den umliegenden Tischen zu ihnen herübergesehen wurde. Sie sagte, dieses Hyper-Leben, dieses Verdoppeln, dieses Haben, das Habenwollen, zwei Autos, Stadtwohnung und Landhaus, ein Motorrad, ein Motorroller, das Rennrad für den Tiergarten, das Mountainbike für die Uckermark, im Winter Kirschen aus Chile, dieser Überschuss, du musst nur die Mülltonnen ansehen, die Müllhalden, da wird die Gesellschaft hingekippt, der Überfluss, der woanders zu Hunger führt, unser Übergewicht reichte aus, dass in Afrika niemand mehr verhungern müsste, es ist pervers. Ihre Hände flogen hin und her, beschrieben Kreise und Achten, als dirigiere sie eine Symphonie von Mahler.

Und er sagte, ja, und gib mir deine bewegte Hand, die sie ihm jedes Mal nur zögernd überließ, als könne er sie am Ende behalten, und er fasste sie durchaus kräftig – sie sahen sich an, und ihre Erregung war mit dem Gestikulieren, so schien es, verflogen. Sie saßen da in der Ruhe des Ansehens und Fühlens. Und langsam traten Worte zurück, das Hin und Her verlangsamte sich – und alles fing wieder an.

Das Begehren, ja, ja, sagte der englische Freund, als er ihm in einer der nächtlichen Telefonkonferenzen von seinen Recherchen erzählte. Also was, wollte er wissen.

Die Hoffnung, nicht allein zu sein. Der Überfluss an Schmerz und Lust. Sinn aus den Sinnen.

Der Freund hatte ihn mit einem trockenen *Gut, gut*, gestoppt und gesagt, du hast dir das ganz gut eingerichtet, hast eine feste Freundin, wohnst aber nicht mit ihr zusammen, hast also nur einen Halb-Alltag oder noch weniger, einen Viertel-Alltag, genau so, dass sich nicht der Ärger über störende Gewohnheiten einschleichen kann. Triffst deine wunderbare Selma immer mit geputzten Zähnen und das Haar geordnet, dass dann von dir zerwühlt wird. Eine Beziehung in einer Frischhalte-Verpackung. Und jetzt noch eine Freundin. Meine Studentinnen hätten dafür nur ein Wort: Pascha. Du weißt, ich hab es nicht mit der Moral. Und darum sage ich: Nur zu!

Und dann erzählte er von einem seiner Doktoranden, der nicht mehr in die Sprechstunde komme wegen einer akuten Agoraphobie. Zuerst habe ihn ein anderer Student noch begleitet, auch vor der Tür gewartet. Jetzt treffe er den Doktoranden in wechselnden Cafés. Dort berichte er dann über den Fortgang seiner Arbeit: *Das Gesundheitswesen in der deutschen Kolonie Togo.*

Das Gespräch wurde unterbrochen, und Eschenbach grübelte darüber, was die Agoraphobie und das Gesundheitswesen in Togo mit seiner Situation zu tun hatten, die zugegeben unzumutbar war. Unzumutbar Selma und Ewald gegenüber, aber auch für Anna und ihn selbst. Es war der Augenblick, als er wie sie dachte, ich verhalte mich unwürdig.

Er hatte daraufhin zu Anna gesagt: Wir müssen ins Offene kommen. Komm zu mir. Wir werden Selma und Ewald sagen, was uns widerfahren ist.

Eschenbach und Selma waren von Ewald und Anna eingeladen worden, nachmittags, an einem grauen, verregneten Tag im August. Sie saßen in dem großen Wohnzimmer. Das finnische Au-pair-Mädchen war mit Lisa und Ole zu einem Kindergeburtstag gegangen. Anna hatte den Tisch gedeckt mit Toast, Teewurst, Butter, Orangenmarmelade, englische, extra für dich, sagte sie zu Eschenbach.

Ewald, der vor zwei Tagen aus China zurückgekommen war, erzählte von den Schwierigkeiten des Bauprojekts. Anna war der Unwille anzumerken, sie hatte es immer wieder hören müssen, und da sie das ganze Projekt ablehnte, sagte sie, er solle die Arbeit zu einem Ende bringen, indem er einfach aufhöre damit. Dann stimmten Tat und Meinung wieder überein. Da fiel ihr Ewald, der diesen Vorwurf wohl oft hatte hören müssen, gereizt ins Wort und sagte, was tust denn du? Was machst du denn politisch? Konkret? Nichts.

Sie werde etwas tun, sagte sie, wolle in einer Gruppe mitarbeiten, die zwei Kollegen an ihrer Schule gegründet hatten, eine Gruppe, in der sich Lehrer, Ärzte, Soziologen und Wirtschaftsingenieure treffen, um das Prinzip der Nachhaltigkeit weiterzuentwickeln.

Man muss über die Appelle hinauskommen, ganz konkrete Beispiele leben, die Lust auf Dauer. Auch im Miteinander. Nicht das Vernutzen, Wegwerfen, Vernichten, sondern die Aufarbeitung, der Wiedergebrauch, sie zerlegte das Wort säuberlich: Wieder-Gebrauch, Pflege, Reparatur. Was wäre zu sparen an Energie, an Material, an Arbeitszeit, sagte Anna, wenn man einfach all die beschädigten Dinge reparieren würde.

Ewald sagte, das wolltest du schon vor Monaten, und mit einem provozierenden Lächeln fügte er hinzu, da haben wir inzwischen mehr getan, Christian und ich haben in der Zeit immerhin einen Wantenspanner repariert.

Und ich, sagte Eschenbach, müsste eigentlich eine Verdienstmedaille bekommen. Repariere meinen Saab selbst, Jahrgang 1966. Wenn das nicht Nachhaltigkeit ist.

Ach was, sagte sie, und ihr messingfarbenes Haar schien sich von Empörung aufgeladen zu sträuben, ihr wisst, was ich meine. Und ich finde es kindisch, wie ihr versucht, mich ins Lächerliche zu ziehen.

Es war zu einem Missklang gekommen, den auch Selma nicht mit der Erzählung beheben konnte, dass polnische Freunde massenhaft Schrottautos in Deutschland ausgeschlachtet und damit Autos in Polen repariert hätten. Sie habe auch so einen Wagen gefahren, fast vier Jahre.

Sie verabschiedeten sich, und die Missstimmung dauerte an.

Selma machte ihm später den Vorwurf, mit der Erwähnung seiner Autoreparatur Ewald bestätigt zu haben. Eine ironische Männerkumpanei. Eure Reparaturhobbys haben doch nichts mit dem zu tun, was Anna meint und will.

Am nächsten Tag hatte er Anna angerufen und sich entschuldigt. Wie er sich verhalten hatte, war dämlich, und das sagte er ihr auch genau so. Es war dämlich von mir. Er wolle ihr nochmals versichern, wie wichtig er die Arbeit einer solchen Gruppe finde.

Ausgerechnet du, sagte sie, du bist es doch, der alles in Schwung hält, der alles noch beschleunigt. Das ist doch das erklärte Ziel deiner Arbeit, deines Büros: verknappen, verkürzen, beschleunigen.

Ja, sagte er, das sei wohl richtig.

Kann man Nachhaltigkeit beschleunigen?

Sicherlich, sagte er, zögerte dann aber. Ein interessantes Paradox. Aber letztlich überholt Achill doch die Schildkröte. Hängt vom jeweiligen Gebiet ab. Ich werde darüber nachdenken. Lass uns darüber reden.

Sie hatte nur okay gesagt.

Einmal waren sie gemeinsam, Anna, Ewald und er, zu einer Einladung nach Potsdam gefahren. Ewald hatte diese Villa, die in einem kleinen Park lag, entworfen und gebaut, rechts auf dem Nebengrundstück hinter Taxushecken stand ein mit Stuck beladenes Haus aus der Gründerzeit, links lag ein Kiefernwäldchen. Wie überrascht aber war Eschenbach, als er, der inzwischen andere Bauten von Ewald kannte, Schulen, Fabrikhallen, Hochhäuser, alle der Moderne verpflichtet und, das hatte er sich sofort eingestehen müssen, gelungene Bauten, jetzt vor dieser Neoklassik stand.

Der Eingang mit einem Portikus, ein dreieckiger Architrav von zwei Säulen getragen, die Ecken jeweils mit einer goldenen Kugel verziert. Sicherlich ein Zitat, das war überdeutlich, aber eben darum wirkte es wie ein Kalauer. Eine Empfangshalle, weiß und hoch, auch hier Säulen. Dort empfing der Hausherr seinen Architekten, stellte ihn, in die Hände klatschend, den in der Halle versammelten Gästen vor: Hier der Erbauer. Sonderbar betont, hörte es sich wie Bauer an.

Plötzlich verstand Eschenbach, warum Anna gedrängt hatte, er solle mitkommen. Zu Studienzwecken. Sie wusste, was ihn dort erwartete, hatte aber auf der

Hinfahrt, Ewald saß am Steuer, keinen Kommentar über den Bauherrn abgegeben.

Lass dich ruhig überraschen, sagte sie.

Und er wurde überrascht.

Durch die hohen offenen Fenster war der Blick frei auf einen Park, der von einer Art Gloriette abgeschlossen wurde. Im Garten die Herren in knapp geschnittenen Anzügen, viel Schwarz, keine Krawatten, die Frauen in Sommerkleidern. Darunter vier Frauen, deren breitkrempige Hüte die vom Alter und Wohlleben verwüsteten Gesichter beschatteten.

Die Hausherrin, Amerikanerin und, wie Ewald erzählt hatte, Akteurin in Hollywood-Filmen, die aber niemand je gesehen hatte, stand da, redete und zeigte in einem dunkelroten, knappen Kleid ihre makellose Figur. Ein paar ältere Herren lauschten ihr, die Blicke versenkt in dem Ausschnitt mit dem sichtbaren Brustwarzenhof. Was für ein niederziehendes Wort – wie schön dagegen das englische Areola.

Wann, sagte Eschenbach zu Anna, während Ewald von ein paar jungen Damen und Herren gefeiert wurde, die das Haus so gelungen, so großartig, so mutig fanden, wann stirbt diese Generation aus, zu der ich ja auch noch gehöre, die wegen der ihr in der Pubertät verweigerten Einblicke lebenslänglich zum Voyeurismus verurteilt ist.

Anna lachte, sagte, das Aussterben jeglicher Art sei ein Verlust, zog ihn beiseite und ging mit ihm durch die weitläufigen Räume. An den Wänden großformatige Bilder von Richter, Baselitz und Penck. Nach der Profession des Hausherrn gefragt, hatte Ewald auf der

Hinfahrt nur Immobilien gesagt. Früher war er Mitglied einer kleinen radikal-revolutionären Gruppe gewesen, die das albanische Modell von Enver Hoxha auf die Bundesrepublik übertragen wollte – keine Farbfernseher, keine Waschmaschinen, die Frauen mussten Büstenhalter tragen, eine albanische Errungenschaft, und Professoren wie Studenten rückten in den Semesterferien zum Straßenbau aus. An diese gute alte Zeit erinnerte die blaue Marx-Engels-Gesamtausgabe in dem großen Kaminzimmer. Hatte Eschenbach sich je unter vergoldeten Wasserhähnen die Hände gewaschen? Das von der englischen Königsfamilie bevorzugte Duftwasser stand vor dem vier Meter langen, goldgelb gefärbten Spiegel, er schnupperte an einem der englischen Eau-de-Parfum-Fläschchen. Es rief ihm ekstatisch zu: Klau mich. Er tat es.

Ewald stand mit dem Hausherren zusammen, der große Ewald, eine Zigarre in der Hand, und der kleine Hausherr, ebenfalls eine Zigarre in der Hand, sie waren in ein Gespräch vertieft, in dem es, wie Anna sagte, sicherlich um die Planung eines zwanzigstöckigen Firmensitzes gehe.

Es war der Moment, als Eschenbach Ewald zum ersten Mal für sich den Planer nannte.

Anna und er gingen in den Garten. Sie tauchten wieder in die kompakte Schwüle ein. Wahrscheinlich lief in dem Haus die Klimaanlage, trotz der offenen Türen. Auf einem Steintisch standen Dosen mit Mückenspray.

Ich könnte ihn erwürgen, hatte sie ihm zugeflüstert.

Wen?

Ewald.

Warum?, fragte er scheinheilig.

Dieser Klops. Seine Entschuldigung, einmal etwas Klassisches, Kleines bauen zu wollen. Ich könnte ihn erwürgen, wiederholte sie, komm, wir gehen in den Wald. Diese Typen hier sind unerträglich. Zum Kotzen. Los. Ich mag die Kiefern. Ich mag den Geruch, jetzt gegen Abend, den Kiefergeruch. Harzig süß. Ich mag den weichen Nadelboden. Komm. Ewald muss mit dem Herrscher der Immobilien ein neues Projekt besprechen.

Es war wohl das einzige Mal, sagte er sich im Nachhinein, dass sie mit ihm absichtlich und mit Lust zur Abstrafung von Ewald zusammen gewesen war.

Sie gingen zu dem kleinen Wald hinüber, zu einem Zaun. Sie raffte das Kleid hoch und kroch auf allen vieren unter dem Draht, den er hochhielt, durch. Er folgte, und da sie den strammen Draht nicht richtig hoch bekam, robbte er auf dem Bauch über die Grundstücksgrenze.

Sie lachte und sagte, komm, mein kleiner Mohikaner.

Nur einmal hatte er vor ihr von Ewald als dem Planer gesprochen. Sie war zu ihm gekommen, nachmittags, und sie hatten Zeit bis weit in den Abend gehabt. Sie hatten sich geküsst und saßen schon auf dem Bett, die Terrassenfenster waren offen, und von unten und fern war die Stadt zu hören. Er hatte den Veltliner, den sie gern mochte, kaltgestellt und eingeschenkt. Die Gläser beschlugen mit feinen Spuren des ablaufenden Wassers. Und es kam wieder zu einem der Gespräche, die in letzter Zeit immer häufiger wurden, in denen er sie drängte, sich zu trennen, zu ihm zu kommen. Ich werde es Selma sagen. Ich werde mich trennen. Und du, du setzt deine Kinder ins Auto und kommst zu mir. So einfach ist das.

Nein, es ist ganz fürchterlich schwer.

Ja, für Ewald und für Selma. Aber etwas Neues wird beginnen. Wir – das ist das Beginnen.

Sie war aufgestanden und hatte ihn, den Sitzenden geküsst, die Vorstellung sei wunderbar. Aber dann sagte sie, nein und abermals nein, und sprach von Ewald, dem sie das nicht antun könne, nicht den Kindern, danach ist das Chaos.

Das Chaos ist, glaube mir, das ist ja mein Beruf, etwas Wunderbares.

Nur am Anfang und nicht für die Kinder und auch nicht für Ewald, ihn, der so verlässlich und unmissverständlich treu ist, ich darf gar nicht daran denken, allein wenn ich das Wort in den Mund nehme, nein, ich darf nicht daran denken, ich komme mir grässlich vor.

Aus Ungeduld und einer ihn später peinigenden Boshaftigkeit heraus sagte er: Was willst du ein Leben lang mit diesem Planer?

Sie, die im Begriff war, sich auszuziehen, zog sofort den Rock wieder hoch und mit einem Ruck den Reißverschluss zu, streifte schnell den Pullover über, raffte ihre anderen Sachen, den Büstenhalter, den Regenmantel, den Schal, die Handtasche zusammen, trat vor ihn, der auf dem Bett saß, hin und schrie: Du beleidigst ihn nicht. Woher nimmst du das Recht, so über ihn zu reden?

Sie schlüpfte in die Schuhe, lief, die Wohnungstür zuschlagend, hinaus.

Warte, hatte er gerufen und lief barfuß hinterher, riss die Tür wieder auf. Sie hatte nicht den Fahrstuhl genommen, sondern lief die Treppe hinunter. Er folgte ihr und rief im Hinunterlaufen: Bleib, tut mir leid, bleib, traf in der darunterliegenden Etage auf den Nachbarn, einen pensionierten Regierungsdirektor, der dastand, überrascht, ratlos, ihr nachblickte, sie, die zu dem Nachbarn gesagt hatte, Entschuldigung, das war der Wind, und weiter die Treppe hinunterrannte.

Er sah den erstaunten Blick des Nachbarn erst auf seine nackten Füße und dann auf den Treppenabsatz gerichtet, wo sie ihren schwarzen Büstenhalter verloren hatte.

Eschenbach hob ihn auf und stieg mit einem schiefen Lächeln, das seine Verlegenheit ironisieren sollte, an dem Nachbarn vorbei und in seine Wohnung hoch.

Später hatte er mit Anna wieder und wieder über diese Situation gelacht. Sie hatten dafür ein Stichwort: der Treppen-BH.

Mehrmals und in den unterschiedlichsten Situationen, im Bett noch mit erhöhter Systole, in der Bar, am Telefon, auch zwischen Tür und Angel, also im Hinausgehen, hatte er gesagt, trenn dich, lass uns zusammenziehen, komm her oder auch woandershin, wohin du willst, wir fangen neu an, und es wird gelingen, komm zu mir mit deinen Kindern.

Die Kinder, sagte sie, fallen dir nur rhetorisch ein, jetzt beim Überreden.

Das ist kein Überreden. Es ist ein Zureden.

Nein. Ich werde nicht zu dir kommen, hatte sie gesagt. Ich will ihm nicht diese Verletzung zufügen. Und erst recht nicht den Kindern. Ich möchte, ich will, dass du das respektierst. Dass mein Wunsch, meine schöne Vorstellung nicht in Erfüllung gegangen ist, dass ich gescheitert bin, ist traurig genug. Es soll nicht sein, dass immer wieder ein anderer, eine andere kommen kann, die, und sei es nur für einen Augenblick, Begierde auslösen und damit Beliebigkeit schaffen. Ihr Reden wurde ein Furor: Dann sind wir auf dem Markt. Greifen Sie zu. Die Gelegenheit ist günstig. Jung, attraktiv. Grabbelkiste. Dann hängt alles von Zufall und Zeitpunkt ab, und wir meinen, das sei das Leben.

Das ist das Leben.

Nein, der dumme Zufall.

Nein, der glückhafte.

Will man den als Gesetz?

Vielleicht. Ja.

Immer den noch besseren Partner suchen. Das beste Angebot.

Natürlich nicht.

Ewald ist konsequent, das mag ich, das bewundere ich. Er würde mich verstoßen.

Wie sich das anhört, sagte er. Dieses Planquadrat verstößt sie, dachte er, lachhaft, sprach es aber nicht aus, sondern schnaufte durch die Nase.

Und weil er das Schnaufen kindisch fand, sagte er dann, das ist lachhaft, und brachte eine peinliche Begründung: Der bekommt doch nie wieder eine Frau wie dich.

Hatte er das wirklich gesagt? Später mochte er an diese jämmerlich herabsetzende Rede nicht mehr denken.

Doch, er hatte es gesagt, so wie er den Freund, denn ein Freund war er ja geworden, das Planquadrat oder den Planer nannte, so wie er anfing, seine Bauten schlecht zu finden: Konzessionen über Konzessionen, an das Geld, an die Ökonomie, an den Profit. Er wusste, wie kindisch er sich verhielt, und doch genoss er es, so kindisch zu sein. Er glaubte, ein Recht darauf zu haben, weil er sich immer wieder diesen Satz laut sagte: Du fehlst mir. Die Gedanken liefen ihm davon und zu ihr hin, aber sie sollte hier sein, hier, hier, hier.

Dem englischen Freund hatte er von seiner Unruhe, seiner Gedankenlosigkeit, von seinem Nicht-ein-noch-aus-Wissen, das ihn immer wieder in das um Anna kreisende Denken zwang, erzählt. Und er hatte zu dem Freund gesagt, komme mir nicht mit narzisstisch. Es ist so, ich kann nicht anders.

Aber der Freund sagte nur: *Passion ist keine Entschuldigung, wenn ein Jäger eine Kuh erschießt.* Das steht als entlastendes Modell dahinter: Passion schafft sich Handlungsfreiheit, die weder als solche noch in ihren Wirkungen gerechtfertigt werden muss. Aktivität wird als Passivität, Freiheit als Zwang getarnt. Man ist schuldunfähig. Lies mal nach bei Luhmann. Das kann in deiner Situation nicht schaden.

Und Eschenbach hatte es brav nachgelesen: *Man beutet die Semantik der Passivität rhetorisch aus, um die Frau zur Erfüllung anzuhalten: Schließlich hat ihre*

*Schönheit die Liebe verursacht, und der Mann leidet
unschuldig, wenn nicht abgeholfen wird.*

Mag ja sein, brüllte er dem Freund nach der Lektüre ins Telefon, aber was hat die Scheiß-Systemtheorie mit meiner Schlaflosigkeit, mit meiner Unruhe, die mich nicht klar denken lässt, zu tun? Mein Leiden und das von Luhmann analysierte Leiden sind zwei verschiedene Systeme. Mein Leiden ist wahr, weil wirklich. Seins ist reflektiert, also abstrakt. Ich habe, verdammt, ein Recht auf mein Leiden.

Und sie?

Auch sie.

Was?

Sie leidet.

Ja, sagte er, du weißt, zum Leiden in der Liebe gehört die Komik.

Ehe war für Anna, so sagte sie, etwas Einmaliges, Verbindliches, ein Gesetz, eine Vereinigung fürs Leben, die man nicht einfach aussetzen und dann wiederholen konnte. Wie aus einer fernen Zeit kam, so schien es ihm, ihr Bild von der Ehe. Und es war ja auch ein Versprechen auf Ordnung und Stabilität, die dem umtriebigen Verlangen Zukunft geben konnte. Zuversicht und Verlässlichkeit für sich und den anderen, ein Blick auf eine dauerhafte Konstruktion, also Vertrauen und Gewissheit, vor allem für die Kinder. Meine Eltern, sagte sie, waren wie zwei Berge, unverrückbar und zusammengehörig, vom Kinderfenster aus zu sehen, nicht sehr hoch waren die Berge, genaugenommen nur Hügel, aber sie waren fest und für immer da. Es waren nicht religiöse Gewissheiten, sie sagte von sich selbst, ich bin eine maßvolle Protestantin, sondern ein Prinzip. Sie hatte es sich schon als Mädchen vorgenommen. Und außerdem, ich bin glücklich verheiratet. Mir fehlt nichts.

Doch, hatte er abermals gesagt, ich fehle dir. Und du fehlst mir.

Sie hatte ihn angesehen und leise gesagt: Ja, wahrscheinlich.

Er hätte es sich selbst nicht zugetraut, derart hartnäckig um eine Frau zu werben. Und sein Drängen, sein Bedrängen Annas, sein ganzes Verhalten war unwürdig, pueril, dieses ferne Wort hatte sich in ihm festgesetzt, eine knäbische Haltung, die ein geradezu niederträchtiges Verhalten gegenüber Selma und Ewald nach sich zog. Denn inzwischen war er auch Ewald nähergekommen und hatte sich eingestehen müssen, dass er gern mit ihm befreundet war oder gewesen wäre. Er war sein Freund. Nein, er war sein Gegner. Von Anfang an, und alles andere waren laue Entschuldigungen. Es hatte Momente gegeben, in denen er dem Planquadrat wie der Nase den Tod wünschte. Er soll sich mit seiner Harley-Davidson den Hals brechen. Er rief sich dann jedes Mal selbst zur Ordnung, sagte mit der inneren Stimme, aber für ihn gut hörbar, was denkst du da für ein abstoßendes Zeugs!

Er litt unter Kopfschmerzen, eine Stelle links oberhalb des Auges, dort wo, wie er glaubte, das Sprachzentrum lag, in dem auch das Wort Liebe gebildet wurde. Im Genick, im Hals hatte er Verspannungen, die ihn nachts weckten. Er ging zu einer von seinem ehemaligen Partner Fred empfohlenen Thai-Massage. Die junge Thailänderin bot ihm eine Ganzkörpermassage an. Er sagte Nein, das brauche er nicht, aber hier am Kopf, dort wo irgendwelche Synapsen saßen, die nicht wollten, wie sie sollten, dort solle sie zugreifen. Und sie tat es mit zärtlich zupackenden Händen, schmerzhaft.

Als er das erste Mal mit Anna in seiner Wohnung zusammen war, sagte sie, sie lagen im Bett: Es ist doch etwas Trauriges, wenn eine Ehe ihre Unschuld verliert.
 Ein Satz, der ihm blieb, an den er oft dachte, ohne jeden Triumph und jedes Mal mit dem Empfinden, es müsste auch seine Trauer sein.

Es war nicht so, dass er überschuldet war, der Betrieb nicht lief, dass er sich monatelang hätte nachts den Kopf zerbrechen müssen, ob er zum Gericht gehen und die Insolvenz anmelden solle. Es kamen plötzlich drei Dinge zusammen: ausstehende Rechnungen wurden nicht gezahlt, der Großkunde war mit seinem Partner abgesprungen, und die nächste Tranche für eben diesen, die Nase, war fällig. Auch war sein Loft noch abzuzahlen, keine sehr hohe Summe, aber ebenfalls mit Zinsen belastet, und er hatte auf Anraten eines Bekannten für 400.000 Euro Container gekauft, die er natürlich nie zu sehen bekam, die aber, das war seine romantische Vorstellung, nun über die Meere gefahren wurden und für ihn Geld verdienten. 33.370,00 pro Container, 1,15 Euro pro Tag fest auf 5 Jahre. Rückkauf nach 5 Jahren für 2.065,00 Euro. Dann aber, als er diesen Besitztitel bei der Bank als Garantie hinterlegen wollte, stellte sich heraus, die Container waren, weil es ein Überangebot gab, nicht einmal mehr ein Fünftel wert, und das auch noch bei fallendem Kurs. Es schipperten massenweise chinesische Container über die Weltmeere.

Die laufenden Kosten in Berlin für den Betrieb, Miete und Gehälter, Sozialabgaben waren derart hoch, dass die Kreditlinie ausgereizt und die geduldete Überziehung von seinen drei Banken gestoppt worden waren.

Am Morgen hatte Michalski, sein Buchhalter, angerufen, ein sonst gefasster, immer wohl gelaunter Mann, und hatte hektisch ins Telefon gerufen, das Dach brennt. Kein Bargeld mehr, nichts, Banken machten Terror. Konnten Sozialversicherung nicht zahlen, Gehälter sowieso nicht. Mit den Leuten habe ich gesprochen. Die halten noch still. Brauchen aber auch das Geld. Bei dir steht die Pfändung ins Haus. Wir brauchen Geld. Sonst kracht alles zusammen.

Eschenbach rief in der Bank an, verlangte nach seinem Berater, der nicht da war. Sprach mit dessen Sekretärin. Einen Termin. Heute. Unmöglich. Morgen. Wann? Dringlich. Später Nachmittag. Gut, sagte Eschenbach.

Danach rief er Anna an. Ihre distanzierte, plötzlich so kalt klingende Stimme. Was ist?

Wir müssen uns sehen. Dann ihr langes Schweigen.

Gut. Aber nicht in der Bar.

Sie wollte einen neutralen Ort und schlug vor, sich am nächsten Tag vor seinem Büro zu treffen.

Er hatte vor dem Gebäude, einer ehemaligen Textilfabrik, die in den Neunzigerjahren in Büros umgewandelt worden war, gewartet, und sie stürmte auf ihn, der sie erst in dem Moment erblickte, zu, eine Furie, die Nein schrie. Die Leute, darunter auch Mitarbeiter, die vor dem Eingang standen und rauchten, blickten auf.

Nein!

Ja, es war ein Schrei: Es ist aus. Es muss sein. Bitte. Ich kann nicht mehr. Ich will nicht mehr. Lass mich. Sie drehte sich um, lief über die Straße zu ihrem Motorroller, startete ihn, würgte ihn ab, startete abermals und fuhr die Straße hinunter.

Er versuchte, sie anzurufen. Ihr Handy war abgeschaltet. Seine SMS beantwortete sie nicht. Aber das tat sie nie. Am Telefon, das er bisher, wollte er sie treffen, nur selten benutzt hatte, war Ewalds Stimme zu hören mit dem Satz: Bitte hinterlassen Sie Ihren Namen und die Telefonnummer.

Noch am selben Tag war er zur Bank gegangen und hatte den Berater gesprochen, der ihm eröffnete, weitere Kredite könne man absolut nicht gewähren. Absolut, wie ein absolutistischer Herrscher, nein, wie Gottvater. Diesem Mann war anzumerken gewesen, wie er es genoss, seine jahrelange dienende Höflichkeit ablegen und sich Eschenbach gegenüber endlich einmal einen herrischen Ton erlauben zu können. Er fügte noch hinzu: Sie haben über Ihre Möglichkeiten expandiert, was sich anhörte, als habe er über seine Verhältnisse gelebt. Der Schnösel sagte nochmals: Ich kann Ihnen keinen weiteren Kredit gewähren. Endgültig.

Das löste bei Eschenbach einen Wutausbruch aus. Er nannte den in seinem korrekten Anzug, mit dem blauweiß gemusterten Hemd und der rot und kackbraun gestreiften Krawatte dasitzenden Berater einen Drecksack, einen widerlichen Wichtigtuer. Und dann kam ihm plötzlich, als er das verängstigt schülerhafte Gesicht sah – immerhin war vor knapp einem Monat ein Berater in der Bank zusammengeschlagen worden –, ein Du dazwischen. Du Arsch mit Ohren, sagte er, kauf dir erstmal eine dezente Krawatte, bevor du hier ungefragt deine Meinung ablässt.

Der Berater saß da, sprachlos, das Kinn zitterte ihm.

Eschenbach fuhr nach Hause und hörte auf dem Anrufbeantworter ihre Stimme: Bitte. Ruf nicht mehr an. Ich will und ich kann nicht mehr. Verstehst du. Endgültig.

Zunächst war er noch gefasst, dann fraß sich etwas in ihn hinein, das ihn zaghaft machte, schließlich lähmte. Ihre strikte Weigerung, ihn zu treffen, und die Weigerung seines Bankberaters, ihm den so wichtigen Kredit zu geben, fielen auf den Tag genau zusammen. Wobei die beiden, die ihn aburteilten, unterschiedlicher nicht sein konnten, sie, Anna, und dieser schnöselige Berater der für ihn ausschlaggebenden Bank.

Dass er sich sagte, das sei ein Zufall, half ihm nicht, es war in diesem Moment eine kalkulierte Botschaft, ein Urteil, das ihn zurückstieß: Du nicht.

Gegen Mittag kam der Gerichtsvollzieher. Eine Frau,

gutaussehend und zuvorkommend, was ihm besonders peinlich war. Er konnte nicht einmal Aggressionen gegen sie entwickeln. Es war ihm peinlich, als sie ihm wie einem Analphabeten den Auftrag zur Vollstreckung vorlas. Er sah sie an, aus ihrem Gesicht sprach Mitgefühl, keine bürokratische Sachlichkeit. Sie war freundlich, vermutlich therapeutisch ausgebildet, so schien es ihm, als sie ihm sagte, es gebe immer einen neuen Anfang. Krisen haben immer etwas Positives, sie trennen Überflüssiges von Wichtigem. Gepfändet wurden sein Biedermeier-Sekretär, die Zeichnungen von Heckel, Kirchner und die Bilder von Grosz und Vladimir Lebedev. Haben Sie ein Auto?

Ja.

Er führte sie in die Garage hinunter.

Die Gerichtsvollzieherin sah den Saab und sagte, was für ein schönes Auto, ein Museumsstück. Rote Ledersitze. So gepflegt. Tut mir leid. Ich hatte auch mal einen Saab. Haben Sie nicht einen Freund, der Ihnen den Wagen ersteigern kann?

Vielleicht.

Sie klebte vorsichtig das Pfandsiegel auf das Zündschloss. Sagen Sie es dem Nachfolger, am besten mit etwas Benzin ablösen.

Er schämte sich vor dieser freundlichen Frau.

Er hatte sie zur Tür begleitet und sich mit einem Handschlag verabschiedet. Alles Gute hatte sie ihm gewünscht.

Er war durch den übergroßen Loft gegangen und hatte mit einem Tritt seine elfenbeinfarbene Bodenvase zerschmettert. Einen Augenblick lang glaubte er, sich damit von der Enttäuschung befreit zu haben. Aber dann sah er die herumliegenden Scherben und fand seine Wut peinlich. Er hörte nochmals ihre Nachricht auf dem Anrufbeantworter mit dem Endgültig an. Er löschte ihre Stimme. Danach trank er einen Whisky und legte sich aufs Bett. Das Telefon klingelte mehrmals und lange.

Am nächsten Morgen kam seine peruanische Putzfrau, die er, weil sie so finster blickte, den Leuchtenden Pfad nannte, sah ihn, wie sie ihn noch nie gesehen hatte, daliegen und fragte, ob er krank sei. Nein. Er schickte sie weg. Sie benachrichtigte Selma. Als es klingelte, ging er nach einem kurzen Zögern zur Tür, glaubte er doch, Anna könnte gekommen sein und das *Endgültig* wäre nicht endgültig. Er blickte durch den Spion und sah das grotesk verzerrte Gesicht von Selma. Er hörte sie rufen. Mach auf! Was ist?

Ich muss nachdenken.

Brauchst du Hilfe?

Ich brauche nichts.

Er schickte sie, ohne die Tür zu öffnen, fort.

Als die Rückzahlung des Kredits fällig wurde, als er zu der anderen Bank hätte gehen müssen, einer von den drei Banken, mit denen er zusammenarbeitete, zu einem letzten, einem allerletzten Versuch, das Unheil abzuwenden, da war er aufgestanden, hatte sich aber wieder hingelegt. Das Telefon klingelte. Er sah auf dem Display die Nummer jenes anderen Bankberaters, eines älteren freundlichen Mannes, den er seit Jahren kannte und der ihm nach langem Hin und Her vor drei

Wochen nochmals einen Kredit gewährt und dabei gesagt hatte, er überschreite damit seine Kompetenzen, verlasse sich aber nach der jahrelangen Zusammenarbeit auf Eschenbachs Zusage, in den nächsten drei Wochen das Geld zu überweisen.

Eschenbach nahm das Telefon nicht ab. Es klingelte lange, und er dachte, dass dieser Mann nun seinetwegen in Schwierigkeiten kommen würde.

Er hätte Ewald fragen können, denn der kannte die Banker persönlich, schließlich hatte er, wenn auch nicht als Bauträger – was für ein Wort –, Millionenprojekte in Arbeit. Aber Ewald verbot er sich selbstverständlich. Vielleicht hätte es noch Wege gegeben, aber der tiefer liegende Grund, so sagte er sich später nach eingehender Selbstbefragung, war nicht allein das Verlassenwerden, sondern dass er keine Lust mehr hatte. Ja, so einfach, so schlicht war die Antwort. Die Lust fehlte. Ihm war die Lust abhanden gekommen, oder genauer, er konnte nicht mehr sagen, warum er so wie bisher weiterarbeiten sollte.

Wenn er sich fragte, warum er früher Lust verspürt hatte aufzustehen, dann waren es diese Rituale: Kaffee zu trinken, sein Baguette mit der gesalzenen Butter aus der Bretagne zu bestreichen und darauf die Orangenmarmelade oder das Johannisbeergelee zu schmieren – was alle Frauen, mit denen er gefrühstückt hatte, seltsam fanden, zur salzigen Butter süße Marmelade zu essen –, um dann, wenn es regnete, hinunter in die Tiefgarage zu fahren, den Saab anzulassen, sich jedes Mal, wenn er ansprang, zu freuen – und wenn nicht, rief er ein Taxi und freute sich auch, konnte er sich doch endlich mal wieder die Hände schmutzig machen. Seiner Freude gab er mit einem Urschrei Ausdruck, von dem er behauptete, er sei, natürlich zarter, der seiner Geburt gewesen. So begann sein Arbeitstag, er fuhr ins Büro, stellte den Wagen an dem für ihn bestimmten Platz ab, nahm nicht den Fahrstuhl, federte die Treppe hoch, noch war niemand in dem großen Raum, noch waren die Monitore ausgeschaltet, er ging in sein Büro, fuhr seinen Rechner hoch, las die Mails, beantwortete Anfragen, seine strahlende Assistentin kam, er begrüßte sie, mit der er niemals zu schlafen versucht hatte, besprach Termine, die erste Konferenz, er telefonierte mit Kunden, gab Anweisungen, besprach Probleme, ja, er war süchtig nach Problemen, er liebte es, mit Leuten zusammenzusitzen, die ihn fragten, objektive Probleme, wie die gelöst werden könnten, unzufriedene Kunden, falsche Berechnungen, fehlgeleitete Bestellungen, er ging zum Essen, stets waren das Geschäftsgespräche, mit einem seiner Mitarbeiter, früher mit seinem Partner Fred, mit Kunden, Konkurrenten, nachmittags die Tageskonferenz, nochmals Durchsicht der Mailpost, die Assistentin sagte, mach heute Abend nicht so lange, ja, sie waren alle per Du, und nachts ging er zu Selma oder zu einem Geschäftsessen, und selten auf Betreiben Selmas ins Kino. Sein Lesen hatte sich auf den Screen reduziert. Nur hin und wieder las er spätabends noch in seinem Sessel, die Füße hochgelegt, die *Essais* von Montaigne. Nachts, im Sommer auf seiner Terrasse, noch ein Bier oder einen Whisky, das kühle Glas in der Hand, hörte er Gustav Mahler oder Ali Farka Touré oder Manu Katché, der Blick ging über den Zoo und zum Himmel, wo sich der leuchtende Mercedesstern auf dem Europa-Center langsam drehte und ihm das Gefühl gab, teilzuhaben an einer alles umfassenden Dynamik – es war die reine Lust.

Jetzt war sie, die Lust, verschwunden und mit ihr der Sinn, wie Wasser im Abflussloch der Badewanne, aus der es mit einer kreiselnden Bewegung verschwand. Er hatte sich gefragt, warum er das alles tat, hatte zum Europa-Center hinübergeblickt, diesem spießigen Sechzigerjahrebau mit dem sich monoton drehenden Mercedesstern auf dem Dach, und diese Drehbewegung versetzte ihn in eine Stimmung, die ihm einen faden Geschmack im Mund machte. Er holte sich ein Glas Whisky, und ihm kamen so alberne Einfälle wie Fischer zu werden, wieder Gedichte zu schreiben, eine lange Reise durch Südamerika zu machen. Was er schnell wieder verwarf. Der Wal hatte ihn ausgespuckt. Das war alles. Und zugleich ahnte er, dass auch sie, wenn er sie denn wiedergewönne, ja, es wäre ein Akt der Gnade, ihm nicht helfen könnte. Er genoss dieses Gefühl der Sinnentleerung. Er dachte genau dieses Wort: Sinnentleerung. Es würde ein anderes Wort mit sich bringen: die Suche.

Er war zu Hause, als die Firma, seine Firma, für die er allein haftete, bankrott ging. Es war, als sei das, was ihm die Kraft gab, zu handeln, zu entscheiden, das Ziel, überhaupt ein Ziel zu verfolgen, als sei diese Kraft abgeschaltet worden. Er war schwach, er wusste, er würde es nicht mehr schaffen. Er war nicht betrunken, konnte aber, als wäre er betrunken, keinen klaren Gedanken fassen. Er hatte das Gefühl, in sich abgestürzt zu sein. Ein Fall, kein Halt. Das Telefon klingelte. Auf dem Display sah er die Nummer Ewalds und hob nicht ab. Der Planer. Dieser hilflose Versuch, ihn von ihr und sich abzurücken. Aber selbst das genoss er, das Gefühl seiner Haltlosigkeit.

Er saß an seinem Schreibtisch, den er in dem hallenartigen Loft vor einer Wand stehen hatte, er mochte nicht mit einem ablenkenden Ausblick arbeiten, er saß verloren in sich und einer dumpfen Sprachlosigkeit. Durch den Kopf ging ihm dieses und jenes, aber so folgenlos, dass er manchmal lachen musste.

Es klingelte an der Wohnungstür. Er ließ es klingeln, auch als das einzelne Klingeln zu einem einzigen Klingelsturm anschwoll. Plötzliche Stille. Ein mächtiger Schlag an der Tür und noch ein Schlag, und noch ein Schlag, das Schloss splitterte aus dem Holz und Ewald kam ins Zimmer gestürmt, brüllte ihn, der sich gerade von seinem Drehsessel erheben wollte, an: Du Schwein, du machst mir meine Ehe nicht kaputt. Dabei stieß er ihn in den Sessel zurück. Die Frau gehört mir.

Oder hatte er gesagt, sie gehört zu mir, und seine Erinnerung wollte dem Planer nur diesen lächerlichen, primitiven Besitzanspruch andichten?

Du machst mir nicht die Familie kaputt, und dabei hatte Ewald ihn in dem Sessel mit den Rollen vor sich her gestoßen. Es war ihm schließlich mit einer Drehbewegung gelungen, aus dem Sessel aufzustehen, woraufhin der Planer ihn mit den Fäusten, mal die rechte, mal die linke, gegen die Brust stieß und er staunend feststellte, welche Kraft in diesem doch schlanken Mann steckte. Er hatte beim Zurückweichen immer wieder gesagt, lass uns reden. Er hatte gesagt, setz dich bitte, lass dir erklären, und spürte die Fäuste, die sein Hemd gepackt hatten und ihn hin und her schüttelten, du mieses Schwein, hörte er, du Drecksack, hörte er. Und weder Angst noch Wut kamen in ihm auf, nur Verwunderung, es war, als hätte ihm jemand befohlen, sich auf den Hergang zu konzentrieren und sich alles genau einzuprägen.

So wurde er durch seine eigene Wohnung gestoßen, gegen den Tisch, gegen die am Boden stehende große blaue Blumenvase, die umkippte, er stolperte über die Sonnenblumen, die verblüht waren, dachte, das Wasser läuft womöglich durch die Fugen in die darunterliegende Wohnung, dachte, jetzt ist die zweite Standvase kaputt, er wurde an die Wand gedrängt und hörte: du Drecksack, ich sollte dir die Fresse polieren. Weißt du, was du tust? Weißt du, was du uns antust? Den Kindern? Mir? Uns allen? Aber es war keine Frage. Es waren Feststellungen, gebrüllte Aussagesätze.

Er hörte sich selbst abermals sagen, hör zu, lass uns reden.

Da packte der Planer ihn erneut am Hemd und riss es – die Knöpfe spritzten herum – über der Brust entzwei. Merkwürdigerweise brachte dieses Zerreißen des Hemds den Planer zur Besinnung. Er sagte: Fick dich selbst. Wenn du kannst. Dann war er hinausgerannt.

Eschenbach war einen Moment benommen dagestanden, dann sah er die abgerissenen Hemdknöpfe am Boden herumliegen und begann, einer seltsamen Regung folgend, sie aufzusammeln. Und dachte über diesen Satz nach, dass er sich selbst ficken sollte. Was hatte das mit ihr zu tun? Das war doch der reine Blödsinn.

Erst später hatte er den Anrufbeantworter abgehört. Er hörte ihre Stimme, sie habe ihm alles gesagt. Ein Moment, da habe sie nicht mehr lügen können. Ich habe es gesagt, hörte er ihre Stimme. Ich musste einfach. Und hörte sie eine lange Zeit sprachlos weinen. Er lauschte diesem Weinen, als spräche sie mit ihm. Dann hatte sie, ohne noch etwas zu sagen, aufgelegt.

Da war Ewald längst aus der Wohnung gestürmt, hatte die Tür hinter sich zugeschlagen.
Das Schloss war herausgebrochen. Die Tür war nicht mehr abschließbar. Eschenbach fragte sich: Wie leicht muss es für die Staatsmacht sein, in Wohnungen einzudringen, wenn das Material derart brüchig ist.

Solange er in seiner Wohnung lag, solange er keine Anrufe annahm, nicht in die Mails schaute, auf das Klingeln an der Tür nicht reagierte, solange er nur hin- und herging, sich grünen Tee kochte, zum Zoo hinüberblickte, dem matten Brüllen der mit Beruhigungsmitteln sedierten Löwen lauschte, solange er sich also ruhig verhielt, schien die Katastrophe aufgehalten zu sein, nein, gar nicht stattgefunden zu haben. Er hatte das Gefühl, den Zusammenbruch einfach anzuhalten, nur durfte er nichts essen, nur durfte er nicht hinausgehen, nicht die Tür, die er mit einem Sessel und einem Stuhl verrammelt hatte, öffnen, keinen Anruf entgegennehmen. Drei Tage verharrte er so, ohne dass jemand versucht hätte, die nicht verschließbare Tür zu öffnen.

Er wusste, dass sein Büro bei Selma nachfragen würde, er wusste auch, was inzwischen geschehen war, die Firma, er, war zahlungsunfähig, die Mitarbeiter, einer dieser euphemistischen Begriffe, seine Angestellten gehen ins Büro, werden von der Buchhaltung hören, dass kein Geld mehr da ist, die Banken nicht zahlen wollen, dass die Firma geschlossen werde, dass sie kein Gehalt mehr bekämen. Die Konten waren leer und gesperrt.

Am zweiten Tag hatte er für einen Augenblick daran gedacht, sich von seiner Terrasse zu stürzen. Aber das war eher ein koketter Gedanke gewesen. Wahrscheinlich war sie für einen erfolgreichen Suizid nicht einmal hoch genug. Dann hatte er drei Gläser Whisky getrunken, nicht, wie er sich später eingestehen musste, um den Kummer zu betäuben, sondern weil es den Vorstellungen von einer solchen Situation entsprach.

Am vierten Tag stand er auf, rasierte sich, duschte, stellte sich auf die Waage, er hatte zwei Kilo verloren. Er zog sich an und ging hinaus. Vor der Wohnungstür standen zwei Flaschen Milch, von Selma hingestellt, die wusste, dass er Tee mit Milch trank. Ein kleiner Zettel mit einem roten Herz war an einer der Flaschen befestigt.

Am dritten Tag hatte sie es wohl aufgegeben, noch mehr Flaschen zu bringen. Aber es war eine Flaschenbotschaft, die ihn rührte. Er war einen Moment dem

Weinen nahe, nicht aus Selbstmitleid, sondern darüber, was er ihr angetan hatte. Den Schmerz, den er ihr zugefügt hatte. Er war für sie das Unglück geworden. Hatte ich eine Wahl, fragte er sich.

Nach der Auferstehung, am vierten Tag war er am Abend zu Selma in die Werkstatt gegangen und hatte sich wie immer ihr gegenüber an den Werktisch gesetzt und ihr erzählt, was gewesen war zwischen ihm und Anna. So wie sie saßen, war es wie früher, nur dass sie nicht arbeitete. Sie lauschte, als höre sie eine ferne traurige Melodie, ohne ihn anzusehen. Und als sie ihn ansah, Trauer in den Augen, und in ihrem alten Deutsch sagte, es reißt mir das Herz entzwei, da war es die Beschreibung dessen, was er in sich fühlte. Sie weinte mit kleinen Seufzern, wie Kinder weinen. Er hielt ihre Hände und saß und schüttelte immer wieder den Kopf, ratlos über sich und über das, was er hätte sagen können.

Als sie sich ein wenig gefasst hatte, sagte sie, alles an euch drängte zueinander, damals in der Galerie, mit den schrecklichen Leuten, ich habe es geahnt, ja, mein Herz wurde mir schwer, aber ich habe gehofft, es geht vorbei, sagte sie, die wieder weinte, auf eine ihn beschämende untröstliche Weise weinte, und später habe ich es gewusst, dass ihr zusammen wart, ich habe es einfach gespürt. Ich hoffte, du wirst mir wieder gut sein.

Und jetzt?

Später war es dieses Bild, das ihm immer wieder, wie auch jetzt, vor Augen kam und ihm für einen Moment den Atem nahm: Ihr stilles Weinen, in dem kein Vorwurf, nur Trauer war, und diese altertümliche Wendung: Du wirst mir wieder gut sein.

Und wenig später war sie Ewald gut.

Es war Zeit, ins Büro zu fahren und denen, die dort saßen und warteten, zu sagen, dass ihre Arbeit mit ihm zu Ende sei. Mit einigen der Softwareentwickler, Frauen und Männer, hatte er schon Jahre zusammengearbeitet, andere waren neu hinzugekommen, aber sie waren eine gut eingeübte Mannschaft, mit der man jederzeit um Kap Hoorn segeln konnte. So hatte es Eschenbach gesagt, als sie ihr Sommerfest auf einem Haveldampfer feierten. Mit Reden und der Taufe, der sich jeder der neu Hinzugekommenen auf der Havel unterziehen musste. Eine Jazzband spielte, alte Herren, die schon in der *Eierschale* aufgetreten waren, als Eschenbach noch Student war. Sie hatten viel getrunken, getanzt und auch gesungen. Selma tanzte mit einem jungen Entwickler.

Um die Entwickler musste er sich keine Gedanken machen, sie würden, wenn denn nicht die ganze Firma aufgekauft wurde, schnell einen neuen Job finden. Das galt auch für die beiden hier illegal lebenden russischen Mathematiker. Schwieriger war es für diejenigen, die er in dem Büro untergebracht hatte. Einen Chinesen, der als Fahrer arbeitete, die Putzkolonne aus Albanien.

Er kam ins Büro und sah in die Gesichter mit einem schüchtern fragenden oder fassungslosen Ausdruck, sagte, es tue ihm leid, er hätte sich früher fangen müssen, doch selbst dann, wenn er die letzten Tage auf der Brücke gestanden hätte, wäre der Konkurs nicht mehr zu verhindern gewesen. Das Schiff sei von auflandigem Wind auf die Klippen getrieben worden. Hinzu sei ein nautischer Fehler gekommen. Das Besteck sei fehlerhaft gewesen, vor allem aber, seine Berechnungen hätten nicht gestimmt.

Verwundert sahen sie ihn an. Ein Nervenzusammenbruch? Hatte er gekokst? Auflandiger Wind. Fehlerhaftes Besteck. Oder simulierte er?

Vierzig Frauen und Männer saßen in der Halle, in der vor dreißig Jahren noch Tuchbahnen zugeschnitten und Kittel genäht worden waren. Eine Fabrik für Arbeitsbekleidung. Der junge Mann aus China, den er auf Vermittlung von Ewald angestellt hatte, für Besorgungsfahrten, dessen Deutsch ganz gut, aber nicht so gut war, dass er ein metaphorisches Sprechen verstand, glaubte, ein Betriebsausflug auf einem Schiff stehe wieder bevor und gab zu bedenken, er könne nicht schwimmen.

Das Lachen aller brachte die Erlösung aus der Starre.

Die Insolvenz musste er nicht beantragen, das hatte schon das Finanzamt getan.

Es war ihm nicht mehr peinlich. Auch hier in der Hütte nicht. Peinigend war ein anderes Bild. Er hatte versucht, sie anzurufen. Er hatte auch Ewald angerufen. Der Anrufbeantworter war sowohl beim Festnetz als auch bei den Handys ausgeschaltet. Keine Stimmen, weder von Anna noch von Ewald, die von Nummer hinterlassen und Rückruf sprachen. Was bedeutete das? War Ewald verreist? Waren sie beide verreist? Versöhnung?

Nach einigen Tagen war er, um mit ihr zu reden, zu dem Gymnasium, an dem sie unterrichtete, gefahren und hatte dort wie ein Achtzehnjähriger auf sie gewartet. Es ist unwürdig, wie du dich benimmst, sagte er zu sich selbst. Und doch blieb er stehen. Nach einer geraumen Zeit kam sie mit einer Kollegin heraus, sagte, als er sie ansprach, mit Bestimmtheit: Nein. Bitte, lass mich.

Er hörte die Kollegin noch fragen: Was wollte denn der Typ?

Deren Stimme blieb ihm, wie das Gesicht, die Brille, die kurzgeschnittenen Haare, im Bewußtsein haften. Ein überschminkter schmaler Mund, aus dem die Frage kam: Was wollte denn der Typ?

Das hatte sich festgehakt – der Tonfall und das Bild.

Nach gut zwei Monaten auf der Insel hatte sich sein Zeit- und Ortsgefühl verändert. Das war, schien ihm, ein Aufstand der Vergangenheit, sie drängte sich in die Gegenwart. Wie gleichgültig das Zukünftige sich entzog. Hingegen waren die Himmelsrichtungen, auch wenn der Himmel völlig bedeckt war oder Regen fiel, in ihm, schufen ein Zeitgefühl, sodass er die Uhr ablegen konnte.

In der tiefen Dunkelheit lag er auf dem Bett und lauschte. Es war, als atme die Nacht, sacht, manchmal heftig, zuweilen ein Keuchen. Und hin und wieder ein Ächzen, als träume das Holz.

Er hatte keinen weiteren Versuch gemacht, sie zu treffen. Und sie begegneten sich auch nicht zufällig, wie früher einmal in einem Linienbus, ein paar Tage nach dem ersten Zusammensein, wie sie es später nannte. Sie war eingestiegen und auf ihn geprallt. Sie hatten sich einen Moment angesehen, überrascht, bestürzt, und ihm und ihr war keine der Floskeln, die solche Momente des Überraschtseins auffangen, eingefallen. Sie sahen sich an, und später sagte sie, es war ein Schreck. Ich weiß seitdem, was es heißt: Mir ist das Herz stehengeblieben.

Was ist es, was den Wunsch weckt?, fragte die Norne. In ihrem Gesicht war etwas Katzenhaftes. Genaugenommen dürfte sie nicht auf diese Insel kommen, dachte er.

Ein Bild, sagte er, das wir in uns tragen. Wir haben tief eingeprägt eine Idee vom anderen. Plötzlich begegnet uns jemand, und wir wissen, dieser Jemand ist unser Schicksal.

Schön, schön, sagte sie, wunderbar, das müssen wir zusammentragen, und zwar nicht umständlich im Suchen und Herumtappen, in der Hoffnung, den Richtigen irgendwann doch zu finden. Wir müssen es steuern. Das Internet ist die wunderbare Möglichkeit.

Nein, das darf ich als Fachmann sagen, es fehlt der Körper. Die Erscheinung, Geruch, Haut, der Blick. Sie kennen die Geschichte von Ingeborg Bachmann?

Nein.

Max Frisch hat sie erzählt. Die Bachmann trifft in Wien einen älteren Mann, wahrscheinlich Jude, den sie gesehen, aber nicht gesprochen hat. Sie verstanden einander in einem Blick, so schien es ihr, und sie floh wie vor einem Schicksal. Das genau, das ist es, was mich interessiert. Dieser Blick, diese Ahnung. Ich bin überzeugt, dass wir in unserer Seele einen besonderen Teil haben, der einem anderen vorbehalten ist. Dort sehen wir die Idee unserer anderen Hälfte, wir, die Unvollkommenen, suchen nach dem Vollkommenen im anderen. Äußerlich und seelisch. Lieben heißt, den anderen überbewerten. Die Liebe macht ihn und uns einzigartig. Das Abenteuer des Suchens: eine Selbstverpflichtung im Leben, die Ergänzung zu finden. Ich fange an zu predigen, dachte er, die Insel hier verführt dazu.

Aber das alles hört sich jetzt sehr, wie soll ich sagen, sehr defensiv aus Ihrem Mund an. Es gibt doch wunderbare neue Möglichkeiten, sich dem Glück systematisch zu nähern und nicht auf den Zufall an der Haltestelle oder im Zugabteil zu warten. Darum habe ich Sie an den Tisch der Erwählten geholt. Ihre Erfahrungen, junger Mann, brauchen wir, und Ihre Kenntnisse.

Er sagte nur, na ja, was heißt jung, wollte sagen, er werde bald vierundfünfzig, unterließ es aber, da sie hätte denken können, er wolle auf seinen Geburtstag hinweisen.

Das Netz macht eine neue Form der Wunscherfüllung möglich.

Das Wort Netz hatte in ihrem Mund etwas Frivoles. Er wusste nicht, wie er dieses philosophische Kaffeehaus-Colloquium in einer höflichen Form abbrechen konnte.

Die Anonymität, sagte sie, nimmt dramatisch zu. Das sind anthropologische Veränderungen, die uns bevorstehen. Ein Umbruch, in dem wir leben, vergleichbar nur dem Umbruch von der Maschinenzeit in die Zeit der Elektronik. Wir sind in der Zeit der Strahlung angekommen. Das hier soll Grundlagenforschung sein, wiederholte sie, für das, was auf uns zukommt.

Vier Leute habe sie für diese monumentale Arbeit vorgesehen. Er war einer von den vieren in Guinevras Tafelrunde.

Ob er nicht mit den anderen dreien sprechen könne.

Nicht jetzt. Es gelte, den unbeeinflussten Blick zu behalten.

An seinem Geburtstag wurde von einem Delikatessengeschäft ein großer Korb geliefert mit Gänseleber, Wildschweinsalami mit Trüffeln, Kaviar, eingelegten Wachteleiern und drei Flaschen Rotwein aus Burgund.

Als er sich bei dem nächsten Treffen bedankte und fragte, wie sie das Datum erfahren habe, sagte sie, ich weiß viel.

Er hatte sie später noch drei-, nein, viermal getroffen. Sie kam nach Berlin und wollte ihn sehen, wollte vom Fortgang seiner Interviews hören, vor allem, das war sein Eindruck, wollte sie ihm aus ihrem Leben erzählen, ihn für dieses Projekt begeistern.

Das Glück, sagte sie, man muss wissen, was man will, man muss es berechnen können, will man es erreichen. Einen Glücks-Algorithmus.

Nein, sagte er, das wäre die Kolonisierung der Zukunft.

Er hatte ihr von den Tannenmeisen erzählt. Die, wenn die Weibchen fremdgehen, ihre Schwanzfedern verlieren.
Die Vögel, sagte sie allen Ernstes, sind weit weg.
Eben darum. Sie sind uns wie die Fische fern und doch so nahe, da sie eine Stimme haben. Sie singen, das ist das Wunderbare. Sie und die säugenden Wale sind die Tiere, deren Stimme wir verstehen, ihren Gesang.
Aber die Vögel müssen singen. Es ist ein Zwang. Etwas Mechanisches.
Wer weiß, vielleicht gibt es Vögel, die verstummen, aus Kummer, so wie die Tannenmeisen ihre Schwanzfedern verlieren. Vielleicht erfreuen sich die Vögel an dem eigenen Gesang. Als Kind sei er überzeugt gewesen, dass die aufsteigenden Lerchen von ihrem Gesang beseelt waren.
Da sah ihn die Norne einen Moment kühl und fragend an, und er merkte, dass ihr die Frage durch den Kopf ging, ob dieser Mann nicht eine Fehlinvestition sei.
Er hatte daraufhin in ihr Apfelland einen Brief geschrieben und darin als Beleg für das, was er meinte, ein Zitat aus einem Interview mit Lévi-Strauss eingefügt:
Was ist der Mythos?
Wenn Sie die Frage einem amerikanischen Indianer stellen würden, würde er Ihnen wahrscheinlich antwor-

ten, dass es eine Geschichte sei aus der Zeit, bevor Menschen und Tiere getrennte Wesen wurden. Diese Definition scheint mir sehr tiefgründig zu sein. Denn trotz der Tinte, die von der jüdisch-christlichen Tradition zur Verschleierung dieses Tatbestandes vergossen wurde, ist keine Situation tragischer, verletzender für Herz und Geist als die einer Menschheit, die mit anderen lebenden Spezies zusammen existiert und mit ihnen die Freuden des Planeten teilt, ohne fähig zu sein, sich mit ihnen zu verständigen.

Bei dem nächsten Besuch in Berlin hatte die Norne – wieder mit dem Säckchen der durstlöschenden Maigold aus dem Garten der Hesperiden – auf seine Frage, was sie an einem Partner denn am meisten störe, Langeweile gesagt. Äußerliches spielt nicht die Rolle, gutes Aussehen, jedenfalls nicht bei Männern. Sicherlich im ersten Moment. Beim Entdecken. Aber das relativiert sich schnell. Auch die Glatze ist kein Handicap, wie die meisten Männer glauben. Viel Haar hilft keineswegs, wenn sich der Abend beim Gespräch hinschleppt. Tatsächlich wird die Qualität der Unterhaltung mit der des sexuellen Erlebens kurzgeschlossen. Übrigens auch das Essen. Hätten Sie meinen letzten Mann kennengelernt! Er war kahl, aber ein hinreißender Erzähler. Sehr klug, ein berühmter Physiker, und kochen konnte er auch. Übrigens, dieser Zusammenhang Erzählen, Lieben, Kochen, das ist in Feinuntersuchungen nachgewiesen, sagte die Norne, ein erstaunlich fester sozialer Klebstoff. Langeweile ist der flache Strand, auf dem alle Barken der Liebe stranden. Und sie sind, das ist eine Gewissheit, nie wieder flott zu kriegen.

Eschenbach hatte, was nie seine Absicht war, ihr Vertrauen gewonnen. Sie kam, um zu erzählen. Auch, um sich zu rechtfertigen.

All diese Anfeindungen, sagte sie, und Diffamierungen in den letzten Jahren. Tatsächlich sei sie schon 1935 im Widerstand gewesen.

Im Widerstand?

Ja, so fühlten wir uns im Kreis der Studenten. Wir sagten alles, was wir dachten.

Und später als Journalistin, beim Schreiben?

Sie habe sich immer der Wahrheit, soweit es irgend möglich war, verpflichtet gefühlt. Ihre Artikel hätten Goebbels auf sie aufmerksam werden lassen. Sie sei in das Propagandaministerium bestellt worden, dort habe man ihr eröffnet, er, der Herr Minister, genannt die Kaulquappe, weil, sie zögerte, nur Schwanz und Maul, wolle einen seiner drei Assistenten an die Front schicken und dafür sie als Assistentin einstellen, ja, das gute Aussehen kann zum Nachteil gereichen.

Gereichen ist gut.

Später hat auch Adenauer gesagt, er kenne niemanden, der so schöne Augen habe wie sie. Und im Propagandaministerium wusste man, wenn der geile Goebbels Assistentin sagte, was alles gemeint war.

Ablehnen?

Unmöglich. Ich stand unter schärfster Beobachtung, weil ich kritisch über die Unterbringung von Ostarbeiterinnen geschrieben hatte. Was tun? Einfach Nein sagen? Mein Körper rettete mich. Ich wurde krank. Fast ein halbes Jahr lag ich mit Gelbsucht, Scharlach, Diphtherie im Krankenhaus. Danach hatte mich Goebbels vergessen. Ich habe, wie so oft in meinem Leben, Glück gehabt. Ein Grundgefühl aus der Kindheit, beschützt zu sein.

Sie redete schnell, den Kopf vorgeschoben, und beendete brisante Aussagen mit dem Zeigen der oberen Zähne. Eschenbach war sich noch immer nicht sicher, ob es ein Gebiss war.

Selma kam oft in die Hütte, um ihm von einem Film zu erzählen, wie damals nach der Nachtvorstellung. Aufgewühlt das Haar, nass, es hatte geregnet, war sie in seine Wohnung gestürmt und hatte gesagt, wir müssen den Film unbedingt noch mal zusammen sehen, *Die süße Haut*. Sie setzte sich in ihrer türkischen Pumphose in seinen Lesesessel, noch ganz erfüllt von dem Film und mit glühenden Wangen wollte sie, wie jedes Mal, wenn sie ein Film begeistert hatte, die Handlung nacherzählen, auch noch dann, als er sagte, er habe den Film vor gut dreißig Jahren gesehen, fragte sie wie bei einer Prüfung nach der Handlung und da er nur sehr allgemein von Ehebruch und einer Tötung aus Eifersucht reden konnte, legte sie wieder los, erzählte von dem älteren verheirateten Schriftsteller, der eine junge Stewardess kennenlernt, sich verliebt, mit ihr nach Reims fährt, wo er einen Film in einem Kino einführen soll, über einen, wie heißt der, Gide?
Vielleicht.
Der Schriftsteller wird nach dem Vortrag aufgehalten, muss mit dem Veranstalter essen gehen, kommt

in dem Restaurant am Fenster zu sitzen und kann von dort beobachten, wie seine schöne junge Geliebte, die draußen auf ihn wartet und auf und ab geht, von Männern angesprochen wird, da die denken, sie sei eine Nutte.

Eschenbach schenkte ihr ein Glas Rotwein ein und hoffte, sie von der Handlungserzählung abzubringen, konnte sie aber, wollte er nicht einen ihrer Jähzornausbrüche provozieren, nicht bremsen. Er hatte schon als Jugendlicher darunter gelitten, wenn man ihm Filme nacherzählte. Und musste ausgerechnet Selma treffen, die es mit Inbrunst und in aller Ausführlichkeit tat. Sie griff oft erläuternd in die Handlung ein, liebte im Erzählen Vor- und korrigierende Rückgriffe.

Also die beiden, der Schriftsteller und die junge Frau, die Nicole heißt, die beiden gehen in ein kleines Landhotel und verbringen eine Nacht zusammen; und das ist so wunderbar, nichts wird gezeigt, keine Bettszene, kein Keuchen, sondern nur dieses Bild, morgens stellen sie das Frühstückstablett vor die Tür und eine Katze kommt, steigt vorsichtig über Teller und Tassen und leckt an der Milch und dem Honig. Ich will den Film nochmal mit dir sehen. Und auch den, wie heißt er noch, *Auf Liebe und Tod,* in dem Jean-Louis Trintignant im Keller versteckt sitzt und die Frau, Fanny Ardant, die in ihn verliebt ist, so wie ich in dich, die er aber noch gar nicht richtig als Frau gesehen hat, ihn dabei beobachtet, wie er aus einer Kellerluke hochblickt auf die Beine der Frauen, die vor dem Schaufenster stehen, und sie, die von seiner Unschuld überzeugt ist, sie geht hinaus und hinauf und aus dem Laden, und man sieht, also wir, die Zuschauer, sehen, wie sie vor dem Schaufenster für ihn, von dem sie weiß, dass er unten sitzt und hochblickt, einmal hin- und hergeht.

Und ich, sagte Eschenbach, sehe nur eine pluderige Hose.

Da stand sie auf und streifte sich die Hose, die nicht geknöpft, nicht gegürtet war, sondern durch einen Gummizug gehalten wurde, herunter, stieg aus dem Stoffgeringel am Boden aus und stellte sich vor ihn hin.

Zufrieden?

Dieses Bild: Wie am Morgen die Katze, vorsichtig die Pfoten aufs Tablett setzend, an der Milch und dem Honigtopf leckt.

Am Nachmittag war er hinausgegangen und hatte ein paar Knüppel und Rundhölzer, die getrocknet unter der Hütte lagen, herausgeholt, auf den Block gelegt und angefangen, sie in handliche Stücke zu zersägen. Einige Scheite hackte er danach klein. Das Holz trug er in die Hütte, beschickte den Ofen mit Zeitungspapier und trockenem Gezweig und zündete es mit einem Fidibus an.

Danach ging er hinaus auf die Plattform und suchte im Abendlicht, die tiefstehende Sonne war im Westen von einer Wolkenbank verdeckt, mit dem Fernglas die Insel ab. Blickte hinüber zur Insel Neuwerk, von wo sie morgen mit dem Pferdewagen kommen würde.

Dieser eigentümliche Ruf der Sumpfohreulen. Als er im März auf die Insel gekommen war, hatte er das Glück gehabt, in den folgenden Wochen ein Paar in der Balzzeit beobachten zu können. Eschenbach hörte hoch oben in der Luft ein merkwürdiges Klatschen. Eine Eule, die ihre Flügel zusammenschlug und regelrecht herunterfiel, dann in einen Schaukelflug überging und über der Stelle, die sie als Nistplatz ausgemacht hatte, langsam zu Boden trudelte. Durch Revierrufe bezeichnete sie den Ort, wo sich das Weibchen dann ebenfalls niederließ. Geradezu galant übergab das Männchen eine geschlagene Wühlmaus, ein Hochzeitsgeschenk. Das wiederholte sich mehrmals und führte schließlich – Eschenbach beobachtete geduldig und dachte an den Satz des Freundes: Jeder Ornithologe ist ein Voyeur – zur Kopulation. Das alles fand am Boden statt. Später, die Jungen waren geschlüpft und flügge, konnte Eschenbach beobachten, wie die Eltern mit den Jungen auf Beutebeobachtung in der Luft waren. Ein Rütteln und dann kippten sie hinunter, griffen die Maus.

Er stand eine Weile und sah auf die Wolkenbank im Westen, durch deren Lücken jetzt einige scharf umrissene Strahlen schräg aufs Meer fielen.

Er hatte sich für seine Recherche bei einer Partnerschaftsvermittlung angemeldet, eine exklusive, für Akademiker. 50000 Mitglieder waren wöchentlich aktiv. 49,90 Euro, 6 Monate Laufzeit. Die Kosten übernahm selbstverständlich das Institut der Norne. Technisch gesehen basiert es auf dem bewährten Prinzip des bekannten *Mutterportals*. Auch TÜV-geprüft. Gab es inzwischen beim TÜV eine Abteilung, die zuständig war für die Selbstbeschreibung der Kontaktsuchenden im Internet? Ein TÜV für das Eheglück? Ein Algorithmus sucht dann nach dem passenden Partner. Werden die so zusammengestellten Ehen glücklicher? Halten sie länger?

Die Norne sagte, ja. Natürlich. Und wir werden es noch verfeinern. Das jetzige Zeug ist nichts.

Doch, sagte Eschenbach, ein florierendes Geschäft.

Neben den gediegenen gab es Partnerbörsen für den gepflegten Seitensprung, für Gruppensex, für Hardcore-Sex. *Der Mutige probiert es und findet schnell Gefallen*, so der Werbeslogan.

Dem Freund sagte er in einem der nächtlichen Telefonate, nachdem er Pornos im Internet studiert hatte, ich habe mir die Gesichter der Frauen angesehen, und in drei, vier Fällen, sie standen gerade auf den nächsten Penis wartend herum oder waren kurzzeitig im Dreier unbeschäftigt, war im Gesicht der einen oder anderen Ge- und Überschminkten für einen Moment so etwas wie Trauer zu sehen. Die anderen machten ihr, ja, wie sagt man, Ding. Alles keimfrei.

Hochglanzwünsche. Ein fehlerhaftes Detail und die Libido – perdu. Auf gut Deutsch gesagt, und er sprach absichtlich mit einem starken englischen Akzent: Die Männer kriegen keinen mehr hoch, und die Frauen sind trocken wie die Wüste Gobi. Aber für beides gibt es wiederum die Physik und die Chemie, Gleitcremes und Erektionshilfen. Ein expandierender Markt.

Zwei Wochen nach seinem Überfall war Ewald wieder zu ihm gekommen. Er entschuldigte sich, sagte, ich war von Sinnen, sagte, ich wusste nicht ein noch aus, sagte, ich war verzweifelt. Er hatte eine Flasche Whisky mitgebracht, etwas Exquisites, das war seine Art, er schenkte mit offener Hand, wie Anna das genannt hatte, das, was sie an ihm schätzte, seine Großzügigkeit. Er sagte, wir sind beide verlassen worden. Und mit einem kleinen bitteren Lachen: Wir sind Brüder im Schmerz, und nach einem langen Schweigen: Ich werde um die Kinder kämpfen. Ja, ich werde um die Kinder kämpfen.

Wo ist sie, wagte Eschenbach zu fragen.

Weg. Zu ihrem Bruder. Nach New York.

Und die Kinder?

Hat sie mitgenommen. Nein. Ich werde das nicht zulassen. Ich werde kämpfen, wiederholte er mit starrem Blick.

Sie saßen eine Zeitlang, tranken und schwiegen. Aus der Ferne war das Sirenengeheul eines Unfallwagens zu hören. Und Eschenbach dachte, um wie viel melodischer die amerikanischen Signale sind, die sie jetzt wahrscheinlich hören wird. Nach einer kurzen Pause, in der nur ein Grummeln von ihm kam, sagte Ewald, entschuldige, stand auf und ging aus der Tür ohne Schloss hinaus. Kam nochmals zurück, sagte, lass bitte mich die Reparatur der Tür zahlen, und verschwand.

Zumindest dieses Glück hatte er in seinem wirtschaftlichen Absturz, auch die Anwältin für Insolvenzrecht war eine taktvoll freundliche Frau, die eine solide Zukunftsfreude ausstrahlte. Sie müssen einen Antrag stellen. Es gibt einen Formularzwang. Sonst bekommen Sie keine Restschuldbefreiung. Wir können unter Umständen die Firma wieder neu aufstellen. Wir müssen versuchen, einen Investor zu finden. Ich kümmere mich um die Banken.

Aber Eschenbach wollte nicht. Er war keineswegs bockig, er hatte, so einfach hätte er es auch ihr sagen können, keine Lust mehr.

Wenig später musste Eschenbach aus der Wohnung ausziehen. Sie wurde verkauft. Der Erlös, gut eineinhalb Millionen Euro, floss der Insolvenzmasse zu. Was ihm verblieb, passte in den Kleintransporter, den er sich gemietet hatte und auch selber fuhr: Küchentisch, Stühle, sein Lesesessel, seine Schreibtischplatte, die beiden Holzböcke, drei Jacken, ein Paar Hemden, Schuhe, Unterwäsche, Bettwäsche. Ewald, den er seit dem Einbruch in seine Wohnung auch für sich wieder Ewald nannte, wollte ihm beim Hinunter- und Hinauftragen helfen.

Zuerst glaubte er, dessen Genugtuung zu spüren, dass er, der die Lust genossen, das Leid ausgelöst hatte, nun am Boden lag. Wenn es eine ausgleichende Gerechtigkeit gab, dann hatte sie hier gewirkt. Er war pleite, erledigt bis zum Tag der Erlösung, der war hienieden die Entschuldung. Gut, sagte er sich, das dauert heutzutage nicht mehr ewig. Bei Eigenantrag sechs Jahre. Man musste sich nicht mehr erschießen. Man könnte wieder von vorn beginnen.

Er aber wollte nicht mehr von vorn beginnen.

All das, was Eschenbach gesammelt und zusammengetragen hatte, seine Seladon-Vasen, seine Zeichnungen von Dix und Grosz, von Heckel, Kirchner, Schmidt-Rottluff, die Originalfotografien von Cartier Bresson, von Lee Miller, Margaret Bourke-White, war entweder schon gepfändet oder später von der Insolvenz erfasst worden. Allerdings hatte Eschenbach rechtzeitig die Ming-Vase, die ihm Selma in guten Tagen geschenkt hatte, zum Bahnhof getragen und in ein Schließfach eingeschlossen und sie so den Listen entzogen, in denen alles erfasst wurde. Seine Sammlung der Netsuke und die Ledersessel und das Sofa, einst von Le Corbusier entworfen, optisch so gelungen wie unbequem, waren zur Versteigerung angezeigt worden. Er war durch den großen, nach drei Seiten offenen Raum gegangen, mit der nach Südosten weisenden Terrasse. Noch waren all die vertrauten Gegenstände vorhanden und doch für ihn schon nicht mehr da, sie waren in den Limbus der Insolvenzverwaltung gerückt. Er setzte sich noch einmal in seinen Lesesessel. Das Modell eines Schweizer Designers. Verchromte Stahlrohre, die Sitzfläche, die Rückenlehne aus Leder, alles knapp und funktional, aber, im Gegensatz zu den Sesselwürfeln von Le Corbusier, wundersam bequem. Auf einen ebenso schlichten Hocker legte er die Füße und las in sich versunken. Er saß und dachte, recht so, du hast verloren Land und Liebe, und er grübelte, woher das Zitat kam. Zugleich war diese unglaubliche Erleichterung zu spüren, die Last der Verantwortung, die ruhelosen Überlegungen der letzten Wochen, wie der Zusammenbruch abzuwehren sei, all das fiel von ihm ab.

Er dachte, ich bin jetzt mit den Empfängern der Wohlfahrt auf einer Stufe. Genaugenommen noch darunter, denn jede Möglichkeit, etwas Geld zu verdienen und sich so etwas leisten zu können, und sei es nur ein guter Wein oder eine Reise, war erst mal ausgeschlossen. Es sei denn, er arbeitete schwarz, wozu er fest entschlossen war.

Er entsann sich seines Großvaters, der ihn, als er an dessen Hand über die Spitalgasse gegangen war, auf einen Mann hingewiesen hatte, ein großer, vierschrötiger Mann in einem grauen Paletot, schau dir das an, hatte der Großvater gesagt, der Mann ist mit seiner Reederei bankrott gegangen und raucht auf offener Straße eine Zigarre. Wie schamlos! Das Wort *bankrott* hatte sich für ihn für immer mit dem Zigarrenrauch verbunden, woran er, sah er den Rauch aufsteigen, genussvoll dachte.

Die Gegenstände, die ihm blieben, Stühle, ein Küchentisch, Geschirr und Töpfe, stellte er zusammen. Und dann nahm er doch seinen Lesesessel mit. Er schrieb einen Zettel, den Sessel brauche er wegen eines Rückenleidens, ein Attest könne er, wenn gewünscht, beibringen. Zurück ließ er die Kücheneinrichtung, die elektronisch gesteuerten Heizplatten, Bratröhre, Grill und den ständig bereiten integrierten Kaffeeautomaten, aus dem die verschiedenen Sorten von Espresso und Cappuccino durch Knopfdruck abrufbar waren. Gut, dachte er, ich werde den Untersatz einer Espressokanne mit Wasser füllen, sodann Kaffeepulver in den Einsatz schütten, die Kanne auf die Herdplatte stellen und warten, bis es zischt. Und er nahm sich vor, diese erzwungene Einfachheit willkommen zu heißen.

Der ausgeliehene Kleintransporter stand vor dem Haus. Eschenbach saß auf der Terrasse, die Sonne schien, die stimmgewaltige Amsel, die er Callas getauft hatte, saß auf dem Geländer der Terrasse und sang, wie er sich sagte, zum Abschied. Nie hatte er sie auf der Terrasse sitzen sehen, oft in der Kastanie, meist auf dem gegenüberliegenden Dach.

Er wartete auf Ewald. Brüder im Schmerz. Oh je. Gemeinsam trugen sie die wenigen Dinge, die unpfändbar waren (auch eine Milchkuh hätte er behalten dürfen), hinunter. Sie fuhren in das Viertel, in dem er eine Zweizimmerwohnung gemietet hatte, genau genommen nur eine Eineinhalbzimmerwohnung im vierten Stock. Immerhin hatten die Zimmer einen Fußboden aus Kieferbohlen. Aber noch wichtiger, die Fenster zeigten nach Südwesten, sodass die beiden Räume, schien die Sonne, hell waren. Rundum der Blick in die Fenster der gegenüberliegenden Häuser, die, mit einer Ausnahme, dort wohnte eine alte Frau, keine Gardinen hatten. Ein quadratischer Hof, asphaltiert, kein Busch und nur ein Baum, eine Platane, acht Abfallcontainer, gelbe, grüne, graue. Und am Morgen kein Ruf des Löwen.

Dafür hast du einen wunderbaren Blick ins pralle Leben.

Wir können ja tauschen.

Aber da lachte Ewald nur.

Sie saßen zusammen bei einer Flasche, die er rechtzeitig beiseitegeschafft hatte aus seinem Rotweinbestand, der ebenfalls gepfändet worden war, und tranken auf die Zukunft.

Und Anna?

Sie ist geflohen.

Ich bin der Ausgestoßene, sagte Eschenbach betont munter, der Homo sacer, jedenfalls was diese Wirtschaft angeht. Konnte, frage ich mich, in der DDR überhaupt jemand pleitegehen?

Wir sind die Verlassenen, murmelte Ewald, der nicht zugehört hatte. Kannst du mir sagen, was sie bewogen hat, mit dir, er stockte, und das Wort Bett lag ihm auf der Zunge, aber er drückte es dann so aus: etwas anzufangen?

Und als Eschenbach einfach schwieg, eine lange Zeit, und ihn nur ansah und seine Trauer und Hilflosigkeit bemerkte, nannte er ihn beim Namen: Ewald, das ist eine dumme Frage.

Und Ewald nickte.

Ab sofort mit dem Bus und der U-Bahn zu fahren, störte Eschenbach nicht, aber dass sein alter roter Saab mit Weißwandreifen, den er seit seiner Studentenzeit immer wieder repariert und aufgeputzt hatte, ihm genommen werden sollte, erweckte Zorn in ihm, ja Hass auf den Käufer. Ein Sammler von Oldtimern war bald gekommen. Der Mann ging um den roten Saab mit einem Blick, als sähe er einer Frau, die sich gerade bückt, auf den Hintern.

Kurz darauf rief ihn Ewald an. Selma habe ihm gesagt, wie hart es ihn ankomme, dass der Wagen verkauft werde. Ewald bot ihm an, den Saab zu kaufen und ihm dann zu überlassen.

Eschenbach hatte abgelehnt. Es wäre ein Geschenk gewesen, das er durch kein Geschenk hätte erwidern können. Eine Geste, die Hilfsbereitschaft, tatsächlich aber nur die Ungleichheit aufscheinen ließ. Die Annahme des Geschenks wäre einer Unterwerfung gleichgekommen. Allein das Angebot war eine Beleidigung. Vielleicht, ja wahrscheinlich sogar, hatte sich Ewald gedacht, er tue etwas Gutes, ohne das Erniedrigende in seinem Angebot zu sehen. Eschenbach hatte Nein gesagt und gedacht, ich hätte ihm als orientalische Gegengabe allenfalls Selma schenken können.

Aber Selma hatte sich zu jenem Zeitpunkt, ohne dass er davon wusste, Ewald schon selbst geschenkt.

Drei Wochen nach dem Gewölbesturz erzählte sie ihm, sie habe mit Ewald geschlafen. Zuvor hatte sie den Schamanen getroffen.

Ich war zu Boden geschlagen. Alles machte mich stumm. Das Zimmer drückte mich. Ich habe ihn angerufen, und Harald kam. Und hörte zu. Er sagte nichts, saß auf dem Teppich mit gekreuzten Beinen und hörte mir zu. Ich habe geweint und mein Herz ausgeschüttet. Wie sehr enttäuscht ich war, von dir, über dein Schweigen, über dein Verschweigen. Ich habe geglaubt, ich weiß alles von dir, und plötzlich hört man von einer anderen Frau. Ja, ich hatte es gespürt, aber ich dachte, du bist mir nah, ganz vertraut, innen und außen. Und dann ist da dieses fremde Leben, das sich innen und außen ausgebreitet hat. Das ist, sagte sie in diesem ostdeutsch-polnischen Tonfall, mein großes Herzeleid.

Eschenbach küsste ihre Hände.

Eine Woche später hatte sie Ewald getroffen. Nein, sie sagte nicht, ich habe mit ihm geschlafen, sie sagte, sie sei ihm gut gewesen. Diese Verkleinerungen, dieses Erträglichmachen, dieses geruchlose Gutgewesensein. Nichts von Schweiß, Stammeln, Keuchen, dem Geruch von Sperma.

Selma hatte sich mit Ewald verabredet. Sie wollte ihn fragen, was zu tun sei, um ihm, Eschenbach, der in finanzielle Not geraten war, helfen zu können. Was sie in dem Moment nicht wissen konnte, war, dass Anna Ewald verlassen hatte. Ewald und sie waren die Zurückgebliebenen.

Es muss eine Szene wie bei Goldoni gewesen sein, sagte er später dem englischen Freund. Alle litten, litten aneinander, ein eng verschlungenes, tiefes Leid. Tritt man jedoch einen Schritt zurück, scheint die Komik der Verwicklung auf, natürlich konnte keiner von uns lachen.

Selma erzählte Eschenbach, wie sie und Ewald sich zum Essen in einem Restaurant verabredet hatten. Und er von Annas Entschluss erzählte, ihn zu verlassen, mit den Kindern nach Amerika zu ihrem Bruder zu gehen. Ich war wie vom Donner gerührt. Und Ewald, dieser doch sonst so gefasste Mann, fing plötzlich vor all den Gästen an zu weinen, still, er wischte sich die Tränen mit der Serviette ab, schüttelte unentwegt den Kopf. Ein einziges gestisches Nein. Ihr sei das keineswegs peinlich gewesen, im Gegenteil, sie fand das mutig, sie habe seine Hand genommen, gedrückt, bis er sich wieder gefangen hatte. Und das habe auch ihr geholfen, sich zu fassen.

Sie hatten sich dann beide gefragt, wie es sein konnte, dass sie vorher nichts gemerkt haben. Sie immerhin hatte eine Ahnung, aber Ewald?

Nein.

Damals, in der Galerie?

Nein.

Ewald sei über seiner eigenen Erzählung ein wenig zur Ruhe gekommen. Aber diese Ruhe habe seinen Kummer noch spürbarer gemacht. Und der sei, wie sie Eschenbach versicherte, maßlos gewesen. Diese unfassliche Hilfsbedürftigkeit Ewalds, der ja nicht nur die Frau, sondern auch die Kinder verloren hatte, der wirklich verlassen worden war, hatte sie als nicht ausgesprochenen Appell verstanden, als Wunsch nach Nähe, nach Geborgenheit, wie ein Kind, das hatte sie gerührt.

Ewald hatte sie gefragt, wie deutlich ihre Ahnung denn gewesen sei. Sie sagte, sie habe die Schwingungen zwischen den beiden gespürt, ja, da war etwas, aber das sei ja nicht verboten. Ich mochte ja auch ihn, Ewald. Selma dachte nach, aber, nein, eure Blicke, als wir an dem Tisch saßen, die sprachen.

An welchem Tisch, fragte Eschenbach.

Damals die Einladung bei dem Galeristen. Anna saß dir gegenüber, und du hast ihr das Salzfass gegeben. Eure Hände haben sich berührt. Anna sei derart von ihrer Umgebung abgelenkt gewesen, dass sie ihr Glas Rotwein auf einem Messer abgestellt und beinahe umgeworfen habe. Selma sah Eschenbach an: Ihr beide tränktet zueinander.
Wieso tränktet?
Drängtet.
Und weiter?
Sie sagte, Ewald habe in dem Restaurant seine Hand auf die ihre gelegt, die immer noch seine drückte. So war es gekommen.
Was?
Ich war Ewald gut.

Eschenbach hatte die selbst so oft erlebte und bis in die Einzelheiten vorstellbare Szene vor Augen, nur saß jetzt nicht er, und das schmerzte, sondern Ewald bei Selma in der Werkstatt, sie arbeitete, feilte, hämmerte, blies die Backen auf für das Lötfeuer, um der Propangasflamme Sauerstoff zuzuführen, damit sie spitzer und feiner werde, spendete Trost, indem sie einfach zuhörte oder auch ihn, Eschenbach, bestätigend einen Mistkerl nannte, einen Heuchler, Lügner, wie sie auf ihrem mit Kissen aufgepolsterten Futon saßen, den Rotwein, den er mitgebracht hatte, tranken, und dann war es ein Kopfneigen zueinander, ein Abstellen der Weingläser – sie küssten sich, sie ließ sich zurückfallen, dieses Selma-Zurückfallen, das eine einzige Hingabe war, hatte vor Augen, wie er ihr oder sie sich die Pluderhose auszog, genau diese Vorstellung, wie er erst die Schuhe und dann immer mehr auszog, um endlich in ihrer schmiegsamen festen Fülle Ruhe zu finden.

Selma war ihm gut.

Eschenbach versuchte, dieses Bild, um es von sich abzurücken, mit komischen Details anzureichern, was ihm nicht gelingen wollte, es war immer diese traurige Sicht des Außenstehenden auf zwei unglücklich glückliche Menschen.

In sentimentalen Momenten sagte er sich, ich habe mich selbst aus dem Paradies vertrieben. Er hatte das auch dem Freund gesagt.

Ach herrje. Das Paradies. Gibt's das?

Ja doch. Hin und wieder, für kurze Augenblicke.

Gut, dann such dir ein neues. Mach einen Abstecher nach Paris. Du kannst bei mir wohnen. Wir gehen zu dem geilen Fuchs essen.

Kann ich nicht. Hab einen Termin. Ich redigiere einen Reiseführer über Kuba. Was sagt man zu so einem Satz: Die besten Zigarren, die Cohiba, werden an den Schenkeln junger Frauen gerollt?

Man weiß, woran der deutsche Mann denkt, wenn er Kuba hört.

Das Fürchterliche ist, hatte Ewald, als sie wieder miteinander redeten, zu Eschenbach gesagt, ich habe nichts gemerkt, nicht einmal etwas geahnt.

Und dann sagte er abermals: Ich kaufe deinen Saab. Du hütest ihn. Freie Verfügungsgewalt. Auch die Versicherung zahle ich. Bitte. Vollkasko.

Sehr nett von dir, aber ich habe keine Garage mehr.
Stell ihn auf die Straße. Warum lachst du?, fragte Ewald.
Zwecklos, dieses Rot schreit doch nach einer Lunte, muss abgefackelt werden. Der neue Besitzer hat in Kreuzberg eine alte Fabrikhalle, in der steht seine Sammlung: dreiundzwanzig Oldtimer. Dahin gehört der Wagen, und der wird jetzt dreimal im Jahr zu irgendeinem idiotischen Oldtimer-Treffen an die frische Luft geführt.

Nie wieder hatten sie sich, nachdem alles offenbar geworden war, zu viert getroffen. Es war Selma, die zu bedenken gegeben hatte, ob man das Verschwiegene nicht ins Offene bringen könne, ob das, was zuvor möglich gewesen war, nicht auch mit dem Wissen aller möglich sei.

Selma wird, so stellte es sich Eschenbach vor, Ewald in einem nächtlichen Gespräch gefragt haben, ob das jetzige unglückliche Getrenntsein aller nicht durch ein Zusammenleben, das jedem seinen bisherigen Ort belasse, überwunden werden könnte.

Er müsse nachdenken, hatte Ewald gesagt, und sie sagte, ihr Eindruck sei, dass er wegen Anna und vor allem wegen der Kinder zustimmen werde.

Und er, Eschenbach?

Eschenbach hatte nach kurzem Nachdenken gesagt, es liegt etwas Maßloses darin, aber ja, ich will tatsächlich deine Nähe und die Nähe Annas. Vielleicht ist unser Denken einfach zu stark von Erziehung, Finanzamt und Kirche bestimmt, von der Vorstellung der Ehe als

Institution der Ausschließlichkeit. Aber die hat sich nun einmal in die Gefühle wie hartes Sediment eingelagert.

Sonderbar genug, dachte er für sich, dass für mich das Wissen, sie mit Ewald heimlich zu teilen, ein anderes ist, als sich nach einem Treffen zu verabschieden, beiden gute Nacht zu sagen und damit in das Teilen einzustimmen und sie in seinem Bett zu wissen.

Und überhaupt, hatte er zu Selma gesagt, wie soll das im Alltag gehen?

Ich weiß nicht, aber das wird sich finden. Es wäre ein Versuch.

Zu dem Versuch sollte es nicht kommen. Anna lehnte strikt ab.

Anna hatte sich, was Eschenbach erst später erfuhr, nach ihrer kurzzeitigen Rückkehr nach Berlin, um alles Notwendige für eine Übersiedlung in die USA zu ordnen, mit Selma getroffen.

Wir haben uns alles vom Herzen geredet. Wir haben beide geweint. Der Kummer war groß. Meiner anders als der ihre, wie du dir vorstellen kannst, sie, die so viele Menschen, die sie liebt, verletzt zu haben glaubt.

Glaubt ist gut.

Das ist das Gift der Liebe. So hat sie es gesagt und von den Kindern gesprochen, die unter der Trennung von Ewald leiden. Da habe ich sie gefragt. Aber es war für Anna nicht denkbar. Es sei eine mutige Vorstellung, aber ihr fehle der Mut. Sie habe nicht die Kraft dazu.

Und du, hatte Eschenbach gefragt, was denkst du, mal abgesehen davon, dass du in deiner schönen Harmoniesucht alles ins Gleichgewicht bringen willst?

Ja, sagte sie, es ist vorstellbar, und wenn ich ehrlich bin, durchaus mit Lust.

Die Welt ist aus den Fugen, sagte Ewald.

Aber das war sie schon immer. Die Welt ist unheilig, das ist alles. Das ist tief traurig. Aber es macht uns frei.

Im Juli war es ungewöhnlich heiß geworden. Fast zwei Wochen, in denen kein Regen fiel. Jessen musste ihm zweimal in Kanistern Trinkwasser bringen. Eschenbach verrichtete seine Arbeit und verbrachte die Tage, da die Hitze in der Hütte unerträglich war, im Schatten des Podiums unter der Hütte. Hin und wieder schwamm er, genoss die Kühle und legte sich kurz an den Strand. Sacht, als atme er, ging der Wind. Dann brach sich wie mit einem Flüstern eine kleine Welle. Das Licht sprühte auf dem Wasser, und über den Dünen zitterte die Luft.

Die Abende brachten ein wenig Kühlung. Nachts lag er im Freien, über sich den bestirnten Himmel. Ein, zwei Mal lag ein fernes Wetterleuchten über dem Meer. Aber erst nach zehn Tagen zog ein Gewitter auf, und mit den ersten Sturmböen wirbelten auf den Dünen Sandfahnen hoch, die Brandung rollte und die Gischt wurde über den Sand getragen, bis jäh der Regen einsetzte, ein breiter graugrüner Vorhang, der den Himmel zuzog.

Ewald hatte sich um ihn bemüht. Er kam stets unangekündigt in die kleine Wohnung in Neukölln, stellte seine blau-irisierende Harley-Davidson gegenüber ab, wo ein kleines türkisches Bordell war. Der sicherste Ort in der Gegend, weil jeder der Zündler, die in der Stadt herumliefen, glauben musste, die Maschine gehöre einem türkischen Zuhälter. Und mit denen war, wie jeder wusste, nicht gut Kirschen essen. Er klingelte zwei Mal, kündigte damit sein Kommen an, stellte sich so, dass Eschenbach ihn nicht durch den Spion sehen konnte, spazierte herein und brachte ihm eine Flasche Wein, eine kleine Blechkiste bretonischer Kekse mit, von denen er wusste, dass Eschenbach sie mochte, richtete von Selma Grüße aus und unterbreitete ihm Vorschläge, wie und wo er mit seinen Kenntnissen wieder ins Software-Geschäft einsteigen könne. Du baust eine neue Firma auf. Du hast es doch bewiesen. Du kannst das. Zahlst die Schulden ab. Du hast Erfolg gehabt. Das öffnet dir doch Tür und Tor.

So ist das mit Tür und Tor.

Einmal war er ausfallend geworden. Als Ewald wieder mit dem Erfolg kam, da sagte er, leck mich mit deinem Erfolg.

Ewald sagte nur ja, ja und lächelte mild und verständnisvoll, er ließ sich nicht beleidigen. Es war, als hätte er sich psychologisch beraten lassen oder als wolle er seinen damaligen Einbruch, den er witzelnd mein *Gate-Crashing* nannte, ungeschehen machen. Aber es war spürbar, dass dieser Einbruch nicht in sein Bild von sich passte. Dass er ihn durch Verniedlichung erträglich und schließlich vergessen machen wollte, jedenfalls so vergessen, dass ihn kein Schamgefühl mehr überkam, wenn er daran erinnert wurde.

Er hätte den Planer rausschmeißen, er hätte den Kontakt abbrechen können, es war nicht die Einsicht, sich erwachsen verhalten zu müssen, die ihn daran hinderte, das war ihm egal, es war, wenn er sich selbst befragte, die Hoffnung, sie wiederzusehen. Denn tatsächlich hielt sie wegen der Kinder den Kontakt zu Ewald.

Darunter litt Ewald, das sei das Schlimmste, sagte er, das plötzliche Fehlen der Kinder. Ich war ja oft unterwegs, aber was war das für ein wunderbares Gefühl von Zuhausesein, die Kinder zu sehen, mit ihnen zu spielen, vorzulesen, das gemeinsame Essen. Ich sehe sie, aber viel zu selten. Aber darum mit Anna einen Rosenkrieg führen? Sie hat sie entführt, weit weg, dieser Schmerz, er stockte, sagte, verzeih, aber ohne Selmas Hilfe hätte ich das nicht durchgestanden.

Da ist nichts zu verzeihen, sagte Eschenbach, es ist, wie es ist.

Sie hatten sich dann doch nochmals getroffen. Es war ihr Vorschlag gewesen. Sie hatte darauf bestanden, sich nicht in *ihrer* Bar zu treffen, sondern in einem der widerlichen Coffeeshops, die sie beide hassten.

Dort hatte sie ihm eröffnet, was er schon wusste, dass sie nun endgültig nach New York ziehe, zu ihrem Bruder. Den Schuldienst werde sie quittieren. In Berlin gebe es genug Lehrer, die eine Anstellung suchen. Ich gehe in die Neue Welt.

Sie hatte es genau so gesagt: in die Neue Welt, und es

klang so verlockend und so gar nicht dahingesagt, vielmehr nach der lang ersehnten Erfüllung eines Wunsches.

Er dachte, und ich? Ich soll in der alten Welt bleiben, hatte es aber nicht ausgesprochen. Hingegen hatte er von ihren Kindern gesprochen, Kindern, die ihn, wie er sich ehrlich sagen musste, bisher nicht weiter beschäftigt hatten. Was wird mit deinen Kindern?

Auch das sei kein Grund zu bleiben. Ich muss neu anfangen. Ich mag mit all den Orten der Schuld nicht leben.

Schuld? Was zwischen uns war und noch ist?

Oh doch. Oh doch. Und mit der deutlichen Absicht, sich nicht auf diese Diskussion einlassen zu wollen, fuhr sie fort, mein Bruder hat auch zwei Kinder, die auf die deutsche Schule gehen. So können Ole und Lisa mit seinen Kindern in die Schule fahren. Ich werde zunächst bei ihm wohnen.

Und dann, hatte er gefragt, und was dann? Hast du eine Arbeitserlaubnis? So, als könne er damit ihr Weggehen verhindern.

Ja, sie habe eine Green Card. Die hatte sie vor Jahren ebenfalls durch ihren Bruder bekommen. Sie hatte damals ein paar Monate in seiner Firma gearbeitet. Eine deutsche Firma mit einer Niederlassung in New York, die ihr Bruder leitet.

Welche Schuld?, hatte er nochmals gefragt.

Das Versprechen, das ich gebrochen habe.

Und da hatte er, nach langem Schweigen, genickt.

Die Trümmer, die ich hinterlasse, die Trauer, deine, Ewalds, Selmas, meine.

Sie war aufgestanden und gegangen. Er saß vor den Pappbechern mit dem kalt gewordenen, bitter schmeckenden Kaffee. Er trank aus ihrem Pappbecher und dachte an ihre Worte: Daran waren deine Lippen.

Allerdings flog Ewald zweimal im Monat nach New York, wo er schon vor der Entzweiung wegen eines größeren Umbaus regelmäßig zu tun hatte, während sie nur hin und wieder nach Berlin kam, und wenn, als hätte sie das ausgeforscht, war Eschenbach nicht in der Stadt, oder aber man hatte es ihm nicht gesagt.

Er hätte seine Dachwohnung, woran er nie gedacht hatte, nein, er hatte nicht daran denken wollen, beizeiten seinem Vater oder seiner Tochter überschreiben können. Er bereute nicht, es nicht getan zu haben. Er wollte keine Absicherungen, keine Tricks, durch die er Geld als Reserve in der Schweiz hätte deponieren können. Hiob hatte auch keine Wahl. Und er hatte keine Beulenpest. Das attestierte ihm auch die Ärztin. Sie sind gesund. Sie sagte, ganz und gar, und dann lachten sie beide, die Ärztin und der Patient.

Die Norne war wieder einmal mit ihren Bodenseeäpfeln nach Berlin gekommen, wollte ihn nach ihren Gesprächen mit den, wie sie sagte, politischen Entscheidungsgremien und Meinungsführern – das betonte sie so lustvoll, dass immer der Führer herauszuhören war – treffen und vom Fortgang der Arbeit hören. Die Äpfel trug der Assistent ihr in einem kleinen Stoffsack nach, und jedes Mal betonte sie, wenn sie

Eschenbach das Säckchen überreichte, den Vitamingehalt.

Geht es voran?

Ja.

Aber dann begann sie, auf die Frage, wie es ihr denn gehe, sofort und ausführlich von sich zu erzählen, von Gelenkschmerzen, Föhn, Ärger mit dem und jenem, es sprudelte aus dieser Frau heraus, und dennoch blieb dieser lauernde Blick. Er war ja, im Gegensatz zu seiner früheren Arbeit, der Zuhörer, der Auditor geworden. Wie ein Psychotherapeut hörte er sich die Geschichten an, konnte sich auch das Wesentliche merken. Doch ein guter Therapeut hätte er nie werden können, weil er gegen alles Zwanghafte, wenn denn nicht die Aussicht auf baldige Veränderung bestand, einen – ja, er musste sich das eingestehen – aggressiven Widerwillen hatte.

Aber war nicht das, was er seine Liebe nannte, der allergrößte Zwang?

Nein, sagte er für sich, es ist ein Geschenk und der Zwang, nicht anders zu können. Das Nicht-anders-Können ist die Hingabe. Eine Gabe.

Du machst dich, so wie du das aussprichst, vor dir selbst lächerlich.

Dann sagte er für sich: Nein. Es muss erst besprochen werden. Besprochen in dem Sinn, wie man Mondsüchtige bespricht.

Und er fragte sich, was sind die Wünsche, die wahren, wenn sie sich denn durch das eigene Einreden verändern, verlagern können.

Natürlich hatte die Norne eine hohe Meinung von der Meinung.

Sie erzählte wieder einmal von ihrem Dienst im Propagandaministerium. Von ihrer ganz und gar subalternen, wie sie sagte, journalistischen Arbeit für den Meister der Meinungsherstellung und Meinungsumdeutung. Die Erotik seiner Stimme. Wenn er redete. Eine Kompensation für dieses Hinken. Man dachte nicht an den Gottseibeiuns. Damals nicht, weil man nicht alles wissen konnte. Alles müsse aus seiner Zeit heraus verstanden werden. Das heutige Wissen von den Verbrechen sei nicht das damalige gewesen. Und wieder erzählte sie von diesen Verdächtigungen. Die Demoskopie habe sie nicht bei ihm gelernt, sondern in den USA. Der Meister der Propaganda war daran interessiert. Er hatte sofort die Bedeutung erkannt.

Meinung ist Matsch, sagte er, das Fernglas vor Augen, und suchte nach dem Falken, der aufgestiegen war, Richtung Festland flog, dann aber, als fürchte er den Flug, wieder umkehrte und sich hinter dem dichten Busch niederließ.

Ein Matsch, den das Institut durchknetete und in Form brachte. Eine Form, die wiederum Handlungen bestimmte, ihnen Richtung gab, und sei es nur im Wahlvotum. Durch das Ausforschen der Meinungen, die letztlich Wünsche sind, wird ein ganz anderes Diktat als durch Zensur, Polizei und die staatliche Überwachung möglich, demokratisch legitimiert, dem Anschein nach die sogenannte repräsentative Umfrage, aber diktatorisch, da es nur die momentanen dumpfen

Wünsche des Bestehenden wiederholt, verfestigt. Die Politik immer wieder rückbeordert auf das, was angeblich allenfalls möglich ist. Die damit den Mut, die Entschiedenheit abschöpft, sich das andere vorzustellen.

Eben das war das Ziel der Norne, sie wollte die Treibsätze der Wünsche erforschen. Nicht nur den einzelnen konkreten Wunsch, sondern die Kraft, die ihn antreibt. Kann man diese Kraft herausfiltern? Das Glücksverlangen?

Die Leidenschaft als Schneidbrenner gegen die guten Sitten.

G., Rechtsanwalt (Strafrecht), 53 Jahre, verheiratet, Haus im Grünen, zwei Töchter, ein Sohn. Der Sohn studiert Sport und Mathematik. Die ältere Tochter bereitet sich auf das Abitur vor, die jüngere, 13 Jahre alt, geht auf das Gymnasium. Die Frau morgens Tennis, nachmittags Deutschunterricht für unbegleitete Kinder, immerhin eine Stunde Autofahrt, hin und zurück, soziale Verantwortung. Dann Durchsicht von Hausaufgaben der jüngsten Tochter. Abendessen, gedeckt und zusammensitzen, Mahlzeit sagen, auch ein kurzes Gebet, Herr Jesus Christus sei unser Gast. Fragen nach dem verbrachten Tag. Die Kanzlei. Die Exilkinder, die Schule, der Freund der Älteren, ein Klassenkamerad.

G. ist oft unterwegs, Prozesse und Vorträge, trifft dann seine Geliebte, die Ärztin K., fast repräsentativ in dem statistischen Normbereich der erfolgreichen Männer mit einer zweiten festen Partnerin: Hälfte seines Lebensalters plus acht, also 34 Jahre.

Sie hatten sich auf einem Kongress kennengelernt, er rannte die Treppe hoch zu einer Diskussion, an der er teilnehmen sollte (Klagen auf Körperverletzung nach Operationen), sie kam die Treppe herunter auf dem Weg zur Toilette, an der Wende im Treppenaufgang rannten sie – und die Situation ist für das weitere Geschehen wichtig – ineinander, sahen sich an, lachten, und ich wusste, sagt sie, die junge Ärztin, K., wir wussten, sagt er, G., das ist unser Schicksal.

Sie treffen sich monatlich in gut geführten Hotels. Fünf Sterne plus. Die Geliebte stets mit der Frage im Gepäck, warum er, der, wie er sagt, schon seit vier Jahren nicht mehr mit seiner Frau schläft, sich nicht trennt, eine Frage, die immer dringlicher gestellt wird, da, wie sie sagt, ihre biologische Uhr tickt, und nach einem seiner Liebesschwüre, den er eben noch herausgebrüllt hat, will sie endlich wissen, warum er nicht endlich seiner Frau reinen Wein einschenkt. Jetzt – unmöglich. Das sagst du immer: Unmöglich. Jetzt ist es ganz unmöglich. Sie weiß, er hat es ihr gleich am Anfang ihrer Beziehung gesagt: Der Sohn ist behindert. Spastiker. Die Frau reibt sich auf. Da sind auch noch die beiden Töchter, die eine steckt gerade in der Pubertät, und die Ältere bereitet sich auf das Abitur vor. Nein, ganz unmöglich. Die Frau, seine Frau, die sehr tapfer ist, kann er jetzt nicht allein lassen, mit diesem behinderten Kind, er sagt, komm, bitte, lass uns nicht davon reden. Jetzt nicht. So geht das acht, neun Monate.

Plötzlich bekommt die Ehefrau Briefe, anonyme Briefe – wer, fragt man sich, schreibt solche Briefe? Neid? Mitleid? Prinzipienreiter: Ehe ist ein Sakrament oder so ähnlich? Oder schreibt die Geliebte? Zwei, drei, die ersten beiden hat die Frau weggeworfen, den dritten hebt sie auf, nach dem vierten, der das Hotel nennt, wo ihr Mann absteigen wird, fährt sie nach Baden-Baden. Wieder eine dieser Konferenzen zu Medizin und Strafrecht. Sie geht in das Hotel, fragt am Empfang nach dem Namen ihres Mannes. Die freundliche Empfangsdame sagt, der Herr Doktor und seine Frau sind spazieren gegangen. Sie setzt sich in der Lounge in einen der breiten Sessel, versinkt regelrecht darin und wartet. Ihr Mann kommt mit dieser Frau, die ganz banal alles bestätigt, was sie erwartet hat, eine jüngere Frau, aber nicht so jung, dass es peinlich wäre, ihr Mann hat einen guten Geschmack, sie ist fast so groß wie er, ein kurzes Kleid, etwas Teures, wie man an Schnitt und Muster sieht, ausgeschnitten, bewegter Busen, wippende Frisur, Stilettoabsätze, die beiden gehen zu den Aufzügen. Sie steht auf und steigt hinter ihnen in den Fahrstuhl. Ihr Mann dreht sich zu ihr um.

Das Gesicht ihres Mannes – die Reise hatte sich gelohnt.

Dagegen bleibt das Gesicht der Ärztin freundlich nickend unbeteiligt. Der redegewandte Rechtsanwalt ist stumm. Die Ehefrau sagt Guten Tag. Ich bin die Frau von G. Daraufhin fragt die Geliebte wie in einem Woody-Allen-Film, können Sie Ihren behinderten Sohn denn so allein zu Hause lassen?

Wieso behindert, fragt die Ehefrau.

Danach alles wieder recht normal. Trennung, Scheidung. Der Mann heiratet die Geliebte, die ihm die, wie er sagt, Verzweiflungsgeschichte vom behinderten

Sohn verzeiht. Sie arbeiten auf ein eigenes Kind hin. Der Erfolg war zur Zeit der Aufzeichnungen noch nicht zu sehen.

Übertreibung? Erfindung?
Nein. Der Alltag. Etwas ungewöhnlich, zugegeben. Die beiden waren sich ja buchstäblich in die Arme gelaufen. Und was war ihm aufgefallen? Ihre Augen. Ihr Lachen. Nein, alles.
Und da erzählte die Demoskopin, dass sie, als sie sich im Reichssender Königsberg als Praktikantin vorstellte, in einem Durchgangsraum gewartet habe, in dem immer wieder eine Tür aufging, ein Mann hereinkam, Guten Tag sagte, das Zimmer durchquerte und durch die gegenüberliegende Tür wieder hinausging. Der Nächste kam, nickte freundlich, starrte sie an und ging durchs Zimmer. Später hatte man ihr erzählt, dass einer dem anderen gesagt habe, da draußen warte eine hübsche junge Frau. Eine Sehenswürdigkeit. Das war Ostpreußen.
Anziehung ist doch ebenso deutlich wie Ablehnung. Adorno, sagte sie in einer plötzlichen Wendung, den sie für den Verfall der Werte im Nachkriegsdeutschland verantwortlich machte, sei ihr zutiefst zuwider gewesen. Er habe sie immer bei Gesellschaften, wo sie nicht ausweichen konnte, körperlich bedrängt.
Und als sie seinen erstaunt ablehnenden Blick sah, fuhr sie unvermittelt mit einem merkwürdigen, nicht nachvollziehbaren Gedankensprung fort: Niemals Botox. Wirklich nie. Auch nicht die Haare färben. Die Zähne, ja, die muss man sich machen lassen. Das ist

wichtig. Mehr als alles andere. Und nie, wirklich nie, wenn die Haare grau werden, sie schwarz färben. Das ist – und dann kam abermals eines dieser Youngster-Wörter aus ihrem Mund – unterirdisch. Ja, so etwas konnte sie gut artikuliert in ihr Hypotaxe-Deutsch einstreuen.

Am Abend rief er den Freund an, erzählte ihm von seinem Treffen und sagte, du musst dir das vorstellen, sie, die vom Propagandaminister Umworbene, fühlt sich jetzt von dem zurückgekehrten jüdischen Emigranten bedrängt. Eine Umkehrung der Rollen. Das schlechte Gewissen musste ihr von außen aufgezwungen werden. Wunderbar, wie sie dann noch auf die protestierenden Studenten und den Werteverfall schimpfte. Meine beiden Alten in ihrem Rentnerheim hätten ihre Freude gehabt.

Hast du die Norne mal nach ihrem Freund Adenauer gefragt?

Ja, der hat für ihre Augen geschwärmt und sofort die Bedeutung der Meinungsforschung erkannt. Kurt Schumacher, dem sie ihre Dienste zuerst angeboten hatte, wollte nicht.

Und was will die von dir?

Ich glaube, sie will, dass ich ihre Biographie schreibe.

Der Freund lachte: Bung her in the bin!

Ja, ich stampfe das Ganze in die Tonne, samt Äpfeln. Ich mache Schluss. War interessant, weil so durchgeknallt. Aber es reicht.

Und das Geld?

Wäre sowieso beim Insolvenzverwalter gelandet.

Zwei Tage später rief er die Meinungsforscherin an, auf ihrem privaten Handy, morgens. Er sei aufgestanden.

Was?

Von der Tafelrunde. Er sei ab sofort nicht mehr an dem Projekt beteiligt.

Und warum?, fragte sie spitzstimmig.

Die Richtung gefällt mir nicht.

Hat es mit unserem letzten Gespräch zu tun?

Das auch, sagte er und schwieg. Es war ein langes Schweigen. Er hörte ihren Atem.

Schließlich sagte sie: Gut. Dann stellen Sie mir eine Rechnung.

Ich verzichte.

Na denn, sagte sie und legte auf.

Dieses *Nadenn* war das Letzte, was er von ihr gehört hatte.

Nur einmal war er mit Anna zwei Nächte hintereinander zusammen gewesen. Zwei Nächte, die sie viel Arbeit und Vorbereitung gekostet hatten, an Planung, Einteilungen. Das Bestellen der Schülerin, die auf die beiden Kinder bis abends um sieben Uhr aufpasste, sodann das Herbeirufen der Mutter aus Münster, fast eine Tagesreise, die zu Abend kochen, über Nacht bei den Kindern bleiben sollte und morgens den Sohn und die Tochter in die Schule bringen musste. Sie hatte nichts von diesen Vorbereitungen, den Absprachen erwähnt, aber er kannte das aus früheren Erzählungen, wenn sie vom Alltag berichtete und den Hilfen, die sie hatte. Was wird sie der Mutter gesagt haben, ohne, was sie verabscheute, direkt zu lügen? Eine Kunstausstellung in der Provinz besuchen? Tatsächlich hatten sie dann eine belanglose Ausstellung in Rostock besucht. Einmal in Ruhe am Strand laufen? Ausspannen?

Ja.

Sie waren an die Ostsee, auf die Halbinsel Darß gefahren. Nur noch wenige Touristen waren im Ort. Im Hotel, einem öden Neubau, bekamen sie ein Zimmer mit Meerblick. Als er die Tür abschloss und sie in die Arme nahm, sagte sie, komm, lass uns an den Strand gehen. Wir haben Zeit. Viel Zeit, zwei ganze Nächte. Sie gingen durch den Ort, vorbei an leeren Cafés und Restaurants, der Gestank von altem Bratfett lag in der Luft, Schilder waren wie Barrikaden auf den Gehweg gestellt. Ostseeflunder und Wiener Schnitzel wurden angeboten. Rülps, sagte er. Kellner lungerten vor Eingangstüren. Die Strandkörbe wurden abgespritzt und auf Anhänger geladen.

Ein zurückgelassener Hund schloss sich ihnen an, trottete nebenher, bis Eschenbach ihn verscheuchte, er blieb etwas zurück und folgte dann in einem größeren Abstand. Es war Anfang September, und nach Tagen mit Wind, Regen und Kälte waren an einem über England und der Nordsee liegenden Tiefdruckgebiet vorbei warme, trockene Luftmassen vom Mittelmeer bis in den Norden verfrachtet worden.

Das Meer war nur leicht bewegt. Die Wellen brachen sich mit kleinen Schaumstreifen. Der Strand weit, und am Rand standen die vom Wind schräg gekämmten Bäume.

Niemand weit und breit, sagte sie.

Der Wind im Strandhafer war ein Zirpen. Möwenschreie.

Sie wollte schwimmen. Zog sich auch sogleich aus, die Jeans, das langärmelige, blau-weiße bretonische Fischerhemd, den schwarzen Büstenhalter, den Slip warf sie, nachdem sie ihn heruntergezogen hatte, mit einer kühnen Fußbewegung weit von sich, watete ins Wasser, blieb stehen, winkte ihm, er solle kommen. Er zog sich freudig fröstelnd aus. Das Wasser war eisig. Sie hielten sich an den Händen, liefen durch die auslaufenden Wellen und warfen sich hinein.

Als sie aus dem Wasser stiegen, frierend dastanden, lachte sie, zeigte auf ihn, auf das, was da unter seinem Bauch war, und sagte: Ach herrje.

Und dann nahm sie ihn an die Hand wie ein Kind und lief mit ihm zu den Dünen. Unmöglich, sagte er, dem das Lieben in der Natur ein Graus war, und dann noch kalt, eisig. Ganz unmöglich.

Ich wärme dich.

Das war ein Wort, das sie begleiten sollte: Ach herrje. Und dann: Du musst mich wärmen. Und jedes Mal wieder konnten sie darüber lachen.

Als sie zurückkamen, saß der Hund neben ihren Hosen, Hemden, Schuhen. Und erst jetzt entdeckten sie den auf der gegenüberliegenden Düne sitzenden Mann. In den Händen hielt er ein übergroßes Fernglas.

Zukunft, das bedeutete Zeit. Die erschien ihm plötzlich endlos. Keine Konferenzen, keine Mails. Nichts. Allein das Wort Stammkapital und das Wort Losgrößentransformation.

Ich werde, hatte er zu Ewald gesagt, in dieser Zweizimmerwohnung Zeit für meinen Jonas-Essay haben, und darauf stießen sie an. Schöner wäre, an einem Strand zu schreiben, nein, ein Gestade sollte es sein.

Und wie auf einen geheimen Befehl kam das Wasser zu ihm.
 Er saß und redigierte einen Reiseführer über Kanada, es war Sommer, die Fenster standen offen und von unten war laut das Gedudel eines türkischen Schlagers zu hören und dazwischen ein Plätschern. Nach einiger Zeit drehte er sich um und blickte hoch: Aus dem Loch in der Decke, aus dem der Kabelanschluss für eine Lampe hing – er hasste Hängelampen –, schoss ein Strahl Wasser, und als er sich zur Wand umdrehte, sah er Wasser flächig und in leichten Schwingungen hinunterlaufen wie in einer Grotte. Dass er noch nicht mit den Füßen im Wasser stand, verhinderten die großen Parkettfugen, durch die es in das untere Stockwerk abfließen konnte.

Er lief die Treppe hoch, klingelte an der oberen Wohnung, aus der tags wie nachts Kindergeschrei und Hundegebell zu hören waren. Auch das Fernsehprogramm konnte Eschenbach verfolgen: Geschrei, Schüsse, Gebrüll, mit Musik durchmischt, wahrscheinlich gab es zwei Geräte, eines für die Kinder, eines für die Frau.

Die Sozialfürsorgerin hatte ihn einmal mit der Bitte angesprochen, einen Schlüssel für diese Wohnung zu verwahren, wobei die Schlüsselvergabe an Fremde eigentlich nicht erlaubt sei. Sie bat ihn dennoch darum, da die Mutter ihre Kinder einschloss und hin und wieder, hatte sie zu viel getrunken, eine Nacht fortblieb. Falls es mal zu einem Brand käme, sei es besser, wenn jemand im Haus einen Schlüssel habe. Tatsächlich liefen in der Wohnung, die wie seine nur eineinhalb Zimmer hatte, zwei Fernseher. Das ist normal, sagte die Fürsorgerin, das Problem für die Stromrechnung sei, dass der Kühlschrank meist offen stehe, und da die Frau in der Dunkelheit nicht schlafen könne, weder nüchtern noch im betrunkenen Zustand, müsse überall Licht brennen. Und die Kinder, hatte er gefragt. Haben sich daran gewöhnt.

Ob die beiden Schäferhunde, die, wenn es geregnet hatte, derart stanken, dass man es durch die Wohnungstür im Treppenhaus riechen konnte, nicht eine Gefahr für die Kinder seien?

Nein, sagte sie, die bekämen im Gegensatz zu ihnen regelmäßig ihr Futter. Die Hunde seien satt, man müsse sich keine Gedanken machen.

Und ein Heim?

Die Schlüssel wollte er nicht nehmen.

Besser nicht. Glauben Sie mir, am besten ist immer noch die Mutter. Sie schlägt die Kinder nicht. Das ist schon mal was. Sorgt für Lebensmittel, kocht hin und wieder. Und sie ist ja, wenn auch angetrunken, meist nachts da. Das ist allemal besser als ein Heim. Die Kinder, die Mutter und die Hunde sind eine verschworene

Gemeinschaft. Oft holen die Kinder mit den beiden Schäferhunden ihre Mutter aus der Kneipe.

An einem Abend hatte er die ganze Familie im Treppenhaus getroffen. Ein Hund lief wie auf Erkundung voraus, die Mutter wurde von der Ältesten gestützt. Der ältere Bruder ging hinter der Frau, die sich mit einer Hand an dem Geländer, ja was, abstützte oder hochzog, der Jüngste trug ihr die Tasche nach, und hinter ihm lief als Nachhut der andere Hund.

Eschenbach läutete, läutete Sturm. Er alarmierte die Feuerwehr. Die durfte nicht in die Wohnung eindringen. Die Polizei kam, auch die durfte nicht einfach in die Wohnung. Inzwischen hatte ein im Parterre wohnender Mann die Mutter aus der nahegelegenen Kneipe geholt.

Die Kinder hatten vergessen, das Wasser in der Badewanne, in der sie Schiffchen schwimmen ließen, abzustellen.

Wie gut, sagte sich Eschenbach, dass alles gepfändet worden war. Die paar Sachen, den Lesesessel, seinen Computer, die Lampe, ein paar Bücher konnte er, nachdem er die Sicherungen herausgedreht hatte, auf den Tisch und das Bett stellen.

Keine Revolution, kein Gedanke daran, hier, nirgendwo, glaub mir, hatte er zu seinem Vater gesagt, als der wieder einmal behauptete, die Verhältnisse seien unhaltbar. Nein, überhaupt nicht, ihr lebt hier fern der Welt in eurem Rentnerparadies.

Die Mutter sagte, nein, die Menschen sind narkotisiert. Sie können alles kaufen, und die, die es nicht können, glauben, sie könnten es schon bald. Das ist die Ordnung.

Man macht sie glauben, ergänzte der Vater, sie wüssten, was sie wollen. Sie sind sediert. Aber wer weiß, sagte der Alte, wie schnell können sich die Dinge ändern. Nimm den arabischen Frühling. Die Despotie schien wie für ewig festgefügt. Und dann kommt in Tunesien ein Gemüsehändler, übergießt sich aus Protest gegen die Bürokratie mit Benzin, verbrennt, und all die Diktatoren werden weggefegt.

Wir sind nicht in Arabien.

Schon. Aber siebenundsechzig war es hier ähnlich.

Er mochte den Alten, obwohl oder auch weil er dessen Wut und Zähigkeit, vor allem den Glauben, dass man die Gesellschaft, den Menschen von Grund auf ändern könne, nicht teilen konnte.

Er hatte nicht, wie seine Tochter Sabrina es gern tat, Gulag gerufen und Stalin, Kuba, Pol Pot. Er war eher traurig gewesen, traurig auch darüber, wie treu, aber hilflos die beiden Alten an ihrer Überzeugung festhielten. Insofern waren sie Fossilien in einer Welt, von der jeder behauptete, sie sei durch Wandel, durch Turboveränderungen bestimmt. Sie waren Gerechtigkeitsfossilien, die in ihrer Alten-Kommune lebten und von Empörung und Aufstand grummelten.

Andrea hätte seinem Vater gefallen. Zuerst hatte ihn ihre Stimme besucht, und danach kam sie ihm vor Augen. Eine ruhige und klingende Stimme, die sich ihm ins Ohr schob und einen Hallraum schuf.

Eines Tages war seine Assistentin ins Zimmer gekommen und hatte gesagt, da ist eine Frau am Telefon, die dich unbedingt sprechen will, aber nicht verrät, was sie will. Verlangt mit großer Bestimmtheit nach dir. Kann ich das Gespräch durchstellen?

Er nahm den Hörer ab und hörte eine klangvolle, gut artikulierende Stimme, die um ein kurzes Treffen bat, auf einen Kaffee.

Worum geht es?

Ein Hilfsprojekt. Er hatte nur halb hingehört, war mit seinen Gedanken woanders, bei irgendwelchen Bankgesprächen und der notwendigen Kündigung eines provozierend faulen Programmierers, und hatte schließlich Ja gesagt.

Sie hatten sich in einem Café am Ludwig-Kirch-Platz verabredet. Sie kam, eine dieser hoch aufgeschossenen jungen Frauen, selbstsicher durch gutes Aussehen, Erziehung und akademischen Grad. Eine junge Frau, früher hätte man noch Mädchen gesagt, aber doch schon siebenundzwanzig, wie sich herausstellen sollte. Sie bat um eine Gefälligkeit. Die Organisation, der sie angehöre, verschicke Hilfsgüter in den Sudan. Alle arbeiteten ehrenamtlich. Ihre Bitte sei, ob er, ob sein Büro, das man ihr empfohlen habe, ihnen bei der Logistik helfen könne. Sie kämen mit der Verteilung, mit den Transporten, den Zeiten einfach nicht zurecht. Gestiftetes medizinisches Gerät, gebraucht, Operationsbestecke, zahnärztliche Apparaturen, aber auch Decken und vertretbar abgelaufene Medikamente, all das komme nicht dort an, wo es hin solle, und dort, wo es ankomme, brauche man es gerade nicht.

Zahlen könne ihre Organisation nichts, aber sie würde ihn zu einem Opernabend einladen, einer ihrer Sympathisanten habe zwei Karten für *Norma* gestiftet.

Er dachte erst, sie mache einen Witz, aber da sie ihr Anliegen so ruhig und bestimmt vortrug, sagte er, es werde sich ein Weg finden. Sie bedankte sich, und sie verabredeten sich für die nächste Woche in der Oper.

Wenn er sich prüfte, musste er sich eingestehen, dass nicht seine Nächstenliebe die Triebkraft war, der kleinen Dienstleistung zuzustimmen, sondern es war die Neugier auf diese junge Frau. Und so zog er am vereinbarten Donnerstag seinen dunkelblauen Anzug an und machte sich auf den Weg. Sie wartete schon in der Vorhalle, und ihn überraschte, als sie auf ihn zukam, dass sie älter wirkte als die in Pullover und Jeans Gekleidete im Café. Stark geschminkt, künstliche Wimpern, auf den schwarz gerandeten Lidern ein feiner Silberstaub, die braunen Haare kunstvoll toupiert. Eine Edelnutte, dachte er. Sie trug ein schwarzes, tief ausgeschnittenes Seidenkleid. Beugte sie sich vor, sah er ihre Brüste, und sie beugte sich oft vor.

Ich komme mir wie eine Nutte vor, sagte sie, aber was tut man nicht alles. Die Spenden mussten verteilt werden. Geld hatte die Gruppierung nicht, aber viel Idealismus, so schien es ihm. In der Pause, als sie im Foyer standen, Champagnergläser in den Händen, erzählte sie ihm, dass sie früher einmal am Theater gewesen sei, auch eine Schauspielausbildung gemacht und Gesang studiert habe. Nach einem kurzen Engagement in Flensburg, nur Nebenrollen, habe sie es aufgegeben und weiterstudiert.

Und was?
Politische Wissenschaften.
Und warum hatte sie die Schauspielerei aufgegeben?
Das Talent, mein Talent war begrenzt. Aber wichtiger war, ich wollte etwas anderes machen.

Er hatte einen seiner Informatiker damit beauftragt, sich die Daten und Unterlagen geben zu lassen, um die notwendige Software zu erstellen. Der Mann hatte seine Arbeit in einer Woche getan, immerhin eine Woche Gehalt, das Eschenbach ja zahlen musste. Ein Solidaritätsbeitrag für die gute Sache, sagte er sich, nahm sich zugleich vor, diesmal einen geringeren Betrag für Amnesty International zu spenden. Die junge Frau, die sich Andrea nannte, kam wieder nach Berlin, und nach einem neuerlichen Opernbesuch, *Aida*, hatte er sie zu sich eingeladen.

Seine Serengeti betrachtete die junge Frau mit ihren grünen Augen, wanderte in seinem Loft herum, nicht wie später Selma staunend und mit Ausrufen des Entzückens, stellte ihre kleine schwarze geflochtene Tasche auf den Glastisch und sagte nur, hier wäre Platz für zwei Familien aus Rumänien.

Eschenbach hatte die drei CDs auf die schwarze Anrichte gelegt. Seine Assistentin hatte sie in dunkelblaues Papier mit kleinen roten Weihnachtsmännern eingewickelt.

Sie lächelte, sagte, wie nett und danke.

Es war so überraschend selbstverständlich, so freundlich mühelos. Sie hatten etwas getrunken, sich geküsst, sie war aus dem Kleinen Schwarzen gestiegen und mit ihm ins Bett gegangen.

Sie hatten sich danach mehrmals getroffen, und sie hatte ihn mit Thesen traktiert, die sie mit ihrer Faust in die Luft hämmerte, diese überfressene Zufriedenheit, dieser neurotische Konsum. Diese Andrea war eine Vorahnung von der nicht ganz so radikalen, verträglicheren Anna. Seinen Einwänden hörte sie ungeduldig und spöttisch zu, um sie sodann mit einer unversöhnten Überheblichkeit zu widerlegen. Es waren Argumentationsketten und Begriffe, die ihm nicht vertraut waren. Er fühlte sich, eine ganz ungewohnte Empfindung, unsicher, meinte, ihr nicht gewachsen zu sein, wenn er sich auf ihre Argumentationsebene einließ. Er dachte an seinen Vater, seine Mutter, die beiden Mitbegründer des Republikanischen Clubs, Veteranen der Ostermarschierer, Flugblattverteiler vor Kasernen und Fabriken, in denen damals elektronische Zielvorrichtungen für Raketen hergestellt wurden.

Eschenbach ging mit ihr, kam sie nach Berlin, essen, weiterhin gelegentlich in die Oper, wobei ihm manchmal der Verdacht kam, sie selbst bezahle die teuren Karten. Andererseits hatte sie, dachte er dann wieder, doch wohl noch Verbindungen aus ihrer kurzen Zeit als Schauspielerin.

Gut zwei Monate nach dem ersten Anruf mit der Bitte um Unterstützung kam der Informatiker, der den Organisationsplan ausgearbeitet hatte, zu ihm und sagte, sie seien gehackt worden. Eine Arbeit für die Regierung, die sein alter Kompagnon an Land gezogen hatte, aufwendig und gut bezahlt, in der es um die Planungen für eine Mülldeponie in einer ostdeutschen Stadt ging. Eschenbach hatte sofort den Verdacht, dass dieser Hackerangriff mit Andreas Organisation zusammenhing, der sie die Software für die Verteilung der Hilfsgüter in den Sudan geliefert hatten.

Als sie wieder nach Berlin kam, fragte er sie aus, hartnäckig. Wo sie geboren ist? Woher sie jetzt kommt?
Frankfurt.
Was sie genau arbeitet, jetzt?
Hab ich dir schon erzählt.
Nein.
Deutschunterricht für Ausländer.
Für wen?
Was heißt, für wen?
Wer bezahlt es?
Meine Güte, das ist ja das reinste Verhör, lachte sie.
Interessiert mich einfach.
Eine Bürgerinitiative. Ein Verein.
Und dann fragte er sie, ob ihr Verein, wie er etwas nonchalant sagte, sich in seine Firma ungefragt eingeloggt habe.
Sie lachte, sagte, deine Phantasie ist ziemlich wild. Ihr Spießer in euren netten Häusern und Lofts schlaft zu Recht schlecht, ihr macht euch in die Hose, wenn ein paar Autos abgefackelt werden. Euer Verfolgungswahn ist kein Wahn, sondern sehr rational. Währenddessen hatte sie sich die Schuhe geangelt, war erst dann in den Rock gestiegen, hatte sich die Bluse angezogen, die Tasche, eine Computertasche mit dem Auf-

druck HBBC – was hieß das? – genommen, hatte ihn auf die Stirn geküsst und gesagt: Bye, bye, mein kleiner grauer Prinz. Und pass auf, dass die Tiger von nebenan dich nicht holen.

Sie war gegangen und nie wiedergekommen.

Als er dem Freund während eines ihrer nächtlichen Telefongespräche von dieser Andrea erzählte, sagte der, da pass mal auf, dass dir nicht eines Tages das BKA die Tür aufsprengt und deine schöne Bude mit einer Blendgranate beleuchtet.

Das hatte dann ja, wenn auch ohne Blendgranate, später sein Freund Ewald getan.

Die junge elegante Frau war ihm auch hier, im Watt, erschienen, wenn er an seine Eltern oder an seine Tochter dachte oder an diesen Mann, der mit seiner Frau in seinem trüben Kiez wohnte.

Ein Mann mittleren Alters, der oft Wundmale im Gesicht trug, Striemen, Kratzer, blaugrüne Flecken. Eschenbach sah ihn nie morgens aus dem Haus treten. Offenbar stand er erst spät auf. Hin und wieder traf er seine Frau am Abend. Ihre zarten Gesichtszüge waren von Anstrengung und Übermüdung gezeichnet, die Augen saßen im Lidstrich wie in Klammern. Sie grüßte freundlich, zuweilen ein wenig zerstreut, als sähe sie ihn zum ersten Mal.

Öfter traf er den Mann in einem nahegelegenen Café. Der Mann saß und las und zerschnitt mit einer Büroschere, die er in einer Ledertasche mitbrachte, die Zeitungen vom Vortag, die dort für ihn aufgehoben wurden. Er saß mit einer Tasse Kaffee, einem Glas Wasser da, las und schnitt, sah hin und wieder hinaus und in eine unbestimmbare Ferne.

An einem Vormittag hatte Eschenbach sich zu dem Mann an den Tisch gesetzt, der sogleich seine Arbeit ruhen ließ. Gefragt nach seinem Tun, erklärte er, das seien die Berichte und Kommentare der deutschen Zeitungen über den Iran, die er sammle. Teilweise seien sie unhaltbar vereinfachend und falsch. Dabei schnippte er mit der Schere. Sein rechtes Auge war verquollen, ein Bluterguss hatte den Tränensack blau anlaufen lassen. Eschenbach wollte ihn fragen, ob er von irgendwelchem fremdenfeindlichen Pöbel geschlagen worden sei. Aber er verbot es sich. Es sprang ja buchstäblich ins Auge.

Der Mann erzählte, wie er vor vier Jahren aus Persien geflohen war. Er hatte als Lehrer Deutsch und Französisch unterrichtet, war, weil er *Der Mensch in der Revolte* von Camus im Unterricht behandelt hatte, denunziert und daraufhin aus dem Schuldienst entlassen worden. Nachdem er an einer Demonstration teilgenommen hatte, war er verhaftet worden und fünf Wochen im Gefängnis gewesen. Durch Hilfe eines befreundeten Regisseurs konnte er nach Deutschland ausreisen. Frau und Kinder hatte er zurücklassen müssen.

Seinem Asylantrag sei noch immer nicht stattgegeben worden. Wie eigentümlich freundlich sich diese bürokratische Wortbildung aus seinem Mund in dem melodisch fremden Klang anhörte. Arbeiten dürfe er nicht. Seine Freundin verdiene das Geld als Krankenschwester und fahre morgens oder abends, je nach Schicht, in die Charité.

Er saß zu Hause, in dieser kleinen Wohnung, las und schrieb. Er schrieb täglich, tauschte sich über das Internet aus mit anderen Geflohenen in Paris, London, New York, aber auch in Essen, Kiel und Uetersen. Ihr Schreiben galt dem Umsturz, galt dem Kampf gegen die Herrschaft der Mullahs, dem Trost und der Ermutigung.

Einmal überraschte er Eschenbach mit der Frage, ob er mit dem Eschenbach aus dem Mittelalter verwandt sei.

Nein. Leider nicht.

Daraufhin rezitierte der Geschlagene den Dichter Hafis auf Persisch. Und danach eine Strophe aus dem *West-östlichen Divan*:
Nun öffnet sich die Stirne klar,
Dein Herz damit zu glätten,
Vernimmst ein Lied so froh und wahr,
Den Geist darin zu betten.

Sein Deutsch klang so weich, wundersam auf den Vokalen ausruhend.

Manchmal, abends, begann hinter der Wohnungstür des Zeitungsausschneiders ein Geschrei, ein Kampf, unverkennbar die Stimme einer Frau, die schrie. Beim ersten Mal wollte er eingreifen, zögerte aber, weil das Geschrei, als ahnten die Streitenden, dass jemand vor ihrer Tür stand, die Hand am Klingelknopf, verstummte. Das nächste Mal wollte er, wenn das Schreien begann, sogleich klingeln, um dem Kampf, der da drinnen tobte, ein Ende zu bereiten, dabei dachte er an die so verletzlich wirkende Frau. In den nächsten Wochen aber sah er immer häufiger die Spuren der Gewalt im Gesicht des Mannes. Kratzspuren, ein blaugrün unterlaufenes Auge. Ein Pflaster auf der Stirn. Eine geschwollene, an einer Stelle aufgeplatzte Lippe. Aber nie fand sich auch nur die geringste Spur einer Verletzung an der Frau.

Der Mann sprach nicht über seine Wunden, obwohl sie so sichtbar waren. Und Eschenbach fragte auch nicht danach.

Vor der Wohnungstür des Persers lag eine Fußmatte mit der Aufschrift: *Immer schön auf dem Teppich bleiben.* Eschenbach wusste nicht, ob diese Botschaft wegen der häufigen lautstarken Streitereien dalag, also ironisch gemeint, oder nur albern war. Auch das mochte er nicht erfragen.

Aber gern hätte er diesen Hafis gefragt, wie er und diese zarte Frau einander kennengelernt hatten. Wie er war, dieser Anfang, als sie einander nur gut waren. Und wie es zu dieser Liebe in Kampf und Schmerz gekommen war. Vielleicht würde er sagen, ich bitte sie, mich zu schlagen, weil ich fühllos geworden bin, weil das Grau des Himmels mich erdrückt. Weil die Leute, die sich von ihren Hunden durch die Straße ziehen lassen, mit Mordgedanken umgehen. Ich sehe in ihren Augen Hass. Ich sehe dieses: Verschwinde. Ich sehe das Tötenwollen.

In der dritten auf der Etage gelegenen Wohnung lebte ein älterer Mann. Wenn er ihn traf, begrüßte der Alte ihn jedes Mal mit einem flotten Spruch: Das Wetter heute, fürchterlich, keinen Hund möchte man rausschicken. Aber wir sind ja keine Hunde. Und danach sagte er: Nichts für ungut. Dieser Nichts-für-ungut-Rentner und Kleingärtner, der mit einem Korb zurückkam, darin Karotten, von denen er eine Eschenbach mit den Worten *rein bio* schenkte, schwärmte von dem als Dünger unvergleichlichen Pferdemist. Er fahre mit dem Rad zum Flughafen Tempelhof, wo die Polizeistreifen auf Pferden unterwegs seien. Dort sammle er die Pferdeäpfel auf.

Das sind die Karotten, sehen Sie, und er hielt Eschenbach eine große, orangegelbe, grünstrunkige Karotte hin. Probieren Sie.

Danke.

Später wusch Eschenbach die Karotte übertrieben sorgfältig ab.

Hin und wieder wollte er der Geflohenen schreiben, aber sonderbar genug, er setzte sich an den Schreibtisch, an diese helle Platte aus Eibenholz, und statt zu schreiben begann er ein Gespräch mit ihr. Deutlich hörte er ihre Worte, sah ihre Gesten, ihre Augen, ihr Lachen, auch ihren strikten abweisenden Ernst, wenn er ihr von seinem Wunsch nach Nähe sprach. Hinzu kam, er hätte nicht gewusst, wie er sie anreden sollte. Liebe Anna zu schreiben, erschien ihm ganz unmöglich.

Alles, was er von ihr wusste, waren Erzählungen, die

ihn über Selma erreichten, die sie von Ewald erfahren hatte. Auch das: Anna hatte in New York ein Kind bekommen, einen Jungen. Ewald sprach nicht darüber, und Eschenbach fragte nicht, es wäre eine peinliche Kumpanei gewesen. Das Schweigen aber schuf eine eigentümliche Nähe zwischen ihnen, das Wissen von einem Wissen, das nicht ausgesprochen wurde.

Jetzt wohnte sie, dank der brüderlichen Green Card, mit den Kindern in Los Angeles. Er hörte, sie habe ein Bild von Cy Twombly verkauft, mit großem Gewinn. Den zeigte Selma mit den Händen. Das Dreihundertfache des Kaufpreises. Das war die finanzielle Basis, mit der sie eine Galerie eröffnen konnte, die sich auf deutsche Maler spezialisierte. Die Leipziger Schule. Sie war, hieß es, erfolgreich. Ab und zu hörte er, dass sie wieder einmal in Berlin gewesen sei. Aber das erreichte ihn immer erst, wenn sie schon wieder zurückgeflogen war. Und jedes Mal wieder war es ein Stich, nein, ein Schmerz, der ihn über Tage begleitete, dass sie sich nicht gemeldet hatte. Dass er diesen Satz: Ich will und ich kann nicht mehr, wörtlich nehmen musste. Endgültig.

In der Hütte hing ein angeschwemmter Rettungsring, den einer seiner Vorgänger am Strand gefunden hatte. Das Rot war von Salz und Sand abgeschmirgelt. Der Name des Schiffs war nur noch schemenhaft zu erkennen: *Orion*. Seine Vorgängerin hatte Seeschnecken und Muscheln gesammelt. Ein großer getrockneter Seestern, die körnige Oberfläche war eigentümlich dunkelrot gefärbt und ging an der Spitze der fünf Arme ins Violette über. Und es lag das Stück einer Planke da, die irgendein Vorgänger am Strand gefunden hatte, darin waren die Worte eingeschnitzt: *The seas only gift are harsh blows.*

Wie genau er sich an ihr Gehen erinnern konnte, große Schritte, die Arme bewegte sie mäßig, kein Schlenkern, kein Rudern. Damals, als sie durch die Stuhlreihe ging, war es ein vorsichtiges Seitwärtsschieben. Nur einmal, als sie an der Ostsee waren, am Strand, hatte er sie laufen gesehen, nackt, kraftvoll trotz des Einsinkens, die Bewegung ihrer Brüste, dann, als sie den feuchten, festen Sand erreicht hatte, geschmeidig, schnell.

Dem Hobbygärtner gegenüber wohnte ein älteres Ehepaar. Die Frau arbeitete an der Kasse in einem Discounter mit vielen Billigangeboten, wo auch Eschenbach einkaufte. Der Mann, grauhaarig, mit einem Gesicht, das an Ernst Jünger denken ließ, war beim Katasteramt beschäftigt. Hin und wieder erzählte er Eschenbach von seiner Suche nach Hauseigentümern, die in der Zeit zwischen 1933 und 1945 enteignet worden waren und deren Immobilien auch jetzt noch im Besitz städtischer und staatlicher Behörden waren. Die anderen waren damals verkauft worden. Ehemalige Besitzer konnten daher keinen Anspruch mehr erheben. Aber bei den städtischen Grundstücken sei es noch möglich. Er habe es sich, sagte er, zur Aufgabe gemacht, nach solchen Fällen in den Akten zu suchen. Wie in dem Fall eines Hauses, dessen Bewohnerin, eine ältere Frau, sich das Leben genommen hatte, als sie aus dem Haus ausziehen musste. Das Wort Arisierung. Ein Versuch, ein wenig Gerechtigkeit zu üben, ohne Auftrag und nach Feierabend, betonte er. Ich suche die Verwandten in Amerika.

Entschuldigen Sie, unterbrach er sich, ich sollte Sie nicht aufhalten.

Ich habe Zeit, sagte Eschenbach.

Ich bin reich geworden, dachte Eschenbach, ich habe Zeit, ich nehme mir die Zeit. Nichts treibt mich. Ich höre über das Düngen mit Pferdeäpfeln. Man schenkt mir Verse aus dem *West-östlichen Divan*. Ich hätte früher nicht sagen können, was ein Pfund Butter kostet. Jetzt vergleiche ich die Preise im Supermarkt.

Manchmal traf er Selma in einem Café oder Restaurant. Es waren ruhige Gespräche, keine Vorwürfe. Sie fragte, was er mache, und er erzählte ihr von seiner Arbeit, dass er Manuskripte über ferne Länder und Städte lektoriere. Manchmal nahm sie seine Hand und fragte, geht es dir wirklich gut? Und er sagte, ja. Wirklich.

Nach zwei Jahren war sie bei Ewald eingezogen und hatte ihre Werkstatt in sein Haus verlegt, in den Keller. Du kennst ja das Haus. Ich arbeite, wie du weißt, gern im Untergrund.

Ewald und Selma hatten ihn mehrmals eingeladen, aber er lehnte jedes Mal ab. Er traf sie einzeln, und dann fiel hin und wieder, eher selten, auch der Name Anna, aber sie vermieden es, über das Gewesene zu sprechen.

War der Wind sanft, strich er mit einem leisen melodischen Pfeifen, nein, eher mit einem Hauchen, so als wolle er etwas kühlen, über den Strandhafer der Dünen. Kamen Böen, war es ein Rauschen, das dann leiser wurde. Ein Rascheln, das ihn an ein Hochzeitskleid in einer Kirche denken ließ. Eine polnische Freundin von Selma hatte es getragen. Ein Kleid aus dunkelroter Seide. Die Freundin wollte mit der Begründung, sie sei nicht mehr unschuldig, unbedingt in roter Seide heiraten. Eine verrückte Idee. Der polnische Pfarrer weigerte sich, sie in dem Rot zu trauen. Daraufhin fuhr die Eigensinnige mit ihrem Bräutigam, einem Tischler, nach Berlin, ließ sich von einem evangelischen Pfarrer unterrichten – auch den Bräutigam – und heiratete in Rot. Eine schöne, rot raschelnde Protestantin.

Es gab den rhythmischen Wind, wie jetzt, Windstöße, da lag über den Dünen ein Fauchen wie von einem Blasebalg.

Und jedes Mal roch er das Meer und schmeckte das Salz auf den Lippen.

Und deine Tochter, hatte ihn der Freund bei ihrem letzten Treffen in Berlin gefragt. Sie saßen in der kleinen Küche mit dem Blick in den Hinterhof. Der Freund hatte sein Projekt bei der UNESCO abgeschlossen und war an die Universität zurückgekehrt. Und schimpfte über die nach der einstmals so üppigen Stadt Bologna benannte Studienreform, die nach ökonomischen Interessen ausgerichtet worden sei, zeit- und kostensparend und Halbbildung erzeugend. Allein das Wort Modul. Und wie immer, wenn er sich erregte, purzelten in seinem so elaborierten Deutsch die Artikel durcheinander. Ruhiger wurde er erst, als er von seiner jetzt wieder aufgenommenen Forschungsarbeit erzählte, eine Arbeit, die sich schon über Jahre hinzog, über den Damast und die Wege, die der Stoff im Tausch nahm, nach der Hadsch von Mekka durch Afrika in den Senegal. Wie sehr der Damast den Tausch, die Sprache, das Geld bestimmt hatte.

Was macht deine Tochter?, fragte er nochmals.

Ich glaube, ihr geht es gut. Bewegt die Millionen.

Und die Mutter?

Lebt immer noch in Goa.

Sabrina, die über Weihnachten ihre Mutter dort besucht hatte, gehetzte drei Tage, dann rief die Bank sie an den Rechner zurück, sagte, Mami ist jetzt mit einem Schweden zusammen, ein Indologe und – erstaunlich – älter als sie.

Er hatte seine Frau nach seinem Bankrott einmal besucht. Ein Billigflug mit Hippieveteranen.

Bea wohnte nahe dem Strand in einer Villa mit barocken Voluten über Fenstern und Türen und einem auf zwei Säulen ruhenden Portikus. Das Haus strahlte, obwohl der Putz wie von Blattern befallen war, immer noch Herrschaft und Plantagenreichtum aus. Ein portugiesischer Fabrikant, der Arrak aus Palmwein brennen und nach Europa verschiffen ließ, hatte es 1909 bauen lassen. Die Zahl war, vom Zahn der Zeit angenagt, in einer schwungvollen Goldschrift über dem Portikus zu lesen.

Nimm ein Taxi vom Flughafen, hatte sie am Telefon

gesagt. Der Verkehr ist mörderisch. Ich fahr nicht gern mit dem Auto.

Sie kam ihm in einen Sari gehüllt entgegen, ein teurer Seidenstoff, das sah er gleich. An den grazilen, braun gebrannten Füßen trug sie zierliche Silbersandaletten, die hellblonden Haare waren zu zahlreichen Zöpfchen geflochten. Von Weitem wirkte sie wie ein Blumenkind der frühen siebziger Jahre, von Nahem sah man die jahrelange Arbeit der Sonne an der braunen Haut, ein Craquelé um Mund und Wangen, allein die Augen hatten noch immer den hellblauen jugendlichen Glanz. Als er sie besucht hatte, lebte sie noch mit dem zehn Jahre jüngeren, sich auf ihrem Erbe ausruhenden und nicht mehr praktizierenden indischen Arzt zusammen. Ein gutaussehender, junger Mann mit englischen Manieren.

Das Erbe, eine große Geldsumme, gut zwei Millionen Mark, war ihr, kurz nachdem Eschenbach sich von ihr getrennt hatte, zugefallen. Ihr Bruder hatte den Familienbetrieb verkauft. Eine Fabrik in Niedersachsen, in der Duschsysteme, Badewannen und Klosetts hergestellt wurden. Keiner der beiden Brüder, und sie schon gar nicht, mochte die Firma weiterführen.

Sonderbar genug, dachte er, dass sie ihm bis heute grollte, obwohl sie seit der Trennung alle nur denkbaren Freiheiten genoss, kein deutscher Winter, keine beruflichen Probleme, jüngere Männer, eine Tochter, die aus dem Haus war und nicht mit ihr, sondern mit ihm haderte. Allerdings hegte sie die Befürchtung, ihr Geld sei von ihrem Bruder nicht richtig angelegt worden. Darum wohl hatte die begabte Tochter Sabrina den geheimen Wunsch der Mutter befolgt, hatte Volkswirtschaft studiert und war ins Bankgewerbe gegangen.

Sabrina war, wie Eschenbach fand, ein idiotischer Name. Die Tochter hatte ihn bekommen, weil es eine Patentante gab, eine Erbtante, die diesen Vornamen trug. Beim Öffnen des Testaments wurde dann aber offenbar, dass Tante Sabrina ihr Vermögen dem Tierschutz vermacht hatte. Er hatte die Gesichter der drei Geschwister immer noch vor Augen, als das Testament von dem Notar verlesen wurde. Fassungslosigkeit. Ja, sie hatten für einen Augenblick die Kontrolle über ihre Gesichter verloren. Er musste sich beherrschen, nicht laut loszulachen.

Wie erstaunlich war es doch, dass dieses Kind, Sabrina, trotz der wechselnden Männer, die bei seiner ehemaligen Frau kamen und gingen und unterschiedliche Vorstellungen von Erziehung hatten, das galt auch für ihn, so unversehrt, so selbstbewusst, so kämpferisch geworden war. Zu ihm kam sie immer wieder und, so durfte er vermuten, gern, um ihm Vorwürfe zu machen, wie er nach dem Crash – so ihre Worte – seine Tage verbummle, was für ein Versager er sei. Wie konnte aus diesem ängstlichen Kind, das nicht ins Wasser wollte, von jedem Barren fiel, vor jeder Klassenarbeit kotzte, eine so disziplinierte, erfolgreiche junge Frau werden? Eine Frau, die sich im Überlebenskampf der Börsengeschäfte behauptete. Hin und wieder sah er sie im Fernsehen, wenn sie zum Börsengeschehen befragt wurde. Jedes Mal wieder sagte er sich, als müsse er sich dessen versichern, das da ist deine Tochter. Ruhig gab sie ihre Kommentare, gefasst, oder, wie sie wohl selbst sagen würde, cool, aber er sah ihrem Mund, ihren Augen an, unter welcher Anspannung sie sprach, wie schwer die Arbeit war, so gelassen professionell zu wirken.

Einen Monat, bevor er zu der Insel gefahren war, tauchte die Tochter, kaum vorstellbar, *mein Kind* zu sagen, bei ihm auf, kam auf hochhackigen Schuhen, die sie sich sofort von den Füßen streifte, wohl streifen musste, weil sie drückten, in die Wohnung, küsste ihn auf die Stirn, sagte, gut siehst du aus, so braun gebrannt wie einer dieser Rentnertouris.

Ja, ich sitze oft im Park, hatte er gesagt und ihr ein Glas Whisky angeboten, um ihre Erwartung zu bedienen. Sie hatte ihm sogleich Vorwürfe gemacht, dass er nicht anständig arbeite. Nur herumhänge. Sie kam und redete, und er dachte, sie wiederholt wörtlich das, was ich ihr vor 16 Jahren vorgehalten habe, als sie mit ihrem Freund, einem Altstudenten, der Pizza ausfuhr, bei ihm auf dem Sofa lag und Micky-Maus-Hefte las.

Du hängst herum. Lies was Vernünftiges.

Ihre Arbeit an der Frankfurter Börse konnte er als eine Rache an sich, dem Vater, seinen Mahnungen deuten: Unternimm was, häng nicht herum, lass dich nicht gehen. Das waren auch Ermahnungen an den vorgealterten Studenten mit seinem schütteren Haar, das er zum Pferdeschwanz zusammengebunden trug, damit man nicht von einer Schamhaarmatte sprechen konnte. Auch dieser junge Mann hatte eine gelassene Haltung, und er hatte, im Gegensatz zu ihr, wohl auch jetzt noch, keine von Anstrengung und Müdigkeit gezeichneten Augen. Allerdings fuhr er, wie er von ihr gehört hatte, immer noch Pizza aus.

Ich habe diese Haltung erst mit Mitte Fünfzig durch eine Pleite gewonnen, sagte er laut zu sich selbst.

Ja, jetzt hing er selbst herum. Und Sabrina hatte sich das in ihrer wilden Zeit eingestochene Tattoo, einen Pegasus, der ihr über die Brust flog, wieder weglasern lassen. Für dieses Kunstwerk war sie zu einem Tattoo-Guru nach Amsterdam gereist, der einmal im Jahr aus Japan kam und die Tattoos mit einem Haifischzahn stach. Ob sie auch das Tribal über ihrem Hintern gelöscht hatte, mochte er gar nicht fragen. Und in diesem Nicht-fragen-Können war etwas von seiner Liebe.

Wie geht es Mutti?

Gut.

Das war der letzte Rest von Familie, das alberne Mutti, das aus der Zeit der Gemeinsamkeit in die Gegenwart hereinreichte.

Er hatte sie gefragt, ob sie die Großeltern besucht habe. Nein, das letzte Mal habe ihr für dieses Jahr gereicht. Da sei der Opi, wie sie das aussprach, war es ein einziges Igitt, wieder mit der Gerechtigkeit gekommen. Die Alten, ewig jammern sie und klagen.

Aber doch nicht Opa und Oma. Denen geht es doch gut. Die stoßen doch nur in die Trompete für Aufstand und Rebellion.

Gut, die beiden nicht. Die nerven nur mit ihrer über den Gerechtigkeitsdaumen gepeilten Kritik. Nein, du musst bloß in die Restaurants und Cafés gehen. Da sitzen sie und verknuspern ihre Rente. Und die Schulden zahlen meine Kinder.

Du hast doch keine.

Aber wenn, dann. Soll man der nächsten Generation sagen, die Alten haben alles aufgefressen, haben sich endlos zu Tode pflegen lassen? Und dann kommt Opi mit seiner sozialen Ungerechtigkeit. Ein Prozent der Bevölkerung besitzt 50 Prozent des Nettovermögens. Das ist immer noch Club Voltaire. Den hat er doch mitgegründet? Nee, republikanisch hieß der. Damals schon unzeitgemäß. Der war doch unter den Studenten schon ein gestandener Mann, Studienrat für Latein und Griechisch. Ostermarschierer auf Sandalen. Und jetzt diese Wohnkommune.

Sie wollte ihn verletzen, denn der Alte hatte natürlich auch ihr vorgehalten, wie er es auch ihm vorhielt, nichts zu tun, politisch. Die Revolution. Das konnte der Alte in seiner gemütlich eingerichteten Rentnerkommune sagen. Die Revolution wird kommen. Es werden die sein, die nach Einsicht handeln. Nicht die Deklassierten. Das System ist an seine Grenzen gekommen. Es knirscht und knackt. Während Eschenbach sich das gelassen anhörte, immerhin hatte er als Student drei Monate lang mit anderen ein Haus in Kreuzberg besetzt, war es für Sabrina eine, wie sie das nannte, Provokation. Aber selbst dieses Wort in ihrem Mund war immer noch von einer fernen Empörung aufgeladen. Denn der Opi, der Alte, wie er ihn nannte, wusste, wie man die Enkelin in ihrer schwarzen, fein grau gestreiften Kostümjacke und den engen schwarzen Hosen reizen konnte. Er saß in dem von einer alten

Freundin gestrickten, mehrmals gestopften Pullover, den abgewetzten Kordhosen im Sessel und redete vom Konsumterror. Ein Wort aus der politischen Steinzeit. Und sie, diese magere, mit dicken Boni ausgestattete Dreiunddreißigjährige konnte sich jedes Mal wieder erregen, sagte, so ein Quatsch, und setzte als eine gute, vom Opi früher dafür gelobte Deutschschülerin hinzu: Getretener Quark wird breit, nicht stark, ging dann, nicht gerade die Türen schlagend, aber doch laut und bestimmt aus der altengerechten Wohnung. Wahrscheinlich war es dem Alten gelungen, der jungen Frau, seiner Enkelin, die von sich sagte, man muss performativ sein, den Abgang zu verschaffen, den sie sich wünschte. Und die Omi, die daneben saß, war dann noch hinterhergelaufen und hatte gerufen: Bleib doch.

Die beiden Alten widerlegten die verbreitete Meinung, dass Großeltern sich mit den Enkeln besser als mit den Kindern verstehen.

Und dann kam sie zu ihm, ihrem Vater, in sein Zimmer mit dem Blick in den Hof, und sagte, dieses Gerede finde sie unerträglich. Soziale Ungerechtigkeit, wenn sie das schon höre. Guck dir die Hartz-IV-Empfänger in deinem Viertel an, laufen doch mit zwei Handys und einem iPod herum. So etwas konnte sie sagen. Kein ironischer Unterton. Im Ernst, sagte sie, und er sah wieder den Mund, die Lippen zusammengepresst, die, wie er fand, im letzten Jahr schmaler geworden waren.

Sie wollte sich taufen lassen, neuerdings. Wollte katholisch werden. Was sie noch davon abhielt, vermutete er, war die für ihren Geschmack viel zu hohe Kirchensteuer.

Der Alte, der ihn, Eschenbach, für die missratene Enkelin verantwortlich machte, war überzeugt, das Geld sei letztendlich für sie kein Hindernis, denn wenn man schon an den finanziellen Schweinereien beteiligt ist, will man wenigstens beichten können.

Nein, sagte Eschenbach, wenn es schon hienieden zu viel Ungerechtigkeit durch die Sozialsysteme gibt, dann sollen wenigstens im Nachleben, wo man in einem schönen Hedonismus und ohne Gewerkschaften und Steuern die Ewigkeit genießen kann, die Faulen, Erfolglosen abgestraft werden.

Früher war der Internationalismus Solidarität. Heute ist er Konkurrenz, sagte der Großvater. Ich schau mir das an. Ich hoffe, die Pension hält so lange, ich sehe diese jungen, toughen Typen, die ich so zum Kotzen finde, diese Leute, die immer von der alten Generation reden, die Neoliberalen, die genaugenommen für die Massentötung sind.

Was?

Ja, darum sind die auch für die Sterbehilfe. Ein ökonomischer Aspekt. Entlasten die Renten- und Pensionskassen.

Seine Enkelin sagte, ach Opi.

Nein, sagte der Alte, nicht ach, nimm das ideologische Mäntelchen ab, und was du dann siehst, ist der Kannibalismus dieser Gesellschaft. Gut, die Leute werden nicht mehr in Kesseln gekocht oder auf den Rost gelegt, aber die Forderung zielt auf Auslöschung.

Eschenbachs Mutter lachte und sagte, richtig so, zieh vom Leder.

Später sagte Sabrina, Opi ist völlig durchgeknallt.

Und dann war Sabrinas neuer Freund, der einen Parkplatz in den von Türken und Zuhältern zugestellten Straßen gesucht hatte, die Treppe heraufgefedert, er sah ihn von unten kommen, ein Mann im hellbraunen Anzug, das Haar zurückgekämmt, ein kommunikatives Strahlen, ein Gebiss, he, bei dem haben die Eltern aufs Zähneputzen geachtet, dachte er, haben einmal in der Woche dem Kind Kalziumtabletten gegeben. Das ist Helmut, sagte sie und sah dabei den Mann, der ihm die Hand quetschte, an, bewundernd, ja, sie hatte ihm die Blicke geschenkt, die sie ihm vor Eschenbach, dem Vater, glaubte schenken zu müssen, auf dass er sähe, dass sie glücklich war. Nur ihre Lippen blieben schmal.

Entspann dich doch, hatte er gesagt.

Natürlich war das gemein, und sie hatte dann auch in scharfem Ton gefragt, wie meinst du das?

Nur so.

Du bist wie der Opi.

Ja, sagte er, der Apfel fällt nicht weit vom Pferd. Ich habe hier im Haus einen netten Schrebergärtner, der schenkt mir Karotten. Auf Pferdemist gezogen. Mögt ihr eine?

Sabrina sah ihn an, als habe sie Anzeichen von Altersdemenz an ihm entdeckt.

Helmut fand es lustig, lachte dröhnend. Helmut hatte eine Bassstimme, die weit durch das Haus drang, das zahnige Lachen, und war demonstrativ bemüht, die leere 50-Quadratmeter-Wohnung sehr nett zu finden. Hätte er wenigstens gesagt, der Sessel ist schön oder die von Selma geschenkte blaue Ming-Vase, deren Muster, ein Fehlbrand, zerlaufen war, aber nein, er sagte, nett haben Sie es hier. Eschenbach hätte ihm in den Hintern treten mögen, und seine Wut auf die Tochter stieg, die mit einem solchen Lackaffen durch die Gegend zog.

Wo habt ihr euch kennengelernt?

Internet.

Partnerschaftsbörse, sagte Eschenbach, das muss man sich auf der Zunge zergehen lassen.

Woher kommen all diese gutaussehenden, aber so schlichten Jungs, hatte er wenig später seinen englischen Freund gefragt, von denen ich ja auch viele in meiner Firma hatte. Rechnen können sie, reagieren blitzschnell auf fallende oder steigende Kurse, greifen ein, Verkauf, Ankauf, aber kaum machen sie den Mund auf, um den Gesang der Amsel zu beschreiben, kommt eine Plattheit heraus.

Social climbing has exhausted them, sagte der Freund. But what made you think of blackbirds?

Du weißt, die Amsel ist mein Lieblingsvogel. Das Glück, einmal erhört zu werden.

Später hörte er von Sabrina, und das stimmte ihn wieder milde, dass dieser Helmut am Wochenende seine Mutter pflegte, die nicht mehr die Welt verstand.

Eines der Beispiele, wie man Liebe und Begehren unterscheiden kann: Liebe kennt auch den Verzicht, das

Begehren nicht. Das ist seine Stärke, es kann nicht verzichten. Es ist die unmoralische Kraft.

Der Freund hatte nur hm, hm gebrummelt. Desire is a voyage under full sail to distant shores.

Und die Liebe?

Our anchor when tides are at the flood.

Shakespeare?

Ja. Leicht abgewandelt. Weißt du, dass heute der Tag der Tiefkühlkost ist?

Gibt's nicht.

Doch. Hat Ronald Reagan 1984 eingeführt. *Birds Eye Frosted Foods.*

Wie oft hatten sie gelacht. Eschenbach mochte das Lachen des Freundes, ein so williges, sich langsam steigerndes Lachen. Und nichts machte ihm den Tod des Freundes so deutlich wie das Fehlen dieses Lachens. Der Tod ist dumm. Er ist dumm, dachte Eschenbach, weil er das Lachen aus der Welt bringt.

Und die Partnerschaftsbörsen im Internet?, hatte der Freund gefragt.

Auch die hatte Eschenbach, nicht erst durch die Partnersuche seiner Tochter angeregt, mit seinen Daten gefüttert und Probanden befragt, die er sich selbst gesucht oder die man ihm empfohlen hatte.

Wie diese Persönlichkeitsprofile per Algorithmus gefunden werden, das blieb ihm ein Rätsel, trotz allem, was da angegeben wurde, um dem idealen Partner zugeordnet werden zu können. Kilogramm Lebendgewicht. Lieblingsautoren. Komponisten. Musikstücke, allein das Wort Musikstück. Lieblingstiere. Haben Sie einen Hund? Eine Katze? Reiten Sie? Das sind die Fragen an die Gruppe vierzig plus. Welches Urlaubsland bevorzugst du? Die Du-Frage richtet sich an die Zwanziger aufwärts. Gefragt wurde, mit wie vielen Frauen/Männern haben Sie, hast du geschlafen? In welcher Position ziehen Sie den Geschlechtsakt vor? A Tergo? Reit- oder Missionarsstellung? Schuhgröße?

Das ist die Konsumforschung.

Nein, sagte der englische Freund, so eng würde ich das nicht sehen. Ob du nun die Frau in der Bar, die zufällig neben dir steht, anbaggerst und dabei ihre Schuhe taxierst oder eine Suchmeldung aufgibst, ist doch nur ein gradueller Unterschied.

Graduell? Nein. Dann ist doch alles vorweggenommen, was sonst die spannende Entdeckung der ersten Wochen und Monate ist. Es ist ja mehr, Bewegung, Mimik, Haut, vor allem auch Geruch, das Lachen, die Winzigkeit der Veränderung, und wenn sich das alles trifft in dem Ja, dann hilft das weit besser über die später nicht zugedrehten Zahnpastatuben, die herumliegenden Socken, die Momente, wenn der eine Lust hat und der andere nicht, über all das hinweg als die Schuhgröße, das Gewicht, die Lieblingsgerichte und Lieblingsbücher. Jedenfalls eine Zeitlang. Das Glück des Augenblicks, sage ich, das Zugreifen, der Kairos, verstehst du, das ist Teil der Paargeschichte, der Fehler wie des Geglückten, das ist die Energie, die in kalten Zeiten wärmt, Streit und Enttäuschung und den gewöhnlichen Alltag lebbar macht. Und warum? Weil man sich getraut hat. Hier, das ist die

Suchmaschine, und das andere ist das Hier im Jetzt, das Sich-offen-Halten für den entscheidenden Moment.

Meine Güte, sagte der Freund, du redest wie ein Telefonseelsorger. Kairos, Zufall, das hört sich sehr nach gestern an. Begegnungen sind so zufällig wie die Ergebnisse der Suchmaschinen.

Nein. Normalerweise ist die Anziehung doch weit vor allem, was man vom anderen weiß. Jetzt ist das Wissen – und man weiß fast alles – dem Begehren voraus. Ein Warenkatalog, der auch den Sucher zum Konsumenten macht. Eine Art Otto-Versand.

Der Freund lachte.

Reduktion des Zufalls. Ordnungssysteme versus Chaos. Hast du doch früher auch daran gearbeitet.

Nicht an der Planung der Liebe.

Hm, hm, grunzte es aus dem Hörer. Erst trittst du aus der Kirche aus und dann aus der Software. Du bist ein habitueller Protestant.

Hör zu! Ich habe eine Matchmaking-Expertin bei einer Partnerbörse befragt, die nicht ihre Daten verraten wollte, welche die Norne natürlich gern gewusst hätte. Betriebsgeheimnis, hieß es. Es ist wie beim Coca-Cola-Rezept. Die Matchmaking-Frau sagte, es würden sogar die Neurotizismen gemessen.

Good heavens!

Sie arbeiten mit Leuten von der Neuropsychiatrie zusammen.

Aus dem Hörer kam abermals ein Grunzen.

Gut, gut, habe ich gesagt, aber kann man fragen, wie halten Sie es mit dem Abwasch? Bringen Sie den Abfall jeden Abend vor die Tür? Wie lange duschen Sie morgens?

Selbstverständlich.

Kann man den anderen riechen?

Natürlich nicht im Netz. Aber wir fragen nach der Vorliebe für Gerüche, für Parfums.

Kann man fragen, wann sind Sie traurig, wann verzweifelt, ganz zu schweigen von dem In-sich-Zusammensinken, dem Nicht-mehr-ein-noch-aus-Wissen? Den tiefen Selbstzweifeln?

Da hat sie einen Augenblick geschwiegen und offenbar richtig nachgedacht, das erste Mal in dem Gespräch, und dann kam das heraus: Man misst die positiven Grundeinstellungen.

Und das, was inkommensurabel ist, der dunkle Flügelschlag?

Warum nicht gleich erfahren, was man sonst langsam erfährt?, hatte die Matchmaking-Expertin gesagt.

Weil der Verlauf dieser Erkenntnisse selbst zur Geschichte der Beziehung gehört. Ihr Reichtum ist. Ihre Hoffnung.

Und da sprach diese Dame ein wahres Wort gelassen aus: Weil die Beziehungen gar nicht mehr so auf Dauer angelegt sind. Sie sind – man muss sich das auf der Zunge zergehen lassen – transitorisch geworden, also wie eine Art Rechnungsabgrenzungsposten aus der Buchführung.

Der Freund hatte abermals gelacht und gesagt: Du wirst langsam zum Zeloten. Dir sitzt der Jonas im Genick.

Mitunter begegnete Eschenbach im Treppenhaus einem jungen Mann, der im zweiten Stock wohnte und offensichtlich nicht regelmäßig zur Arbeit gehen musste, ein Riese mit einem erstaunlichen Bauchumfang, der eine rot-weiß gestreifte Pluderhose und, als wolle er die Ähnlichkeit zu Obelix verstärken, die schütteren blonden Haare zu zwei kleinen Zöpfen geflochten trug. Wie Eschenbach von dem Nichts-für-Ungut erfuhr, war er von Beruf Zauberer und trat in Kindergärten auf.

Einmal, als ein Aushang in dem nahen Supermarkt seinen Auftritt am Körnerpark ankündigte, hatte er sich aufgemacht und dem Obelix bei der Arbeit zugesehen. Er zeigte keinen der raffinierten Zaubertricks, bei denen man sich nicht erklären kann, wie die Rasierklingen in den Mund gekommen sind, die jetzt an einem Faden eine nach der anderen wieder herausgezogen werden. Obelix machte das Einfachste. Die Kinder waren begeistert, wenn er einem Mutigen die Nase wegzauberte, um sie als Daumen durch die Finger blicken zu lassen und sie dann wieder anzusetzen.

Es war ein für diese Gegend recht normales mehrstöckiges Haus, zu den Bewohnern gehörten auch zwei türkische Familien, deren Schuhe, Kinder- wie Erwachsenenschuhe, vor den Wohnungstüren standen, aufgereiht nach Größe. Vor den Türen lagen Fußabtreter, der eine zeigte einen Dackel, auf dem anderen stand: *My home is my castle*. Der Mann in dem Castle war Schlosser gewesen, fuhr jetzt Taxi für eine Firma, die einem Libanesen gehörte, von der Nichts-für-Ungut behauptete, es sei ein Geldwäsche-Unternehmen.

Die Frau sprach kein Deutsch. Nickte zur Begrüßung mit dem Kopf und watschelte vorbei. Die Tochter besuchte das Gymnasium, ohne Kopftuch.

Zuweilen wunderte sich Eschenbach darüber, dass er erst bankrottgehen musste, um diese Menschen kennenzulernen. Früher hatte er sie, da er meist mit dem Auto oder seinem Rennrad fuhr, nicht einmal in der U-Bahn oder im Bus gesehen.

Er hatte, die Wolken hingen jetzt tief und grau am Himmel, in der hereinbrechenden Dunkelheit vor der Hütte auf der Veranda gesessen und war später an den Schreibtisch gegangen, hatte die Daten in das Insel-Journal eingetragen: Temperatur, Windgeschwindigkeit, Zählung der Rastvögel, Bewölkung, der Falke, die Jacht, die aufgelaufen war, ein idiotischer Sonntagssegler, der unter Motor gefahren war und später von einem Fischerboot frei geschleppt werden musste. Er hoffte, dass der Fischer dem Jachtbesitzer ordentlich Geld abgeknöpft und es nicht als Hilfe in der christlichen Seefahrt kostenlos gemacht hatte. Aber seine Hoffnung gehörte nicht in das Inseltagebuch.

Der Gesprächsverlauf der Befragungen folgte in den meisten Fällen einem Muster. Der glückliche Augenblick, im Gedächtnis aufgerufen, wurde ausführlich beschrieben, wortreich, in Parataxe, und endete dann in Ellipsen, Numeralien, Interjektionen, Kopfschütteln, Schweigen.
Der Abschwung war aufgezeichnet, da waren Pausen,

Verzögerungslaute, das plötzliche Verstummen, ein betont künstliches Auflachen.

Aber es gab auch die Berichte, die einmündeten in eine Geschichte der Gemeinsamkeit, von Dauer, von verständnisvollem Zusammenleben. Ehen – und er kannte die Protagonisten –, die schon dreißig, vierzig Jahre hielten und gut waren. Allerdings waren es nur wenige Beispiele. Eine Statistik für eine Nähe ohne Hass, Verachtung oder Überdruss gab es nicht.

Die wäre auch nur schwer zu erstellen, hatte er der Norne gesagt.

Aber möglich! Das ist unser Ziel. Das Glück zu erreichen. Ich war zweimal verheiratet, glücklich.

Ich nur einmal, sagte er.

Und glücklich?

Vielleicht drei Jahre. Dann kannten wir uns. Kann man darüber noch glücklich sein?

Eschenbach saß in der Hütte, schnitt einen Apfel in kleine Schiffchen, wie es seine Mutter früher getan hatte, sah die dunklen Kerne und dachte: Apfelgrütz, was für ein seltsames Wort. Noch war im Westen der Horizont zu sehen, während der Osten im Dunkeln lag, fern die wenigen Lichter auf der Insel Neuwerk und das Leuchtfeuer. Drei Signale in Weiß, Rot, Grün.

Das Überraschende war, dass Selma, die sich nie von ihm hatte einladen lassen wollen, sich nur einmal ein Seidenkleid hatte schenken lassen, ihm aber sogleich mit dem Anziehen und wieder Ausziehen des Kleids ein Gegengeschenk gemacht hatte, sie, die so strikt darauf achtete, alles selbst zu bezahlen und, was sie nicht bezahlen konnte, nicht haben wollte, nicht mal geschenkt, während sie ihm jeden Wunsch erfüllte, Wünsche, die man nicht kaufen konnte, dass diese Selma jetzt mit Ewald herumreiste, dass sie, die nicht endgültig zu ihm hatte ziehen wollen, was er ihr allerdings auch nicht ernsthaft angeboten hatte, zu Ewald gezogen war.

Und auf die Frage, warum sie das alles so selbstverständlich entgegennahm, aber sich nichts von ihm hatte schenken lassen, sagte sie mit dem weichen polnischen Anklang: Weil du von mir dir kein Kind hast schenken lassen wollen.

Wie kompliziert dieser Satz war und das, was er bedeutete.

Eines seiner Lieblingsinterviews war die Geschichte vom Aale-Stechen, die ihm die geschätzte Katja L.-M. erzählt hatte:

Nein, nicht die Augen, nicht sein Gesicht, das war keineswegs gleichmäßig, nicht einmal sonderlich einprägsam, es hatte eher etwas gewöhnlich Kräftiges, es war etwas anderes, keineswegs der erste Blick, die Augen.

Sie war mit dem Mann hinausgefahren auf den See, und er war mit ihr in das Schilf gerudert, wo er eine Mistforke packte und, im Boot stehend, in den Modder des Seegrunds stieß. Nach jedem Zustoßen zog er die Forke aus dem Wasser, und an den Zinken aufgespießt ringelten sich zwei, drei Aale, die er mit Salz bestreute und in eine Aluminium-Kiste warf, ein Brett darauf legte, auf das sie sich setzen musste und damit Komplizin des verbotenen Tuns wurde.

Es war dieser Anblick, der sie zu dem Mann zog und bei dem sie sofort wusste, dass sie zusammen sein würden. Die gewandten fließenden Bewegungen, die sie an einen Poseidon denken ließen, das Nicht-Zögern, das Zupacken, das Anstechen der Aale, der Griff, der die glitschigen Aale packte und von der Forke zog, eine Tätigkeit, die so selbstverständlich kraftvoll, ja es gab nur ein Wort, *natürlich* war, dass sie mit ihm zusammen sein wollte. Und so kam es. Fast ein Jahr kam er zu ihr, die in einer Hütte am See lebte.

Liebe?

Weiß nicht.

Und das Ende?

Undramatisch.

Stell ich mir so vor, sagte Eschenbach. Sie ist aus der Hütte, in der sie wohnte, aus- und nach Berlin gezogen. Kein Streit. Keine Tränen. Er hat ihr den Koffer zum Bus getragen. Der Bus kam, er drückte sie, fast verging ihr der Atem, dann drehte er sich um und ging. Das Ende von etwas. Etwas, das auf eine wunderbare Weise einfach war, etwas, das sich all den Überlegungen, den Zögerlichkeiten, Bedenken entzog, etwas, das nach dem roch, was es war. Das schöne deutsche Wort Ursprung. Das Einfache. Ein Vorgriff vielleicht.

Vorgriff worauf?

Das Glück des Körpers.

Drei Tage, bevor er zur Insel aufgebrochen war, wartete auf dem Treppenabsatz Nichts-für-Ungut und fragte, ob er die Schießerei gehört habe. Ich bin vor Schreck fast aus dem Bett gefallen. Gegen Mitternacht habe es geknallt. Mehrmals. Pistolenschüsse und, wie sich später gezeigt habe, eine Maschinenpistole. Muss direkt vor dem kleinen türkischen Bordell gewesen sein. Gegenüber. Vor dreißig Jahren war da ein Milchgeschäft drin. Die Leute kamen aus Ostpreußen. Aus Johannesburg. Müssen Sie sich vorstellen. Sind mit dem Pferd und einem Wagen, mit dem sie die Milch ausfuhren, tausend Kilometer hierhergefahren. Haben so ein kleines Milchgeschäft aufgemacht. Und nebenan gab's den Kolonialwarenladen. Auch weg. Daneben der Friseur. Weg. Die Drogerie. Weg. Alles weg. Jetzt der Dönerladen und das Internetcafé. Und dieser Türkenpuff. Darum vielleicht die Schießerei. Bei dem Perser oben, also genau gegenüber von Ihnen, haben sie zwei Projektile in der Zimmerdecke gefunden. Polizei war schon da. Haben auch den Perser verhört. Diesen Exilperser. Vielleicht hat's dem gegolten. Oder Ihnen. Dachten, Sie wohnen nach vorn. Na ja. Nichts für ungut.

Eine junge Frau kam die Treppe hoch, an der Hand die kleine Tochter, die leise vor sich hinschluchzte, ein Schluchzen, in dem der Kummer der Welt lag. In der anderen Hand trug die Frau ein vollgepacktes Einkaufsnetz. Sie grüßte, schloss die Tür auf und verschwand.

Das Wort Einkaufsnetz verliert sich mit dem Gegenstand, dachte er, so wie mit der Plastiktüte ein neues, in meiner Kindheit noch unbekanntes Wort aufgekommen ist.

Nach dem Abendbrot, Brot, Butter, Käse und zwei Tomaten, hatte er sich einen Pullover und eine Windjacke angezogen und war hinaus- und hinuntergegangen. Der Himmel war klar. In der Ferne über dem Meer im Licht des Monds zogen ein paar zerfranste Wolken. Das weiße Licht ließ die leichten Bodenwellen des Meeresgrunds mit dem in den Mulden noch stehenden Wasser wie einen blinden Spiegel erscheinen. Er blickte zu der Insel Neuwerk hinüber. Der ruhige Lichtstrahl des Leuchtturms wies den Weg in die Elbmündung.

Freute er sich auf ihr Kommen? Ja, aber es war eine Freude, die, das war ihr beigegeben, Enttäuschung fürchtete.

Er ging zu dem Priel, in dem das Wasser ihm bis zu den Waden stand, und stampfte im Schlick herum. Es dauerte lange, bis eine Scholle sprang und er sie mit den Händen greifen konnte. Eine zweite wollte sich, auch nach langem Treten, nicht finden. Damals, vor vierzig Jahren, war das Watt weit belebter gewesen, Krebse, Seesterne, Plattfische. Damals war dem Schulfreund bei einer Wattwanderung ein großer Butt, durch den Tritt aufgeschreckt, direkt vor den Bauch gesprungen. Eschenbach ging, weil seine Füße von der Kälte fühllos geworden waren, an den Strand und setzte sich eine Zeitlang in den Sand. Stieg dann abermals in den Priel und konnte, er nannte sich selbst einen glückhaften Fischer, eine zweite Scholle greifen.

Er trug die Fische zur Hütte hinauf. An der Treppe zur Galerie legte er die Schollen in einen Bottich mit Seewasser.

Wachliegend führte er mit sich Gespräche, die er im Traum fortsetzte. Windstöße ließen die Hütte beben. Von einem besonders harten Stoß wurde er aufgeschreckt, und ihm war, als hätte jemand die Hütte betreten. Er knipste das Licht an. Und für einen Augenblick hatte er den seltsamen Gedanken, die Tür verriegeln zu müssen, blieb dann aber liegen und schlief bald ein.

Früh morgens wachte er auf. Die Sonne war eben aufgegangen. Einen Traum hatte er noch deutlich vor Augen. Er hatte seinen Vater besucht, der in einem riesigen Treibhaus wohnte, das Teil eines botanischen Gartens war. Dort züchtete er den Tabak für die Mutter, ein Heilmittel gegen das Vergessen. Ihm, dem Sohn, machte er Vorwürfe, er habe die Pflanzen mit Teer beschmiert. Der Vater sagte das alles mit gütiger Miene, aber der Spaten in seiner Hand machte ihm Angst.

Während er seinen Morgenkaffee trank, dazu eine Schnitte Schwarzbrot mit Tilsiter Käse und eine weitere mit Brombeermarmelade aß, die ebenfalls von Bauer Jessens Frau kam, überlegte er, wie der Teer in seinen Traum gekommen war, und versuchte es damit zu deuten, dass er vor zwei Tagen am Strand einige Ölklümpchen gefunden hatte. Offenbar hatte, was streng verboten war, ein Schiff altes Öl abgepumpt.

Wie jeden Morgen hatte er an der kleinen, neben der Hütte angebrachten Wetterstation die Daten abgelesen: Temperatur, Windgeschwindigkeit. Eine überflüssige Tätigkeit, da die Daten elektronisch an die Wetterwarte in Hamburg übermittelt wurden. Die Sonne schien. Am Himmel Kumuluswolken, im oberen Bereich etwas ausgefranst, was auf eine stärkere Luftströmung in der Höhe schließen ließ, sie trieben von West nach Ost.

Er hatte dann seinen Rundgang über die Insel gemacht. Der Falke saß noch im Gebüsch. Auch er ein Einsiedler. Er verhielt sich ruhig in dieser baumlosen Umgebung. Nur einmal hatte Eschenbach ihn beim Jagen beobachtet, wie er aus der Höhe in einen Sturzflug kippte, dann ein Zustoßen und einen Vogel, wahrscheinlich einen Star schlug.

Nach dem Rundgang hatte er Kartoffeln und Zwiebeln geschält, die Rote Bete, das einzige Gemüse, das er auf der Insel entdeckt hatte, was nach der Vorschrift der Naturschutzbehörde hier gar nicht wachsen durfte, aufgesetzt. Den Tisch hatte er sorgfältig gedeckt, Servietten in Form eines Fliegers gefaltet und zwei Kerzen aufgestellt.

Mittags stellte er den Liegestuhl auf die vom Wind geschützte Ostseite vor die Hütte und las wieder in *Falling Man*, war aber, obwohl das Buch ihn fesselte, eingeschlafen, traumlos, wie er glaubte, und erwachte erst, als das Meer sich schon zurückgezogen hatte und die feuchte braune Fläche des Watts mit den noch Wasser führenden Prielen im gleißenden Licht lag. Er suchte mit dem Fernglas den Horizont ab. Noch war das Pferdefuhrwerk nicht in Sicht. Er griff wieder zu dem

Buch, konnte sich aber nicht konzentrieren, und als er abermals durch das Fernglas zur Insel Neuwerk hinüberblickte, war in der Ferne der offene, von zwei Pferden gezogene Wagen zu erkennen.

Er ging zum Strand hinunter und setzte sich auf die kleine Düne, dort, wo der Wattweg an das Inselufer führte, wartete auf den langsam näherkommenden Pferdewagen. Schon konnte er sie erkennen. Sie saß neben Bauer Jessen, der die beiden Pferde immer wieder durch Schläge mit den Zügeln anzutreiben versuchte und sogar, was er sonst von ihm nicht kannte, mehrmals mit der Peitsche knallte. Die Pferde liefen dann spritzend im Trab, fielen bald aber wieder in einen mühevollen Schritt. Das ablaufende Wasser stand noch hoch, im Priel vor der Insel reichte es den Pferden weit über die Sprunggelenke.

Der Bauer grüßte nur kurz, blieb auf dem Kutschbock sitzen. Eschenbach streckte ihr die Arme entgegen und hob sie, fast stürzte sie ihm entgegen, von dem hohen Wattwagen herunter und in eine Umarmung. Sie küsste ihn nahe dem Mund auf beide Wangen.

Schön, dass du da bist, sagte er.

Dann nahm er den von ihm bestellten Proviant, die Milch, die Kartoffeln, Speck und Butter und ihre lederne Reisetasche vom Wagen und trug die Sachen an den Strand. Jessen wollte keinen Kaffee, grüßte kurz, indem er die Peitsche hob, wendete das Fuhrwerk und fuhr zurück.

Die Umarmung war ein fruchtig süßer Duft, der an seinem Hemd haften blieb, an seinen Händen. Ein

Duft, der hier, im Geruch von Salzwasser und Tang, etwas von einem tropischen Gestade mit sich brachte.

Sie sah sich um, die kleinen Dünen, von denen keine höher als vier, fünf Meter war, der Bewuchs spärlich, ein paar Büsche, Strandhafer, Strandroggen, Sand, und weiter draußen das Wasser im Priel, weit hinaus in der Ferne die weißen Streifen der Brandung. Möwen und Watvögel, die in Schwärmen über das Watt zogen. Das schrille, kampflustige Schreien.

Was treibt dich hierher?

Die Arbeit, sagte er. Und in ihr fragendes Gesicht, ich bin Vogelwart.

Da lachte sie und sagte, hört sich an wie Vogelhändler, und sie umarmte ihn nochmals, hakte sich bei ihm ein, so gingen sie den Pfad zur Hütte hinauf.

Sie habe, es ging alles einfach und schnell, sich einen Mietwagen in Hamburg genommen, erzählte sie, sei nach Cuxhaven gefahren, habe den Bauern auch gleich angetroffen, der sie aber, obwohl sie ihn angerufen und bestellt hatte, nicht zur Insel fahren wollte, weil sie etwas zu spät gekommen war. Ich habe ihm gesagt, es ist wichtig. Er aber habe sie angesehen, an der Pfeife kauend, und nur den Kopf geschüttelt, auch dann, als sie ihm mehr Geld anbot. Zugestimmt hat er erst, als ich ihm sagte, wir hätten uns seit sechs Jahren nicht mehr gesehen und ich müsse in einer Woche nach Amerika zurückfliegen. Da kam ein brummiges *Gut* aus seinem Pfeifenmund.

Der Westwind drückt das Wasser in die Elbmündung, sagte Eschenbach, und es sei möglich, dass Jessen heute nicht mehr nach Hause komme und auf Neuwerk übernachten müsse. Vielleicht musst du eine Woche hierbleiben.

Nein, ganz unmöglich, obwohl es mir gut gefällt, hier.

Sie waren zur Hütte hinaufgegangen, und er hatte die Tüten mit dem Proviant und ihre Reisetasche an der Holztreppe zum Podest abgestellt.

Sie zeigte auf das etwas abseits stehende kleine Holzhäuschen.

Toilette?

Toilette. Na, ja. Ein Plumpsklo.

Ich musste schon auf der Herfahrt. Konnte mich doch nicht ins Watt setzen.

Als sie zurückkam, sagte sie, wie nett, das kleine Herz in der Tür und dann noch rot umrandet. Sie bewunderte die beiden von ihm aufgestellten Schwemmholz-Skulpturen. Ihre Begeisterung äußerte sich in einem wiederholten *Toll. Land Art.* Sie holte aus ihrer Tasche eine Kamera und fotografierte die beiden Totems, wie er sie nannte.

Das *Toll* rollte ihr regelrecht aus dem Mund.

Ja, sagte er, Fundstücke.

Du bist wirklich ein Beachcomber, sagte sie.

Wahrscheinlich. Ihm fiel auf, wie selbstverständlich ihr die amerikanische Aussprache aus dem Mund kam.

Wunderbar die große Glaskugel.

Das dunkle Blau der Glaskugel war zur Hälfte von einem Grauweiß überzogen, auf der blauen Hälfte waren filigrane grünbraune Algenstreifen festgetrocknet.

Eine alte Kugel, an der die Fischer früher ihre Netze befestigt haben, sie muss lange im Meer herumgetrieben sein. Heute benutzt man meist orangefarbene Plastikkugeln.

Er wollte ihr erst seine Insel zeigen, er sagte bewusst *meine Insel*, denn er war hier der Herr. Die Dünen, die Sandflächen, dort, wo im Frühjahr die Vögel brüteten, deren Zahl er schätzen musste, über die er Listen führte, Einträge machte. Sie gingen über die Insel, was sonst für Besucher streng verboten war, gingen am Ufer entlang, durch das Kreischen der Möwen, ihr wildes, flatterndes Auffliegen, sie strichen nahe über das Paar hinweg. Sie hatte kurz seine Hand gesucht und gefasst, in einer plötzlichen, die alte Vertrautheit aufleben lassenden Geste, und gesagt, die Möwen erfüllen mich mit Schrecken.

Sie stapften weiter durch den Sand, noch schien die Sonne, aber von Westen kamen draußen über dem Meer die tief ziehenden Wolken näher. Umso heller schien das Gleißen auf dem Watt und dem vom Wind aufgerauten Wasser in den Prielen.

Es wird regnen. Wenn die Flut kommt, kannst du schwimmen, wenn du magst.

Das Wasser ist mir, glaube ich, zu kalt.

Nicht kälter als in Kalifornien.

Sie saßen auf einer kleinen Düne am Strand und beobachteten die Möwen, wie sie über das Watt und den Priel glitten, um plötzlich niederzustoßen und mit der Beute hochzufliegen.

Gute Augen müssen sie haben.
Ja. Und sie riechen den Fisch. Es sind die eleganten Räuber unter den Vögeln. Übrigens sehr dezent in ihrer Paarung. Ganz anders die Spatzen. Die galten lange Zeit als moralisch höchst bedenklich, als regelrecht sexbesessen. Und dann noch verfressen. In schlechten Zeiten Konkurrenten der Menschen im Garten und auf dem Feld. Ich zeige dir nachher, was Mrs Buffon über die Spatzen geschrieben hat.
Sie lachte. Merkwürdig. Ich dachte, dass es bei den Möwen etwas wilder zugeht. Sollen doch die Seelen gestorbener Seeleute sein.
Und sie fragte ihn nach den Namen der Vögel, verwundert über seine Kenntnisse. Und die dort, die weißen, da, mit dem schwarzen Schwanzende?
Austernfischer.
Und dort?
Dort hinten? Du hast Glück. Ein Steinwälzer.
Wie gut wäre es gewesen, dachte er, wenn der Freund ihn hier hätte besuchen können. Nie hatten sie auf den früheren gemeinsamen Spaziergängen entlang der Strände von Amrum, Sylt oder Föhr einen Steinwälzer gesehen.
Der Steinwälzer war an der Nordsee schon im neunzehnten Jahrhundert fast ausgestorben, jetzt, sagte er zu ihr, seit wenigen Jahren, gibt es wieder einige Brutpaare, und eines davon lebt, es war mein glücklicher Fund, hier auf der Insel.
Jetzt trägt er sein Winterkleid, im Frühjahr sein Prachtkleid, leuchtend kastanienbraun, schwarz gemustert der Rücken. Dass sie hier brüten, ist eine klei-

ne Sensation. Fragten im Frühjahr jede Woche von der Zentrale an, wie es dem Paar denn so gehe.

Der Steinwälzer lief bedächtig über den Strand, keineswegs so wie die Strandläufer in ihrem hektischen Hin und Her, das von einem mechanischen Kopfnicken begleitet wurde. Der Steinwälzer trippelte, so schien es, ein wenig nachdenklich, stand still und hebelte mit seinem Schnabel hier einen Stein um, dort einen Tangstrang und spaltete mit zwei, drei Schnabelhieben eine Muschel auf.

Sie wollte die Gründe für das Verschwinden wissen.

Möwen, die das Gelege ausräumen. Früher waren es die Eiersammler, Fischer und Bauern. Ausgesprochen schmackhaft sollen die Eier sein. Als Zugvögel kommen sie noch, aber als Brüter waren sie schon lange verschwunden. Und jetzt lebt ein Paar hier, übrigens in einer monogamen Saisonehe, wobei sie hier ja auch nicht in Versuchung kommen. *But a bird always has the last word.*

Wer uns so sieht, sie und mich, dachte er, wird sich kaum vorstellen können, dass wir einmal zusammen waren, wenn auch nur als Undercoverpaar. Vielen Paaren sieht man sogleich an, dass sie miteinander leben, nur nicht, wie gut sie zueinander sind. Dazu müsste man sie hören, ihren Ausdruck um den Mund und die Augen studieren, wenn der eine spricht und der andere zuhört.

Er bemerkte den ihm zugewandten einschätzenden Blick.

Was ist?

Sieht aus, als hättest du dich gut eingelebt hier – auf deiner Vogelweide.

Hab ich auch.

Ein älterer Mann, grauhaarig, mager, braungebrannt, in abgetragenen Jeans und in einem weißen Hemd, das er ihretwegen gestern mit einem *flat iron* gebügelt hatte. Inzwischen war es längst vom Wind und der Feuchtigkeit zerknittert. Und daneben diese Frau Mitte vierzig, in irgendeiner Markenjeans und mit modischen, nachtblau irisierenden Gummistiefeln, einem beigefarbenen Stoffmantel und einem großen, feinfarbig abgestuften, um die Schultern gelegten Schal. Mantel und Schal sah man die Qualität, das zart Weiche und dennoch Wärmende, den Luxus an. Kleidung für einen kühlen Tag in Kalifornien, aber nicht für die Nordsee.

Als hätte sie seine Gedanken erraten, fragte sie: Dir ist nicht kalt, so im Hemd?

Nein.

Sie kämpfte mit dem Wind und ihrem Haar, das sie sich immer wieder aus dem Gesicht streichen musste. Wie auffällig das durch eine geschickte Färbung natürlich wirkende Rostrot komplementär zu dem früheren, so erstaunlich grünlich schimmernden Messington zu sein schien. Was aber so gar nicht hierher passen wollte, waren ihre makellos lackierten Fingernägel, ein sorgfältig aufgetragenes Ferrari-Rot.

Fischst du hier?

Nein.

Herbert, der Mann, mit dem ich zusammenlebe, fischt im Pazifik. Er hat ein Motorboot und fährt hinaus. Ich mag das nicht, ich mag es nicht, wenn die Fische am Haken hängen, das Zucken und Schlagen, dieses wilde krampfartige Sterbenmüssen. Ich mag nicht das Angeln, aber ich esse gern Fisch. Inkonsequent, ich weiß.

Ich habe zwei Schollen gefangen, allerdings mit den Händen.

Wunderbar. Wie im Schlaraffenland.

Nun ja, ich habe ziemlich kalte Füße bekommen.

Er zeigte ihr die Pfähle der alten, von der Sturmflut weggerissenen Hütte.

So hoch kann das Wasser kommen?

Eine Jahrhundertsturmflut, sagte er und sah in ihren Augen ein ängstliches Erstaunen, und bevor sie die Frage stellen konnte, sagte er, die neue Hütte steht auf noch höheren Holzpfählen. So hoch kommt keine Flut.

Er zeigte zu den Kamtschatkarosen, dort, da hinten sitzt ein Falke. Ein Vogel mit scharfen Augen. Die haben ihm nicht genutzt, als ihn ein Sturm vor ein paar Tagen vom Festland herübergeweht hat. Es ist der einzige Falke, den ich hier gesehen habe. Ein Baumfalke. Er gehört auch nicht hierher.

Und jetzt?

Er wird zurückkehren, wenn er wieder bei Kräften ist.

Sie gingen durch den Sand, sanken bei jedem Schritt ein.

Was machen die Kinder?

Die Großen besuchen die Schule, in L.A. Wie das aus ihrem Mund kam, dieses El-Ey. Und nach einer kurzen

Pause sagte sie: Jonas ist hoch aufgeschossen, in diesem Jahr, und sie zeigte auf die Höhe seiner Hüfte, für seine fünf Jahre sehr groß.

So wie sie von den beiden Kindern nur nach der Geburtenfolge sprach, als könne er deren Namen vergessen haben, dann aber den Jüngsten beim Namen nannte, bekam der Name Jonas umso mehr Gewicht. Spricht gut englisch und kann schon etwas lesen.

Wenn sie sprach, waren die sechs Jahre Amerika herauszuhören. Wie willig das Deutsche sich doch dieser amerikanischen Dehnung anpasste, sich ihr lasziv hingab.

Er dachte an den Jungen, der Jonas hieß und den er nie gesehen hatte. Aber er vermied es weiterzufragen. Darum sagte er nur: Das ist schön.

Sie gingen eine Zeitlang nebeneinander und blickten in verschiedene Richtungen, als sei in der Ferne etwas Wichtiges zu sehen, dort, wo nur Sand, Strandhafer und ein paar struppige Büsche waren.

Die Dünen, die noch nicht vom Strandhafer gefestigt sind, verändern sich, er hat es oft auf der Düne liegend beobachtet, wie der Sand rieselte, dort ein schmaler Grat vor einem Strandhaferbüschel, dahinter, bei starkem Wind bildeten sich Wirbel, häufelten schnell kleine, wachsende Sandkegel an, hinter denen wieder neue Grate entstanden. Kein Grün sprang hier ins Auge, nur dieses fein abgestufte Grau, ins Gelbbraun wechselnd, und traf ein jäher Sonnenstrahl die Düne, leuchtete es Weiß, mit Schatteneinschnitten. Bei starkem Wind mit Böen bildeten sich Sandfahnen, drehten sich in Wirbeln hoch.

Manchmal, sagte er, sitze ich und beobachte, wie die Insel wandert, die winzigen Verfrachtungen, eine chaotische Umgestaltung.

Was hat dich hergetrieben?

Abermals sagte er, die Arbeit. Hier herrscht doch das, was ihr in eurer Gruppe damals diskutiert habt, Nachhaltigkeit. Ich lebe das hier. Er hätte auch sagen können, die Ruhe, die Einsamkeit.

Sie saßen eine lange Zeit und blickten hinaus über das Watt, und weit, sehr weit draußen war die Gischt der Brandung zu sehen.

Er fragte sie dann doch. Und Ewald?

Den habe sie zuletzt in den Staaten gesehen, sagte sie, mit den Kindern, vor gut einem Monat. Auch wenn es so schlicht klinge, er habe seinen Frieden gemacht mit ihr. Keine Vorwürfe, keine Anspielungen. Im Moment sei er in China, die Kleinstadt, die jetzt tatsächlich gebaut werde. Er ist ziemlich unter Druck. Beim Telefonieren seien sie jedes Mal unterbrochen worden. Diesmal werde ich ihn nicht treffen, sagte sie, nicht in Berlin. Ich muss zurück. Und nach einer abermaligen langen Pause sagte sie: Er wird bald wieder nach drüben kommen.

Wie sonderbar das Drüben klang, dachte er, und noch sonderbarer das Hüben, dass doch hier meint.

Vor drei Jahren war er zuletzt in New York. Der Reisebuchverlag hatte den Aufenthalt vermittelt. Ein Buch über Argentinien sollte erscheinen. Dann, das Manuskript war abgeliefert, stellte sich heraus, der Mann, der das geschrieben hatte, war nie dort gewesen. Wer weiß, wie viele Reiseführer aus Reiseführern abgeschrieben werden. Dieser Autor aber hatte besonders süffig improvisiert, sich auf Tangolokale spezialisiert. Hatte fabuliert, die schönen Frauen in seitlich geschlitzten Röcken, Strümpfe an Strapsen, junge, elegante Männer, gute Tänzer, braungebrannt, das Haar gegelt. Ein Karl May für die Partnerbörse. Allerdings sei der Mann in der Orthographie sicher, sagte der Redakteur. Kannst du das zurechtbiegen?

Was soll ich daran biegen? Ich war nie in Argentinien.

Willst du fliegen? Einen Augenblick hatte er nachgedacht und dann abgesagt. Ich habe keine Lust. Gut, sagte der Lektor, neuer Vorschlag: Du schreibst den Reiseführer um, ich schicke dir zwei, drei von der Konkurrenz, du vergleichst und entsaftest die Beschreibungen, und dafür bekommst du als Bestechungsangebot einen Flug samt Hotel nach New York. Etwas Feines.

Warum hast du dich nicht gemeldet?

Wollte ich, aber du warst damals schon nach Kalifornien weitergezogen.

Er sah ihr an, dass sie, als sie die Schutzhütte betrat und sich umsah, enttäuscht war. Das Innere der Hütte machte offensichtlich nicht den von ihr erwarteten Eindruck, nichts, das Abenteuer versprach, Schiffbruch und Rettung, aus Brettern genagelte Borde, verbeultes Blechgeschirr, Blechtöpfe, selbst geschnitzte Löffel, Fundstücke.

Sie sagte dann auch, das sieht ziemlich nüchtern aus.
Findest du?
Ja.
Ein Ofen. Der Strom von den Solarzellen erzeugt, wenn die Sonne denn schien. Auf dem Tisch ein Laptop, der in jedem Großraumbüro hätte stehen können.
Solarbetrieben.
Sie warf einen Blick in die eine der drei kleinen Kammern, auf das schmale Bett. Und als er bemerkte, wie sie das Bett musterte, sagte er: Dort schläfst du.
Für zwei ist es ziemlich schmal, sagte sie.
Ich schlafe nebenan.

Es gab eine Zeit, dachte er, da haben wir auf solchen Betten geschlafen, immerhin achtzig Zentimeter. Zwei dieser Betten waren zusammengestellt, mit einer Ritze, die sich bei stärkeren Bewegungen zu einem lustfeindlichen Abgrund weitete. So lagen sie in nur einem Bett. Er hatte das Bild vor Augen, wie er mit ihr an die Ostsee gefahren war, in dem roten Saab. Nicht nach Venedig, wohin sie beide hätten fahren wollen, wären sie denn frei gewesen.
Und jedes Erwachen in der Nacht war eine Freude gewesen, ein stilles, nächtliches, lang andauerndes Gespräch, in dem geredet, geschwiegen und geliebt wurde. Es war das Geheimnis des Spiels: Wir sind in Venedig, wohin gehen wir? San Marco oder die Insel San Michele? Lieber San Michele, die Gräber von Pound und Brodsky besuchen. Brodsky einen Kugelschreiber mitbringen und auf dem Grab ablegen. Die

Marmeladendose hatte Eschenbach bei einem Besuch gesehen, eine Dose voller Kugelschreiber. Eine Werft besuchen, auf der Gondeln gebaut werden. Die Lieblingsbilder? Ihres Mariä Himmelfahrt von Tizian, in der Santa Maria Gloriosa dei Frari, seines der Heilige Hieronymus mit Löwen von Carpaccio in der Scuola di San Giorgio degli Schiavoni. Es waren Fragen nach dem, was man schon gesehen und gelesen hatte. Aber auch das: der erste Kuss. Wo und wann? Das erste Zusammensein mit einem Mann, einer Frau. Wo und wann? Der wichtigste Film in den letzten drei Jahren, welches Tier, gäbe es denn eine Seelenwanderung, er werden möchte? Gar nicht so leicht, hm, wahrscheinlich ein Delphin. Und sie? Drossel. Und tatsächlich sang sie. Sie war die einzige Frau, mit der er zusammengewesen war, die morgens im Bad sang, erst ein melodisches Summen, das dann unter der Dusche zum Gesang wurde, um beim Schminken wieder zum Summen zu werden. Und wieder eine Frage und ein Suchen in der Vergangenheit. Ein Schweigen. Ihr Atemzug. Ein treffliches Wort, wenn er daran dachte, wie sie dalag und tief atmete. Sie schlief schnell ein. Plötzlich antwortete sie nicht mehr. Er lag und lauschte ihrem Leben. Sie aber wachte nachts auf und gewöhnte sich an, ihn, lag er denn auf der Seite mit dem Rücken zu ihr, durch ein zartes Kratzen zu wecken, damit er sich umdrehe und sie ihn auf sich ziehen könne.

Sie stieg aus den Gummistiefeln und zog ihren Kaschmirmantel, den sie zunächst noch anbehalten hatte, aus. Er sah unter dem schwarzen Pullover ihre Brüste, sah, obwohl er weit geschnitten war, dass sie zugenommen hatte, an den Hüften und auch an den Schenkeln. Sie zog aus ihrer Reisetasche die Mokassins heraus und streifte sie über. Vor fünf Tagen sei sie nach Berlin gekommen. Ursprünglich habe sie eine Reise nach Wien, London, Berlin und Leipzig vorgesehen, Städte, in denen die Maler lebten, die sie in ihrer Galerie ausstellte. Aber dann sei etwas dazwischengekommen. Und wieder schwieg sie, und Eschenbach wusste nicht recht, ob er nach der Art des Dazwischenkommens fragen sollte.

Ich habe nicht gedacht, dass du so geschäftstüchtig bist.

Sie lachte. Ich auch nicht. Es ist eine Folge, sie stockte, von uns.

Was sie sichtlich mit dieser nüchternen Einrichtung ein wenig versöhnte, waren die Flaschen, die in der Ecke standen, in Form und Größe unterschiedliche Flaschen, Selters- und Saftflaschen, aber auch Plastikflaschen, Flaschen mit Korken und Drehverschlüssen, große und kleine. Einige mit einem krustigen Grüngrau, der Ablagerung von Salz und Algen, bedeckt, andere zeigten sauberes, durchsichtiges Flaschenglas. Sie nahm eine in die Hand und betrachtete das darin liegende Papierröllchen, zusammengebunden mit einer blauen Schleife.

Flaschenpost?

Werden besonders in den Sommermonaten hin und wieder angetrieben. Die Vorgängerin hatte schon einige zusammengetragen.

Die hier ist ungeöffnet.

Ja.

Er hatte die Flaschen, die durch die Strömung meist am Südoststrand angeschwemmt wurden, gesammelt und in die Hütte getragen.

Die Botschaften sind enttäuschend. Bitte um Briefkontakt von Feriengästen, meist in Kinderschrift, auch wenn das Alter mit vierzig angegeben wird. Komme aus Wuppertal. Floristin. Zwei Katzen, jetzt bei der Freundin.

Welches Du wird diese Flasche finden? Bitte schreibe. Garantiert Antwort von einsamer Badenixe in Cuxhaven.

Seine Vorgängerin hatte die, die sie fand, geöffnet und brav zurückgeschrieben, auch der Badenixe. Die Zettel und die Briefe hängen dort am Brett.

Nein, ich habe keine geöffnet. So warten die Wünsche auf ihren Empfänger. Das ist das romantische Strandgut. Alle drei Tage sammle ich die Realität auf. Führe auch ein Protokoll. Der Müll stammt meist von den Schiffen und Jachten.

Wie schön gedeckt, sagte sie, richtig feierlich.

Selten kommen Gäste. Er setzte die Kartoffeln, die er schon geschält und geschnitten hatte, auf dem Herd auf und daneben den Topf mit den Roten Beten.

Sie sah sich auf dem Schreibtisch um, fragte, darf ich?

Nur zu.

Auf dem Tisch lagen die Tabellen der Vogelarten, Wetter, Temperatur, Windgeschwindigkeit, all das, was er morgens, mittags und abends ablas. Die Schätzung der Vogelzahlen, die Daten der Vogelarten. Das Protokoll über den Müll, über Todfunde im Spülsaum.

Todfunde?

Verendete Vögel. Ich untersuche die Todesursache. Müll im Magen, Öl im Gefieder oder Altersschwäche.

Sezierst du die Vögel?

Hin und wieder. Vor allem schaue ich, ob sie beringt sind. Das melde ich. So kann man ihren weiten Weg verfolgen.

Sie blätterte in den Recherchenheften und in den Fotografien von Darstellungen der Jonasgeschichte, die er in den letzten Jahren gesammelt oder aber in Kirchen und Museen selbst gemacht hatte.

Du arbeitest immer noch über Jonas?

Ja, hier ist der rechte Ort.

Sie suchte in den Fotografien. Eine zog sie heraus, ein Sarkophagrelief aus Byzanz aus dem 11. Jahrhundert.

Der Künstler hatte sicherlich nie einen Wal gesehen. Dargestellt war ein Ungeheuer, eine Mischung aus Drachen und Fisch, ein Fabelwesen, das den Rachen geöffnet hat, in den eine kleine Gestalt hineinspringt.

Das Tier wirkt so pflichtbewusst, sagte sie, wie es den Rachen aufreißt, um den Propheten zu verschlucken. Es liegt aber auch viel Hoffnung darin, denn man weiß, dieser Mann wird nicht verdaut.

Ich glaube, hatte sie bei ihrem letzten Treffen in dem Coffeeshop gesagt, im Gegensatz zu dir. Ich glaube an Gott. Ich glaube an ein Nachleben. Es sind einfache

Erfahrungen, die mich das glauben lassen. Eine Gewissheit. Und ich glaube an die Institution der Ehe. Und ich glaube an die Institution der Kirche. Das ist doch ein ganz bequemes Gerede, eine Ausrede, um keine Steuern zahlen zu müssen, von wegen, ich glaube an Gott, aber nicht an die Kirche. Ich bin getraut worden. Ich habe in Weiß geheiratet. Es war ein Fest, und ich war sicher, dass ich die Ehe nicht brechen werde. Du bist schuld. Nicht weil du mich überredet hast, sondern weil es dich gibt. Weil ich dich nicht vorher getroffen habe. Aber man kann nicht ein klein wenig korrigieren. Man muss dann einen Schnitt machen. Darum habe ich es Ewald gesagt, und darum habe ich mich getrennt. Aber ich will mich nicht scheiden lassen. Deshalb finde ich eine evangelische Bischöfin, die geschieden ist, ganz unmöglich. Sie kann saufen, sie kann bei Rot über die Kreuzung fahren, Affären haben, aber sie kann und darf sich nicht scheiden lassen.

Er konnte nicht nachvollziehen, warum sie, die so offen, so gelassen in der Einschätzung moralischer Dinge war, gerade in der Frage der Ehe so kompromisslos dachte. Aber sie sagte: Es muss in dieser heillosen Welt etwas Heiliges geben.

Ich glaube, sagte sie, daran verzweifelt Jonas, ein Gesetz wird gebrochen. Gottes Wort soll gelten. Und Gott darf sich nicht wie einer der evangelischen Pastoren verhalten, die alles verstehen und alles verzeihen. Das sind Sozialarbeiter mit Griechischkenntnissen, mehr nicht.

Er lachte und nahm wie früher ihre Hand und küsste sie, kurz nur, um sie sogleich in einem sachlichen Ton nach ihrer Galerie zu fragen, von der ihm Selma und Ewald erzählt hatten.

Die erste Galerie hatte sie, bevor sie nach Los Angeles umzog, in Tribeca in einer Garage eröffnet, das war der Anfang, jemand hatte sie auf den leerstehenden Raum aufmerksam gemacht. Sie hatte ihn ausgeräumt. Viele Reifen. Altes Werkzeug. Dinge, die dich als Hobbymechaniker interessiert hätten. Ein Motor, von dem mir ein Mechaniker sagte, der stamme noch von einem alten Ford. Ihre Freunde in New York fanden es sexy, wie sie diese Garage entrümpelt hatte, im Blaumann und mit Arbeitshandschuhen, und wie sie danach mit einem Freund die Garage gestrichen hatte, weiß, aber so, dass das Ziegelwerk zu erkennen war.

Der Freund, Maler?

Nein, Jazzmusiker. Und nach einem kleinen Zögern sagte sie, er hat mir sehr geholfen, nicht nur beim Entrümpeln der Garage. Er war die Neue Welt. Kam aus St. Louis, ein Schwarzer, spielt Saxophon. Brian. Unter Kennern hat er einen guten Namen. Ich habe ihn bei Freunden kennengelernt. Und dann hat er SMS geschrieben, morgens, mittags und abends. Sogar wenn er spielte und mal Pause hatte.

Du warst mal strikt dagegen.

Ja, aber jetzt, also dort, ja, ich bin inzwischen ganz schnell geworden.

Eine starke Unruhe überfiel Eschenbach, dieser

Mann, der für ihn nur ein Name war, aber der Gedanke, wie er mit ihr zusammen gewesen war, die Vorstellung war sogleich eine andere, wildere als die, die er mit Herbert, ihrem jetzigen Freund, verband. Wahrscheinlich, weil er Jazz spielte, was Eschenbach gern gekonnt hätte, wahrscheinlich, weil dieser Brian, wie Eschenbach glaubte, jünger als er selbst war.

Brians Auftauchen war ungewohnt für die Kinder gewesen, und am heftigsten hatte sich die Tochter gewehrt. Sie war abweisend bis zur Ungezogenheit. Ich habe es vermieden, vor den Kindern mit ihm Zärtlichkeiten auszutauschen, nicht etwa, weil Brian schwarz war, sondern weil ich das auch bei den anderen Männern nie getan habe. Auch mit Ewald waren es nur Küsse, ein Auf-den-Mund-Küssen, aber familiär. Bei Brian habe ich noch weit mehr auf diese Distanz geachtet. Vielleicht war aber eben das der Grund, warum er den Kindern so fremd blieb.

Und was macht er, Herbert?

Der ist an der Uni. Unterrichtet spanische Literatur.

Er hob den Deckel von dem Topf, in dem die Kartoffeln kochten, und beobachtete, wie das Wasser in einem eigentümlich ruhigen Rhythmus aufwallte und wieder zurückfiel. Kein heftiges Brodeln.

Er nahm das gut geschliffene Messer, sagte, warte, und ging hinaus. Er zog die Schollen nacheinander aus dem Bottich, stach mit dem spitzen Messer hinter die Köpfe und nahm die Innereien heraus.

Was ist das für ein Heulen, fragte sie, als er wieder in die Hütte kam.

Die Ertrunkenen, die ihre Knochen am Ufer suchen. Behauptete meine Vorgängerin. Musste mich auch daran gewöhnen. Das Schlürfen, dann dieser helle Ton. Es ist der Wind im Schornstein.

Sie am Tisch, ein Anblick, der ihm dieses Empfinden von der früheren unbedingten Nähe gab, wie sie dasaß in dem schwarzen Rollkragenpullover, den Jeans, und die Hütte mit dem Geruch eines fruchtig süßen Parfums erfüllte, ein fremder Geruch, der ihn an Süden, an das Wort Resedagrün denken ließ. Wegen dieses Dufts zögerte er, die Schollen in die Pfanne zu legen.

Schreibst du, fragte sie und zeigte auf die Abschriften der Gesprächsprotokolle, die er vor drei Jahren angefertigt hatte.

Eine Recherche. Für ein Meinungsforschungsinstitut.

Und worüber?

Über das Begehren.

Und dann?

Habe es abgebrochen. Meinungsverschiedenheiten. Inzwischen sammelt sich all das, was nicht zu Ende geführt ist. Jetzt habe ich die Schicksale hier herumliegen, ein Haufen Papier.

Das Begehren, das ist doch alles und es ist nichts. Eine graue Katze in der Nacht.

Eschenbach ergriff die Topflappen und hob den Topf mit den Roten Beten vom Herd, sagte, ich hoffe, du magst Kumin und Kardamom. Ist schon wahr, es ist alles und nichts, aber eben doch eine Katze. Was und wie und wann wird es zu dem Alles oder Nichts. Nicht die Begierde, nicht die Gier, sondern das, was unser Bild ist, was die Sinne leitet. Und wie und woher das Bild?

Ach herrje, sagte sie, hob die Reisetasche auf den Tisch, das hat mich begleitet, und holte eine Rotweinflasche heraus.

Passt zwar nicht zum Fisch, aber ich bin sicher, das Grau der Katze wird rot. Kommt von einem kleinen Weingut. Da hast du alles in einem guten Schieferboden mit Kalkeinschlüssen, eine gute Traube, Blaufränkisch, ein gutes Jahr. Leider etwas arg durchgeschüttelt, aber lange stehenlassen können wir ihn ja nicht.

Er las das Etikett: Rabenkopf.

Das ist unser poetisches Verhältnis zur Welt. Und das muss seine Sprache finden.

Was?

Der Wein. Der hat seine Sprache. Komm, mein Beachcomber.

Sie sagte es so wie damals: Komm, mein kleiner Mohikaner, dachte er, als er unter dem Drahtzaun durchgekrochen war, ihrem Lachen und ihrer Entschiedenheit entgegen. Hic Rhodus, hic salta, hatte sie, die Lateinlehrerin, gesagt.

Das war so weit weg, als sei es eine Erinnerung an eine Filmszene. Unvorstellbar, das nochmals anzusprechen. Zu fragen, ob es ihr gut getan hatte, damals, dieses eine Mal, in dem es aus Rache, aus Wut geschehen war. Sie war es, die trotz eines nicht so weit entfernt vorbeilaufenden Joggers gesagt hatte, los, jetzt komm. Vielleicht hätte er sie abhalten sollen. Aber das wäre ernsthaft nur aus der Zukunft zu denken gewesen. Also gar nicht.

Die Mücken, hatte er gesagt.

Na und?

Was lachst du?

Nur so.

Sag schon.

Das sind Bilder, du kennst es, die einem durch den Kopf ziehen, und jeder Versuch, sie zu beschreiben, würde sie ganz unansehnlich und grau erscheinen lassen. Sie sollen in ihrem Reich bleiben, dem, wohin die Sprache nicht reicht.

Komm. Lass uns schon mal anstoßen.

Der Wind drückte jetzt hin und wieder mit Macht den Regen gegen die nach Norden weisende Wand, und jedes Mal flackerte die Kerze, obwohl doch in diesem technisch soliden Wohncontainer alles gut abgedichtet war.

Sie hatte ihm ja schon auf der Düne gesagt, dass sie in einer festen Beziehung lebe. Seit drei Jahren seien sie zusammen. Sie wohnten aber nicht zusammen. Es ist die schöne Distanz, die uns verbindet. Sie wohne in einem Haus, nicht sehr groß, aber mit Blick auf den Pazifik.

Sie hätte auch sagen können, ich bin nicht gekommen, um an etwas Früheres anzuknüpfen. Ich bin gekommen, um zu reden, oder, wie er vermutete, um etwas zu klären, was damals abrupt und ohne viel Worte geschehen war.

Er suchte in einem mit Großbuchstaben bedruckten Pappkasten, hob kleine Zettelkästen heraus, blätterte und zog eine Karteikarte hervor. Hier, sagte er und las vor: *Die Männchen kämpfen bis zum Äußersten um den Besitz des Weibchens, und dieser Kampf ist so gewalttätig, dass sie dabei oft zu Boden fallen. Es gibt wenige Vögel, die so hitzig und so leistungsfähig in der Liebe sind. Man sieht sie sich bis zu zwanzigmal in Folge paaren, immer mit demselben Eifer, denselben Erschütterungen, denselben Ausdrücken der Lust; eigenartig ist, dass das Weibchen als erstes die Geduld zu verlieren scheint bei einem Spiel, das sie offenbar weniger ermüdet als das Männchen, das ihr aber auch viel weniger gefallen dürfte, da es keinerlei Vorspiel gibt, keinerlei Zärtlichkeiten, keinerlei Variation der Sache selbst; viel Ungestüm ohne Zartheit, stets hastige Bewegungen, die nur von dem Bedürfnis an sich zeugen; man vergleiche das Liebesspiel der Taube mit dem der Sperlinge, und man wird darin all die feinen Unterschiede zwischen rein körperlichem und sittlichem Verhalten finden.*

Sie lachte und sagte, sehr schön, das Zitat musst du mir schenken. Von wem ist das?

Buffon, *Histoire naturelle des oiseaux*, 1775.

Gut. Ich will eine Ausstellung mit erotischen Motiven vorbereiten, das passt wunderbar in den Katalog.

Und dein Favorit: Taube oder Sperling?

Die Tauben fand ich, sagte sie, schon immer grässlich, dieses Drehen und Wenden, wenn sie balzen, diese ruckartigen Kopfbewegungen, das Gespreize, dieses blöde kopfnickende Schreiten, unerträglich. Der Spatz wäre mir der rechte Verehrer. Ich habe immer für Freibeuter geschwärmt.

Einen Moment lang überlegte er, ob sie Ewald einmal so gesehen hatte, oder nicht doch eher das von der Biopsychologie gefeierte Männchen, verlässlich, treu und der sichere Brutschützer samt Futterbeschaffung. Um sich selbst dann, so vermessen war er schon, als Freibeuter zu sehen, auch wenn er gestrandet war.

Dein Pazifik würde erbleichen, wäre der Himmel jetzt wolkenlos. Die Sterne sind so überraschend nah. Du siehst die ferne Lichterkette der Küste. Das Licht des Leuchtturms von Helgoland und von der Insel Neuwerk, so als schneide der Strahl Bahnen in die Dunkelheit, eine Verbindung zum Großen Wagen dort oben, zum Nordstern. Und du siehst in der Ferne die Lichter der Schiffe. An klaren Tagen weißt du, warum das Licht die Konstante sein muss, an der alles Relative gemessen wird.

Ach, sagte sie, der Regen, dieser Wind, diese merkwürdige Anreise, all das tut's auch. Das ewige Blau wird langsam zum Grau. Ist doch ein Grund, wahrscheinlich, warum es im klassischen Griechisch kein Wort für blau gibt. Man sah vor lauter Himmel das Blau nicht.

Ihr prüfender Blick, ein Zögern: Selma hat mir erzählt, dass dein alter Saab gepfändet wurde.

Ich musste ihn verkaufen. Wie alles andere auch. Ich bin ein Ballonfahrer, der Ballast abwerfen musste, so gewinnt man wieder Höhe und sieht mehr von Land und Leuten. Ewald hatte mir angeboten, den Wagen aus der Konkursmasse herauszukaufen und auf seinen Namen zuzulassen.

Das ist typisch Ewald.

Der Saab war für mich, was der hölzerne Jollenkreuzer für Ewald ist. Der Wagen musste ständig repariert werden. Das bringt das Alter so mit sich. Ich hatte mich eingearbeitet. Habe damit als Student auch ganz gut dazuverdient. Ich habe nie wieder mit einer derartigen Zufriedenheit meine getane Arbeit betrachtet wie bei den Autos, die nicht mehr dröhnend, sondern leise vom Garagenhof fuhren. Die Zufriedenheit, etwas so gemacht zu haben, dass man sagen konnte, es ist gut. Überall wird gewerkelt. Die Natur ist immer mit der Erneuerung und Verbesserung beschäftigt. Und da war der Blaumann, den ich mir überzog, ein liturgisches Grundgewand.

Sie lachte, kam einen Schritt auf ihn zu und gab ihm wie zur Belohnung einen Kuss auf die Wange. Und wieder war dieser Duft einer fernen Blüte da, der an ihm haften blieb.

Hast du noch den Armreif, den Ewald von Selma gekauft hat?

Ja. Irgendwo. Ich habe ihn danach nicht mehr getragen. Was macht Sabrina?

Börsengeschäfte.

Was genau?

Ich weiß nicht, sie hat zweimal im letzten Jahr gewechselt. Letztes Mal hab ich sie nicht gefragt. Ich müsste es wissen. Ich bin kein guter Vater, sagte er.

Das bist du wahrscheinlich nicht, aber schon so, wie du das sagst, machst du es dir leicht. Das hört sich so gut an. Du gefällst dir darin, mein Lieber. Ich bin keine gute Mutter, und ich gefalle mir gar nicht darin. Ich gebe mir jede Mühe, jede nur erdenkliche Mühe habe ich mir gegeben, aber es ist nicht gelungen. Das Mädchen sonderbarerweise hat alles gut überstanden, aber der Junge, sein Alter, als ich mich trennte, er lutscht heute mit sechzehn noch Daumen, ich habe den Psychiater gefragt, der sagte, lassen Sie ihn Daumen lutschen, das korrigiert sich, wenn er es öffentlich macht, von selbst. Zeugt doch von Selbstwertgefühl. Vor allem besser, jetzt den Daumen zu lutschen als später nur den Daumen der Frauen. Ich habe den Psychiater gewechselt, er machte mich an, da ja nicht ich, sondern der Junge sein Patient war, stell dir das vor, fragt mich, ob wir uns außerhalb der Problemzone einmal treffen könnten, ich habe es Herby gesagt, der wollte ihn anzeigen, aber wie, nein, der Junge hat am meisten gelitten.

Dass Ole Daumen lutscht, das ist nicht komisch, schrie sie plötzlich, sieh mich an, du sollst nicht lachen. Hörst du.

Ich lache nicht.

Doch, du grinst innerlich.

Nein. Ich grinse nicht. Ich bin traurig.

Du?

Ja.

Nach einiger Zeit fuhr sie fort: Der Junge hatte die Ausbrüche von Ewald gehört. Seine Beschimpfungen. Das war später. Als ich es Ewald gesagt hatte, endlich, als ich wieder das zusammenfügen konnte, was ich denke und was ich sage, was ich fühle und was ich sage, als ich versuchte, das zusammenzuführen, da saß er da, ich hielt seine Hände, ich weinte, er verstand zuerst gar nicht, und dann brach es aus ihm heraus: Er nannte deinen Namen. Vier, fünf Mal. Unmöglich. Er schüttelte den Kopf. Und dann. So, schrie er. Und dann – zwei Worte.

Was?

Nein. Ja, er schrie.

Welche Worte?

Man muss nicht alles wissen. Er schrie, stand auf und rannte hinaus. Er lief raus, in seinen Slippern, in Hemd und Hose, er lief durch die Straßen. Es regnet, habe ich hinter ihm hergerufen. Und als er nicht zurückkam, habe ich ihn gesucht, bin mit dem Wagen durch die Straßen gefahren, dort ein Mann, nein, der führte seinen Hund aus. Und dann sah ich ihn, durchnässt, ich fuhr neben ihm her, lass uns reden. Er hörte nicht, ein Paar unter einem Regenschirm kam uns entgegen, blieb stehen, er ging, lass uns reden, da kam er zum Wagen und sagte, lass mich in Ruhe. Was willst du, komm, bitte, steig ein. Nein. Er blieb ruhig. Ich will allein sein. Ich muss nachdenken.

Später waren wir bei einem von Freunden empfohlenen Eheberater. Es hieß, er könne auch die verworrensten, von Hass gesteuerten Zerwürfnisse harmonisieren, zumindest so, dass die Paare später miteinander umgehen konnten, ohne einander an die Gurgel zu gehen. Bei uns war es ja nicht das An-die-Gurgel-Gehen, sondern das Erlöschen. Ja, bei mir war es erloschen, etwas war tot, etwas fehlte. Aber was? Bei Ewald war es so ganz anders, Ewald litt, und er litt sehr. Nur eines war nicht möglich, das wusste ich, zurückzukehren.

Der Mittler gab sich alle Mühe, aber die Mühe war vergebens. Die Ratschläge waren denkbar für Partner, die zueinander wollten, aber nicht konnten, weil ihnen bestimmte Eigenarten des anderen im Weg waren. Von denen der eine mehr Nähe und der andere mehr Distanz brauchte. Der Mittler kann dann helfen, diesen Zwischenraum allmählich zu bestimmen, so lässt es sich leben.

Aber ich war aus der Umlaufbahn hinausgeschleudert worden. Ich war plötzlich ein freies Radikal, so muss ich sagen. Ich musste auch Ewald schützen, auch mich und die Kinder. Und so bin ich gegangen, und wie es heute aussieht, war es richtig.

Eschenbach war aufgefallen, wie schnell sie trank. Er machte vorsichtshalber auch die Flasche Rotwein auf, die er aus Berlin mitgebracht und für die Nacht vor seiner Abreise von der Insel aufgehoben hatte.

Die Welt war aus den Fugen, hat Ewald gesagt, nach unserer Trennung.

War sie das nicht immer?

Nein. Ich bin gekommen, meinen Frieden mit dir zu machen, so wie ihn Ewald mit dir gemacht hat.

Ich dachte, wir hatten nie Krieg.

Siehst du, sagte sie, du hast es gar nicht gemerkt. Ich hatte Krieg mit dir, ich wollte nichts mehr von dir wissen. Ich wollte, hätte ich gekonnt, alles ungeschehen machen wollen.

Wirklich?

Ja, wirklich.

Der Wind rüttelte wieder an der Hütte. Und er dachte, sie ist schön, noch schöner, als ich sie in Erinnerung hatte, schöner als auf dem Foto, das er in seiner Wohnung aufgestellt hatte und hin und wieder betrachtete. Die feinen Falten um die Augen, man sah, sie lachte leicht und oft. Und um den Mund zwei feine Linien, dazu eine kleine Vertiefung, dort, wo die Lippen aufeinandertrafen. Etwas Wissendes, etwas, das Lust empfunden hatte und Lust geben konnte, zeichnete sich dort ab. Sie sah ihn an, nicht herausfordernd, sondern seinen Blick erwidernd, ließ ihn zu sich hinein und reichte ihm die Hand über den Tisch.

Das letzte Mal, als wir uns trafen, war es nicht gut, sagte sie, so konnte es nicht, so durfte es nicht bleiben.

Er versuchte nicht, ihre Hand festzuhalten, sagte nur: Ja, so ist es besser.

Und er dachte, es ist gut, so wie wir miteinander umgehen, kein Aufeinander-Zu- und kein Von-einander-weg-Stürzen. Früher: Ihr Abwehren, sein Drängen, das plötzliche Sich-Öffnen.

Das Licht blakte, und er drehte die Kerze ein wenig, damit sie gleichmäßig abbrannte.

Für sie hatte er sich das Wort Liebe bewahrt. Und bei ihr ging es ihm leicht über die Lippen, auch jetzt für sich und stumm gesprochen. Und jedes Mal, wenn sie ihm in den vorangegangenen Monaten in der Hütte begegnet war. Das Bild war nicht verblasst.

Aber ihre Sprache hatte einen anderen Klang. Da war dieser fremde amerikanische Tonfall. Sie spricht in der fremden Sprache, die für sie nicht mehr fremd ist, über Liebe, über ihre Wünsche. Warte, ich komme gleich. Warte, noch ein wenig. Geschäftliches hält die Distanz zur fremden Sprache, bewahrt die eigene, aber die Wörter, mit denen unsere Wünsche benannt werden, sie schmiegen sich der Aussprache des Geliebten an, bringen diesen etwas breiten Ton in den Mund. Ja, er glaubte den Tonfall des Mannes, den er nicht kannte, in ihrer Betonung zu hören.

Als er für die Norne zu arbeiten begann, hatte er sich mit Hypnose beschäftigt, denn das war es, wie ihm schien und wie er bei Roland Barthes bestätigt fand, Liebe auf den ersten Blick als Hypnose. Unter posthypnotischer Suggestion treten messbare Veränderungen auf, las er. In neuropsychologischen Untersuchungen mit bildgebenden Verfahren konnte gezeigt werden, dass dabei die Aktivität bestimmter Gehirnareale selektiv reduziert ist.

Es war, als ich dich sah, kein Nachdenken, nur der dringliche Wunsch, dir nahezukommen.

Sie lachte und umarmte ihn, aber einen Moment länger als bei einer bloß spontanen Geste, dass er kurz und doch lang genug ihre Wärme und Weiche spüren konnte.

Sie setzte sich wieder an den Tisch, zeigte auf die Manuskriptseiten und fragte, darf ich.

Immerzu.

Sie las ihm, der am Küchentisch hantierte, laut vor: Siebenunddreißig, Manager in der Elektronikbranche, verheiratet, zwei Kinder – wer ist denn F.?

Betriebsgeheimnis, nein, natürlich nicht, aber du kennst ihn nicht.

F. geht am Abend mit Freunden in eine Bar, trinkt, es ist Sommer, ein Glas Weißwein. Ihm gegenüber sitzt eine Frau in einem roten Kleid. Das Rot, diese Signalfarbe, lenkt seinen Blick auf die Frau. Er sieht die Frau nur von hinten, die Haare hochgesteckt, mittelblond, den Hals, eine Kette aus kleinen Goldkugeln. Das fiel F. auf, wie er sagt, weil er seiner Frau eine ähnliche geschenkt hatte, auch der Hals, der dem seiner Frau ähnlich sah.

Ein Serientäter, sagte sie und lachte.

Lach nicht, lies weiter.

Ein figurbetontes Kleid, so der Ausdruck von F., und auf Nachfrage, kniefrei.

Sonderbar, welche Begriffe im Kopf eines Elektronikmanagers abgerufen werden können. Denkt man doch eher an einen Verkäufer für Damenbekleidung.

Inzwischen ist er, sagt F. von sich selbst, dermaßen abgelenkt, dass die Freunde ihn fragen, was denn los sei.

In dem Moment steht die Frau im roten Kleid auf und mit ihr auch ihre Nachbarin, eine junge, recht füllige, nein, rundliche Frau. Die beiden Frauen gehen an F.s Tisch vorbei, wobei die Frau im roten Kleid, auf ihn zukommend, ihn unverwandt anblickt, aber, wie er sagt, neutral, kein Lächeln, kein Aufmerken im Gesicht zeigt, sie streift ihn mit dem Arm, sagt Entschuldigung und sieht ihn an. Sehr blaue, F. sagt, gletscherblaue Augen.

F.s Bericht fällt durch die Wahl von recht ungewöhnlichen Adjektiven auf. Die beiden Frauen gehen Richtung Ausgang und hinaus. Einen Moment hat F. gezögert, dann ist er aufgestanden und ihr gefolgt.

Der Augenblick, als er sie kommen sah, fragte Anna, soll schon in dem Blick das Hypnotische liegen? Ist das nicht die Situation, die uns durch Bilder steuert, die uns schon vorher begleitet haben, beim Gang durch die Stadt, in Fernsehen und Film, in den Zeitschriften? Dein Proband könnte doch eben einen Reklamefilm gesehen haben, für Haarfestiger, Sekt, Zigaretten. Allein das rote Kleid. Hätte er sie wahrgenommen, wenn sie ein graues oder braunes Kleid angehabt hätte?

Nein, warte, sagte er, er geht weiter, ich erzähle die Kurzfassung. Dieser Mann, F., geht raus, stellt sich neben die rotgewandete Frau, deren warmen Körper er eben mehr geahnt als flüchtig gespürt hat, und sieht ihre Freundin, ich, sagte er, habe sie später gesehen, einfach und etwas gemein gesagt, sie ist dick, rundlich, so ein verschmitztes Lachen in den, ja, Backen, muss man sagen, Wangen wäre falsch. Sie sehen sich an, reden miteinander, verabreden sich, das alles bei einer Zigarettenlänge, er geht wieder hinein, sie geht mit der

Roten wieder hinein, vier Monate später lässt sich F. scheiden, enorme Kosten, Auszug aus dem Haus, Trennung von einer Frau, die so aussieht, wie du vermutet hast, schlank, elegant, das, was die Partnerschaftsvermittlungen als attraktive Vorzeigefrau annoncieren. Einzug bei der, fast hätte ich gesagt, Dicken. Ich habe ihn gefragt. Was war das? Und er sagte, der Blick, das Lachen, ich wusste, ich bin bei ihr der, der ich bin, keine Reckaufschwünge zur Selbstdarstellung, Ruhe, bei sich sein, ich habe vier Kilo zugenommen, bei ihr sein, kluge, freundliche Zuwendung, Fragen und keine Meinungen. Eine Frau, die sich mit Meinungen zurückhält, zuhört und dann diese klugen, witzigen Einschätzungen, ach, sagte er, wir reden, und ich sehe die Welt neu. Ja, er schwärmte.

Und, fragte sie, das alles beim ersten Blick?

Nein, später, nach ein, zwei Treffen, natürlich Rede und Gegenrede. Aber immerhin der Anfang, diese Ahnung. Das interessiert mich.

Zuletzt, als ich ihn traf, zufällig, lebte er, durch die Scheidung geknebelt, mit der Frau und einem Kleinkind zusammen in einer Dreizimmerwohnung, also eine Schrumpfung, ich würde sagen um fünfzig Prozent.

Bei vier Jahren kann man nicht von der typischen Verfallszeit sprechen. Der Mann machte jedenfalls einen zufriedenen Eindruck.

Eschenbach hatte gut Butter in die Pfanne gegeben, und jetzt, da sie goldbraun wurde, legte er die Schollen hinein, und der Geruch des bratenden Fischs überdeckte den Duft, den sie an sich trug.

Wie merkwürdig, dachte er, nur zweimal haben wir

für uns, das heißt für uns vier gekocht, einmal ich, das Rinderherz, und einmal sie einen Kalbsbraten. Jede erdenkliche Nähe hatten wir, aber nicht die des Alltags. Die Gelassenheit des Zusammenlebens haben wir nicht erfahren. Das Vertrauen in den nächsten erwartbaren Griff, den Geruch, den Geschmack. Die Sätze, die das begleiten und uns Halt geben.

Das ist das so Paradox-Schöne am Begehren, es hört auf, kommt es an sein Ziel.

Und danach?

Stillstand, Langeweile. Oder Mord und Totschlag. Das Normale. Frag einen Scheidungsanwalt.

Nein, sagte sie, besser du fragst uns.

Es gab das Normale nicht. Keinen Alltag. Aber auch nicht die Wiederholungen, das erwartbar Störende, nicht die Gewöhnung, die lähmt.

Sie hatte sich an den Tisch gesetzt und beobachtete ihn, wie er die Kartoffeln abgoss und noch mal abdämpfte, wie er mit einer Bratenschaufel die Schollen aus der Pfanne hob und sie auf die vorgewärmten Teller schob, neben die aufgeschnittenen Roten Bete, und die Kartoffeln dazulegte.

Perfekt, sagte sie, du hast mir das Prinzip des Optimierens ja einmal am Beispiel des Kaffeekochens erklärt. Hier stimmt alles. Gut optimiert.

Sie stießen an. Sehr gut. Der Wein hat einen fernen Geschmack von Brombeere, sagte er. Als Kind habe er die Beeren in einem Schrebergarten von einem Strauch stibitzt. Mein Vater sah die zerkratzten Arme, fragte, und als ich es ihm sagte, hat er mir eine Ohrfeige gegeben. Seitdem ist dieser Geschmack mit der Erinnerung an Strafe verbunden, und ich esse das Brombeergelee mit einem Gefühl wie ein Eroberer, ja mit Triumph. Du hast gut gewählt.

Sie ging nicht darauf ein, hob mit dem Messer vorsichtig das helle Schollenfleisch von den Gräten, salzte nach, schob das weiße Fleisch in den Mund, ihr Kauen, schmeckt ganz wunderbar, sagte sie, so direkt aus der Nordsee. Und nach einer längeren Pause, in der sie beide aßen, sagte sie, ich habe das erst später erfahren, von deinem Konkurs. Ich war schon drüben. Eigentümlich, der Atlantik schuf tatsächlich Raum, Entfernung zu all dem, auch zu dem Kummer anderer Menschen, nicht nur zu dem eigenen.

Er mochte ihr Kauen, eine eigentümlich langsame, rhythmische, synkopisch unterbrochene Bewegung, die so gar nichts Gieriges, aber doch etwas zurückhaltend Genießendes hatte. Sie bemerkte seinen Blick und lobte, wie er die Schollen gebraten hatte, das Fleisch saftig und doch gar. Und er lobte abermals den Wein, dem man die Reise und die Kutschfahrt nicht anmerkte. Aber wer weiß, wie der Wein, hätte er drei Tage ruhen können, geschmeckt hätte. Eschenbach war kein Weinkenner, anders als ihr Mann, der jetzt nicht mehr ihr Mann war. Von dem er jetzt wieder dachte, ihr Mann, ja, er ertappte sich, wie er ihn für sich wieder den Planer und nicht Ewald nannte.

Sie wischte sich mit der Serviette den Mund ab, vorsichtig, blickte auf die Serviette, auf der eine Spur Rot von ihrem Lippenstift haften geblieben war, und sagte: Ich habe dir geschrieben.

Das erste und letzte Mal, dass ich von dir gehört habe. Du hast nicht geantwortet, nie geschrieben, sagte sie.

Was, fragte er. Eine Zusammenfassung unserer Zeit? Eine Nänie? Ich wusste nicht einmal, wie ich dich im Brief hätte anreden sollen.

Sie saßen einander gegenüber am Tisch, zwischen ihnen ein Stillleben. Was von den Schollen geblieben war: die filigranen Skelette der Gräten. Die Rotweingläser mit Spuren der Lippen.

Und sie, die Zarte, die Gefasste – er musste das Bild, so wie er sie jetzt vor Augen hatte, verscheuchen – die, als sie einmal auf einem Sofa zusammenlagen, das zuvor Unvorstellbare, sie hatten getrunken, rief: Ja, fick mich, fick mich, und es war, als wären sie mit Benzin übergossen worden.

Später hatte er sich gefragt, ob sie das auch zu ihrem Mann gesagt hatte. Er glaubte eher nicht, und wenn, dann nur am Anfang. Aber das Beginnen war ein mühseliges, ein, wie er wusste, über Wochen, über Monate sich hinziehendes Werben Ewalds gewesen, und dann, dachte er, bricht so etwas nicht aus einem heraus. Aber vielleicht erlag er da einer Selbsttäuschung.

Er schenkte Wein nach.

Dein Büro lief doch gut, sagte sie.

Dachte ich auch. Dann brach ein großer Auftrag weg und ein anderer Kunde zahlte nicht, der war bankrott gegangen. Und einer wanderte mit dem Partner, den ich auszahlen musste, ab. Genauer, der Partner nahm den Kunden mit. Und es waren zu viele Leute in fester Anstellung. Ich hätte Leute entlassen müssen, so muss ich heute nüchtern sagen. Und, und, und. Zum Schluss war es ein kunstvolles Gewölbe, wie Kleist es beschrieben hat, alle Steine stürzen, darum halten sie. Es waren viele Schulden, und die hielten sich gegenseitig. Als ein Stein dann tatsächlich aus dem Gewölbe herausbrach, stürzte alles ein. Ich lag unter Trümmern begraben. Ja. Es kam mir gelegen, so muss ich heute sagen. Es lenkte mich ab.

Nach einer langen Pause hörte er ihre Stimme: Auch ich lag unter Trümmern.

Es prasselte gegen die Hüttenwand, als würden Kieselsteine dagegengeworfen. Windstöße. Ein leichtes Schwanken der Wände. Das an- und abschwellende Prasseln ging langsam in ein Rauschen über. Am Fenster lief das Wasser in breiten, hin- und herschwappenden Strömen herunter.
   Die Welt geht unter, sagte sie.
   Hoffentlich.
   Nein, ich hoffe nicht.

Auch diese Angewohnheit hatte sie beibehalten, sie sammelte die Brotkrümel auf und knetete – die langsamen Bewegungen der rotlackierten Nägel – kleine Kügelchen daraus, legte sie nebeneinander und drückte sie, während sie erzählte, platt. Flucht, sagte sie. Es war Flucht. Vor Ewald. Vor den Trümmern der Familie. Flucht vor dir, vor uns. Alles, vor allem ich mir selbst, war mir unerträglich geworden.
   Ich bin im Dezember nach New York geflogen und zu meinem Bruder gefahren. Am nächsten Tag kam ich

aus dem Haus und die Stadt war über Nacht verwandelt, weiß, still, kein Verkehr, keine Autos, keine Taxis, keine Busse, keine Passanten, alles tief verschneit, darüber ein eisiges Blau.

Ein Blizzard hatte die Stadt getroffen. Sie lag in einer wattigen Stille da. Ich stapfte durch den Schnee, sah die Sonne oben als Reflex in dem Metall, in dem Glas der Hochhäuser und, sagte sie, ich wusste, dass ich bleiben würde. Später, als ich Herbert kennenlernte, bin ich mit der Galerie nach L. A. gezogen. Ist auch besser fürs Geschäft.

Er räumte die Teller zusammen und trug sie zur Spüle. Einen Schnaps. Quitten? Den bringt der Bauer mit. Selbstgebrannt. Oder Vogelbeere?

Sie hatte sich den Pullover ausgezogen und saß da in einem sandfarben schimmernden Hemdchen mit langen Ärmeln, durch das der dunkle BH schimmerte.

Ich habe meine Eltern besucht, erzählte er. Sie haben eine Alten-Wohngemeinschaft gegründet. In München. Eine ganz erstaunliche Versammlung von Grauköpfen. Drei Paare wohnen in dem toskanabraunen Jugendstilhaus mit einem rechteckigen Turm, darauf ein grünes Kupferdach. Das Haus ist umgebaut worden, seniorengerecht, wie es hieß, und zwei der Bewohner sind an der Planung beteiligt gewesen. Alles haben sie bedacht, die Lage, die anderen Alten. Lange ausführliche Gespräche, ob man zusammenpasse. Das Wichtigste, sie wollten keine Rechten im Haus haben. Über alles andere konnte man reden, haben sie gesagt. Diskutieren, das bringt Leben in die Bude.

Eschenbach war hingefahren, das dreistöckige Haus lag in der Nähe des Englischen Gartens. Die U-Bahn war nicht weit entfernt. Die Wohnung im Parterre, haben sie an eine Familie mit Kindern vermietet. Wer von den Alten will, kann, hin und wieder auf die Kinder aufpassen oder bei den Schularbeiten helfen. Eine Kommune der Alten. Also sehr zeitgemäß. Auch das schwule Paar, das unter den Eltern wohnte, ein Amtsrichter im Ruhestand mit einem Oberstleutnant der Luftwaffe, der als Jetpilot früh pensioniert wurde.

Denkt man gar nicht, hatte Eschenbachs Mutter gesagt, Kampfjetpilot und schwul. Aber warum eigentlich nicht? Der Pilot kocht sternemäßig, sagte die Mutter.

Zu Weihnachten trifft die Hausgemeinschaft sich zu einem gemeinsamen Essen. Der Kampfpilot brät einen Truthahn, einen Turkey. Und die Mutter schwärmte von der Kastanienfüllung und den leckeren Bataten. Der Oberstleutnant war mehrere Jahre Ausbilder in Phoenix, Arizona, gewesen, daher die Kenntnisse.

Ich habe die Eltern, erzählte er, auf ihrem Balkon sitzen gesehen. Auch der Balkon war erweitert worden zu einer kleinen Terrasse. Oleanderbüsche und einen kleinen Feigenbaum haben sie dort stehen. Der Baum, der im Winter zugedeckt wird, trug bei guter Pflege im letzten Jahr immerhin 86 Feigen, gelbgrün und süß. Sie saßen da, sagte er, wie Philemon und Baucis.

Auch Wünsche altern, sagte sie.

Vielleicht werden sie wieder stark und, wie soll ich sagen, virulent, wenn das Vergessen einsetzt, die Kontrollen ein wenig oder ganz ausgeschaltet werden. Meine Mutter hat mir die Geschichte einer Freundin erzählt, die mit vierundachtzig Jahren aus der Wohnkommune der Alten aus- und in ein Pflegeheim einziehen musste, weil sie derartig vergesslich wurde, dass sie die Orientierung in der Wohnung verlor. Sie konnte sich nicht mehr selbst versorgen, verwechselte die Personen, erkannte nur noch hin und wieder ihre Tochter. Im Pflegeheim freundet sie sich mit einem achtzigjährigen Mann an, ebenfalls, vorsichtig gesagt, hochvergesslich, der bei Tisch ihr aber immer den Stuhl neben sich freihält. Eine das Pflegepersonal in Erstaunen versetzende Gedächtnisleistung. Die Frau wird von der Tochter für zehn Tage zu sich nach Hause geholt, ihr 85. Geburtstag soll gefeiert werden. Die Mutter zeigt in diesen Tagen eine große Unruhe. Man meinte, sagte die Tochter, sie sucht etwas, ging ständig durch das Haus. Man bringt sie schließlich zurück ins Heim. Und da sitzt der alte Mann, und neben ihm ist der Stuhl frei. Sie setzt sich. Und als die Tochter nochmals nach ihr sieht, sitzen die beiden da und halten sich die Hände.

Ich habe damals gehofft, dass du kommst, dass du irgendwann zu mir kommst. Die Hoffnung, sagte er, schwand, als ich erfuhr, dass du ein Kind bekommen hast.

Und du hoffst es nicht mehr?

Nein, sagte er. Es ist abgeschlossen. Die Erinnerung – eine Schatztruhe. Hin und wieder öffne ich sie und krame darin.

Er lauschte in die Dunkelheit. Es hatte aufgehört zu regnen.

Und das Kind? Jonas, in der Neuen Welt?

Sie sah ihn streng, nein, sogar böse an, ein böser, abweisender Blick, der keine Fragen mehr zuließ.

Aber es war ihm auch egal, ob er der Vater war oder nicht. Ewald hatte es übernommen. Und nie, in keinem Augenblick, hatten sie darüber gesprochen.

Mit Selma, die sich so sehr ein Kind wünschte und deren Wunsch jetzt endlich in Erfüllung ging, hatte er darüber auch nicht reden können. Selma, das war ein großes, wunderbares Verstehen, es sei denn, man wollte keine Kinder oder stellte Polen infrage, allenfalls durfte man den Säufer Lech Walesa kritisieren oder die nationalistischen Zwergzwillinge.

Und deine Frau? Es war das zweite Mal, dass sie nach seiner Frau fragte, so als glaube sie nicht, dass er ihr schon alles gesagt habe.

Ist immer noch in Goa. Ich wollte mich scheiden lassen. War auch bei dem Anwalt, den mir ein Freund empfohlen hatte.

Sie nickte und trank, den Arm auf den Tisch gestützt, den Wein in großen Schlucken. Sie trinkt, dachte er, wahrscheinlich eine Berufskrankheit der Galeristen.

Der Freund hatte den Anwalt als einen Zyniker beschrieben, kalt und sachlich, was bei Scheidungen wichtig sei, da Romantiker oder Anwälte, die zur Philanthropie neigen, nur Unheil anrichten. Emotionen, die ja meist während der Trennungsgespräche auftauchen, werden bei ihm kalt. Jemand, der die Ehe als eine gesellschaftliche Fehlkonstruktion ansieht. Ehen müssen möglichst schnell geschieden werden. Eschenbach war bei dem Anwalt, dann aber wollte Bea im letzten Moment keine Scheidung. Warum scheiden lassen, es gibt keinen Grund. Wahrscheinlich hatte sie, die als Erbin in der Angst lebte, verarmt zu sterben, die Hoffnung, Eschenbach werde sie in Not unterstützen. Obwohl bei ihm nichts mehr zu holen war. Aber wer weiß, vielleicht wollte sie ihm damit auch sagen, wenn es hart auf hart geht, werde ich für dich sorgen.

Bea war für Überraschungen gut.

Sie fragte ihn, ob es ihn störe, wenn sie eine Zigarette rauche.

Nein, du weißt, es stört mich nicht.

Aber dann sagte sie, lass uns rausgehen, wie damals, als wir vor Selmas Laden standen.

Sie zog sich ihren weichen Mantel an, der so aussah, als wollte er gestreichelt werden.

Sie gingen hinaus. Ein paar windzerfaserte Wolken zogen am Horizont. Schon blickte die Nacht zu den Sternen.

Sie zündete sich die Zigarette an, und wie sie den ersten Zug nahm, auch tief in sich hineinatmete, war deutlich, wie sehr sie auf diesen Moment gewartet hatte. Wie viele Frauen noch rauchen, dachte er, in Gesellschaft sind es meist Frauen, die sich auf den Balkonen oder vor den Restauranttüren versammeln. Sie stehen und reden, und der Eindruck ist wohl nicht ganz falsch, dass sie sich zurückziehen, wie früher die Männer in das Raucherzimmer, um unter sich das zu bereden, was für das andere Geschlecht nicht bestimmt ist.

Der Beachcomber legte den Kopf in den Nacken. Der Himmel war jetzt wie vom Regen geputzt, die Sterne so nah wie über eine dunkle Straße vergossene Milch.

Wie damals stand sie, den linken Arm gleichsam schützend über die Brust gelegt, die Hand in der Achselhöhle verborgen. Und beide sahen hinauf in diese kalte Weite.

Sie fragte, was er hier auf der Insel am meisten vermisse. Er hätte sogleich antworten können, was er hier nicht vermisste. So aber stand er und überlegte und forschte in sich und sagte schließlich: Bäume. Ja. Bäume. Du hast ja gesehen, es gibt nur dieses Gebüsch, die Kamtschatkarosen und Kriechsträucher. Und vier, fünf Bäume auf der Nachbarinsel Nigehörn. Erlen, mit denen die Baumvegetation beginnt. Was mir hier fehlt, ist das Blätterrauschen, die Verbindung von Himmel und Erde.

Sie standen einen Augenblick schweigend und sehr nahe nebeneinander. Ich bin wegen eines Arztbesuchs gekommen. Ein Professor in der Charité. Vor drei Wochen hat man festgestellt, dass ich krank bin. Es war, als müsse sie das Wort mühsam aus sich herauswürgen, Leukämie, eine aggressive Art und untypisch, da ich nicht an Gewicht verloren habe, eher im Gegenteil. Nur erschöpft, maßlos erschöpft. Ich muss Mittel nehmen, um nicht umzufallen, einfach einzuschlafen. Jetzt das Übliche, eine Chemotherapie, bald, sehr bald, dringend, hat man mir gesagt. Sofort. Ich habe überlegt, ob ich das drüben mache oder hier. Jetzt war ich bei dieser Koryphäe. Der hat, nach abermaliger Untersuchung, das, was man mir in L. A. gesagt hatte, bestätigt.

Eschenbach musste an die junge Informatikerin denken, die eines Tages zu ihm gekommen war und sagte, sie müsse leider in die Klinik. Sie habe Leukämie. Und dann sah er sie nach zwei Monaten wieder, kahl, abgemagert, eine gipserne Haut. Erschreckend war ihr Mund, wie ein Schnitt im Gesicht, als habe sie sich vom Zusammenbeißen der Zähne die Lippen weggequetscht. Diese übergroßen Schmerzensaugen.

Ich weiß, was auf mich wartet, sagte sie, als habe sie seine Gedanken erraten. Ich habe überlegt, ob ich es hier mache oder drüben, wiederholte sie wie in Gedanken. Aber es ist dann doch besser, das drüben zu machen. Die Kinder jetzt herzuholen, aus allem wieder herauszureißen. Und Jonas kennt Ewald kaum. Herbie ist ein guter Ersatzvater. Ein Mann, der keine Kinder zeugen kann, sich aber immer welche gewünscht hat – anders als du.

Sie zündete sich eine zweite Zigarette an, und Eschenbach erbat sich auch eine. Er dachte, es sei ein hilfloses kleines Zeichen seiner Verbundenheit. So standen sie, rauchten und schwiegen.

Wenn ich dir helfen kann, sagte er, wo nichts mehr zu sagen war, dann sag es.

Ich weiß, das ist das tiefe Unglück, richtig helfen kann niemand, allenfalls die Ärzte. Aber Nähe zu haben ist gut. Das zu wissen. Auch wenn die Entfernungen groß sind. Ich muss jetzt schnell zurück. Es war ein Aufschub, den ich mir selbst gegeben habe, bevor die Qual beginnt. Und keine Gewissheit, ob sie zum Leben führt.

Er wusste nicht, was er noch hätte sagen können, und

so schwieg er. Sie rauchten die Zigaretten zu Ende, blieben noch einen Augenblick stehen. Eschenbach nahm sie in die Arme. Er fror, und so blieben sie stehen. Bis er vor Kälte anfing zu zittern.

Komm, sagte sie sachlich, wir waschen ab.

Während er mit heißem Wasser und Zitronenmelisse abwusch, trocknete sie die beiden Teller, den Topf, die Pfanne ab und fragte, ob er allein lebe.

Das siehst du doch.

Sie lachte. Bist du mit einer Frau zusammen?

Er rührte einen Moment mit der Bürste in der Salatschüssel herum und sagte, nein, es ist die Leichtigkeit, die Abwesenheit von allem hier, die Straßen, die Häuser, das Fernsehen, das Reden und das Gerede, und dazu gehört auch das Fehlen der Leidenschaft, alles, was bindet, was über diesen Moment hinausgeht.

Auch das Begehren?

Wenn ich daran denke, ist es fern, aber manchmal, plötzlich, taucht es auf, kommt näher wie ein scheues Tier.

Er räumte das Geschirr in den kleinen Wandschrank, wischte die Herdplatte ab.

Was war an uns, was ist dir aufgefallen, fragte er später, als sie die zweite Flasche ausgetrunken hatten und die Kerze heruntergebrannt war. Sie saß da und sah ihn an. Die Haare schüttelte sie sich, eine Angewohnheit, die sie beibehalten hatte, ins Gesicht, als müsse sie hinter diesem Haarvorhang nachdenken.

Alles. Ja. Und es war gut. Und du?

Hände, Nase, Stirn, Wangen, Wangenknochen ein wenig hoch und breit, nach Norden weisend, die Beine, Kniekehlen, die Geborgenheit in dir, sagte er. Als Kind, im Winter zurück aus der eisigen Kälte, die man beim Spielen nicht bemerkt hat, im Haus, hat meine Mutter meine Füße unter ihre Achseln genommen.

Wie war das mit dem Matrosen, der vom Wal verschluckt worden war?

Er erwachte und konnte sich an nichts erinnern, da war nur das wohlige Gefühl feuchter, weicher Wärme.

Ich bin müde, die Reise, der Zeitunterschied und dann sowieso.

Das Bett ist gemacht.

Ich muss noch mal raus.

Nimm die Taschenlampe.

Als sie wieder hereinkam, zog sie sich den Mantel aus. Er bemerkte, als er den Rechner ausschaltete, ihr Zögern, wie sie sich aus- und das Nachthemd anziehen sollte. Das Seidenhemdchen hatte sie schon aus den Jeans gezogen. Sollte sie in den kleinen Nebenraum gehen? Aber dann drehte sie sich nur ein wenig ab und um. Und da ist seine Erinnerung, die jäh aufbricht und dieses Bild freigibt. Wie sie beim Ausziehen ihm den Rücken zukehrte, als wolle sie zeigen, wie der Verschluss des Büstenhalters aufzuhaken sei, den sie dann einfach fallen ließ, worauf sie sich umdrehte und jedes Mal so vor ihm stand, sich zeigte und ihm den ruhigen Anblick gewährte.

Wie sie früher zusammen waren, wie sie übereinander hergefallen waren, erschien ihm derart nah und zugleich fern, dass er kurz auflachte.
Was lachst du?
Nur so.

Sie liegt in der Kammer auf dem schmalen Bett, die Tür ist offen, sie hat sich mit dem Ellenbogen aufgestützt und blickt zu ihm herüber, das schwarzseidige Nachthemd, der Ausschnitt ein wenig spitzenverbrämt. Und plötzlich spürt er das Verlangen, nach Nähe, Haut, Fleisch, Wärme, Schweiß. Ja, in dir, denkt er, außer mir sein.

Erst als ich durch die Reihe ging, sah ich dich, so selbstversunken. Ich habe wohl gedacht, es sei gut, neben jemandem zu sitzen, der keine Unruhe verbreitet. Immerhin hatte ich an dem Tag eine besonders lebhafte Klasse unterrichtet, nachmittags, in Kunst. Ich habe das vor Augen, du sitzt, ein Bein über das andere geschlagen, da und hast keinen Blick für die um dich Sitzenden übrig. Und dann erst, als wir nebeneinandersaßen, sah ich dein schönes, ernstes Gesicht.
Die Unbedingtheit. Das Unverstellte.

Wie merkwürdig, sagte er, auch ich hatte den Eindruck, du hättest nicht hingeschaut, hättest allenfalls nach einem freien Platz gesucht.
Die Erinnerungen sind flusig, sagte sie, aber deutlich ist dieses Gefühl geblieben, von dir getrennt worden zu sein, so abrupt, als Ewald hinzukam. Ich wusste nichts

von dir, du mehr von mir, durch dein Fragen, und all das in diesem kurzen Augenblick. Du bist ein Fragender, das dachte ich nach diesem ersten kurzen Treffen, ein zum Fragen Begabter.

Er löschte das Licht. Eine tiefe Stille. Das Kostbarste war die Geräuschlosigkeit hier auf der Insel, vom Wind und Wellenschlag abgesehen.
 Aus der Dunkelheit, die auf der Insel und auch in der Hütte tief war, hörte er ihre Stimme, und sie kam wie von fern: Komm, das Bett ist gut für zwei.
 Ist das gut, jetzt?
 Ja, sagte sie, komm, lass uns ein Friedensfest feiern.

Die schönen Zeilen, die ihm sein Nachbar, der Perser, geschenkt hatte:
Nun öffnet sich die Stirne klar,
Dein Herz damit zu glätten.

Später lag er lange wach in der kleinen Kammer. Von seinem Bett aus konnte er in die Nacht sehen und das Leuchtfeuer, das aus der Ferne von der Insel Neuwerk herüberkam. Ein schöner Name für eine Insel, die eingedeicht worden war und jetzt Schutz bot für Mensch und Tier.

Früh, wie gewöhnlich, wachte er morgens auf. Sie schlief noch. Die Tür zu ihrer Kammer stand offen, und er konnte sie in Ruhe betrachten. Das Haar, dieses volle hellbraune Haar mit dem rötlichen Glanz, lag auf dem blau karierten Kopfkissen. Den Kopf seitwärts gedreht, die Lider so schwer, und er fragte sich, durch welche Traumstraßen sie gerade ging. Einen Augenblick lang lauschte er ihren ruhigen Atemzügen und dachte, gäbe es die Gerechtigkeit, die Jonas verlangt, so hätte es mich, nicht sie treffen müssen. Aber es ist nur der blinde terroristische Zufall. Er stand da, und eine tiefe Trauer überkam ihn.

Sein Handy klingelte. Bauer Jessen rief an und sagte, er habe auf Neuwerk übernachtet, und wenn die Frau heute noch zum Festland wolle, müsse man bald fahren. Sturm sei für den Abend angesagt. Das Wasser stehe in den Prielen hoch. Es sei unsicher, ob er bei der nächsten Tide noch durchkäme.

Eschenbach legte Papier und Holz in den Ofen, zündete ein Feuer an, wusch sich in der Küche am Waschbecken, trocknete sich ab und ging hinaus.
 Es war kühl, kein Wind ging und Dunst lag über der Insel, ein helles Grau, das sich langsam lichtete. Schon war als heller Kreis die Sonne zu erkennen.
 Als er wieder in die Hütte kam, wusch sie sich am Waschbecken Gesicht und Achseln.
 Ein wenig wie in der Jugendherberge, sagte sie, aber sie habe gut geschlafen, tief und fest, seit vielen Tagen zum ersten Mal wieder.
 Er stellte den verbeulten Kupferkessel auf den Ofen, das Fundstück mit der langen Geschichte, und deckte den Tisch, mit Toast, Schwarzbrot, Butter, Marmeladen von der Bäuerin Jessen.

Sie hatten sich auf das Podium vor der Hütte gesetzt, tranken den Kaffee und blickten über die Insel, das dunkle Grün des Rosenbuschs, gelb leuchtete die Insel Nigehörn, und geriffelt gleißend lag das Meer. So warteten sie auf die Ebbe. Und sie kam, für ihn jedes Mal wieder ein Wunder, als wiederhole sich die Schöpfungsgeschichte, als sich Wasser und Trockenes schieden und das Meer und die Erde ihren Namen bekamen.

Schon von weitem sahen sie in der flachen, glänzend grünbraunen Fläche den Pferdewagen kommen. Sie redeten über belanglose Dinge. Über die Dauer des Flugs, über die Sonne in Kalifornien, über die Insel, die langsam wanderte, ihre Form beständig veränderte.
 Sie gingen, als der Pferdewagen näherkam, zum Strand hinunter und warteten auf der kleinen Düne.

Jessen wendete den Wagen, grüßte kurz. Eschenbach reichte ihm ihre Tasche hoch. Jessen hatte für sie eine Decke mitgebracht.
 Sie umarmten sich. Wieder der blumige Duft. Und er wusste, es wird zwei, drei Tage dauern, bis dieser Erinnerungsduft in der Hütte verflogen ist. Erst dann werden sich all die anderen Gestalten wieder einstellen.
 Was für ein altertümliches Bild, dachte er, eine Frau, die in einem Pferdewagen wegfährt. Sie winkte. Auch er winkte, aber nicht lange, ging dann, noch winkte sie, hinüber zu dem Strandabschnitt, den er nach angeschwemmtem Müll absuchen wollte.

Eine Sandale lag da, eine Tube Sonnencreme, eine Plastiktüte, der übliche Wohlstandsmüll. Und dann lag da noch ein kleiner blauer Plastikfisch, mit dem Kinder in der Badewanne spielen.

Später ging er über die Dünen. Der Falke war nicht mehr zu sehen.